U0001545

John le Carré

A Legacy of Spies

ECUS
Publishing House

間諜身後

約翰・勒卡雷——著
譯——蔡宜真

25——勒卡雷作品

人出生時與眾人無異，死時卻是獨一無二。

——海德格

目次

當歷史來敲門　詹正德　007
幕啟幕落——尋找喬治・史邁利　郭重興　011
間諜身後　019

導讀序

當歷史來敲門

資深影評人　詹正德

以《冷戰諜魂》一書掙得了「戰後最好的英文小說」（格雷安．葛林）美名，且自身也獲得「間諜小說第一人」稱號的約翰．勒卡雷，在八十六歲高齡時又繳出了一本新作《間諜身後》，這不是唯一令人驚奇的，更奇的是：這本新作乃是《冷戰諜魂》的續篇，是勒卡雷不待年輕讀者，自己搶先發起「清算史邁利」的終結之作。

相信勒卡雷的老書迷們都會同意：看完《冷戰諜魂》後胸中感到熊熊烈火在燃燒的人，很少不會立刻起身去追讀「史邁利三部曲」：《鍋匠裁縫士兵間諜》、《榮譽學生》和《史邁利的人馬》；多少讀者深陷勒卡雷筆下史邁利對決卡拉的情節，對於史邁利的「老謀深算」幾乎無不感到拜服，同時也對於在冷戰此局中（不論哪個陣營）遭到算計、背叛、出賣而最終仍有血有肉又不失人性的間諜們感到無比同情。

既然史邁利是如此具有英雄地位的角色，「清算史邁利」又從何說起？

我想，與其說是「清算史邁利」，不如說是「清算冷戰」、「清算歷史」；或者，是歷史回頭來清算我們。

葛林曾經這麼說，當關鍵時刻來臨，人總是要選邊站的。然而，選到了贏的一邊雖然可以存活，卻不代表就是對的；而且，勒卡雷也一直試圖告訴我們：沒有勝利是不需要付出任何代價的，甚至，你永遠不知道代價得付到何時為止。

這就逼使讀者們得一起回頭面對冷戰這段歷史，雖然表面上，冷戰是以一九九一年蘇聯解體為終結，但近年來從伊拉克、敘利亞內戰、伊朗核協議破裂、克里米亞危機、喀什米爾自治遭印度廢除，到美中貿易對峙，甚至最近的香港「反送中」抗爭等國際情勢，仍然不時讓人有冷戰尚未結束之感，所謂後冷戰、二次冷戰這些名詞見諸國際政治媒體也一點都不奇怪。

這也就是為何當你開始翻看這本《間諜身後》之時，心頭定會油然升起一種「歷史來敲門」的驚跳之感——如果你對《冷戰諜魂》有一定程度熟悉的話，儘管二書相隔五十四年。在之前的史邁利系列書中，史邁利的助手、「剝頭皮組」的特工彼得・貴蘭姆一直都是個「打手」型的角色，他有一半法國血統，浪漫（好色）又嗜酒，精明而寡言，會見血的骯髒活兒多半交給這位硬漢執行，但勒卡雷的間諜世界與伊恩・佛萊明創造的「００７」詹姆士・龐德的間諜世界完全不同（差異容後再述），所以貴蘭姆在史邁利系列裡的「戲份」不多，卻頗為關鍵，特別是在《冷戰諜魂》中，他出面招募另一位硬漢利馬斯，聽從老總及史邁利的反間計安排，穿過柏林圍牆去執行一項危險的任務，任務雖然達成，但是利馬斯卻發現自己是被出賣了，甚至連他的女友麗姿也一併被出賣，於是他做出最為人性、也最高貴的選擇，最終雙雙慘死於柏林圍牆下。

勒卡雷藉由利馬斯、史邁利、老總、貴蘭姆這些角色，開啟了一個冷戰時代的間諜世界，較佛萊明的詹姆士・龐德系列更為細膩寫實，也更深入刻劃人性的複雜與矛盾；前者讓史邁利總是泡在單據、紀錄、文件、檔案，甚至各種不起眼的便條、紙片中研究金錢流向及人員動向，需要親自確認時，他也會照著想像走一遍，從這過程中就能判斷出誰是臥底，並且擬定各種反間或者因應策略，當真才智過人，跟龐德的世界裡總不可缺少的性愛調情、暴力動作、新奇武器裝備等等完全無法同日而語。

勒卡雷筆下的間諜情節並非空想，眾所周知，他也曾經從事諜報工作，儘管他始終強調是低階且無危險性的，但讀者讀完總覺得真實性及可信度都非常高，這應該是勒卡雷以文字構建真實的功力使然，而這也是讀勒卡雷小說的要訣之一：都知小說是虛構的，但越是當真，越是有趣，不信你讀讀看跟台灣有關的《巴拿馬裁縫》。

「諜報工作和寫小說其實是天造地設的一對。兩者都需要隨時準備好窺見人類的罪愆，以及通往背叛的諸多途徑。」勒卡雷在《此生如鴿》中如此自承。

有著悲慘成長經歷的人通常善於虛構自己，勒卡雷曾多次引述葛林的話說過：「童年是作家的存款簿。若以此來計算，我生來就是個百萬富翁。」

若讀過比《此生如鴿》更具自傳性質的《完美的間諜》，應該不難體會這些話語。

勒卡雷寫到了這樣一個高度，自然不能迴避終極價值及相關的哲學議題（總是要有人挺身質疑這一切犧牲及背叛所為何來），因此《間諜身後》就讓新一代的「圓場」官員召回已退休的特工貴蘭姆，重新追問當年利馬斯行動（代號天賜）的合法依據——只因利馬斯（及麗姿）的後人打算控告英國政府索賠，甚至「復仇」。

在我看，追查間諜行動的合法性只是個引子、線頭及出發點，（作者的）終極目的是代讀者質問當年的最高行動策劃者史邁利（也可說是自問自答）：出賣同僚的底線何在？代價為何？甚至要問（冷戰對峙的）終極目的為何？是為了（西方的）信仰？自由？還是只是為了英國？

書中貴蘭姆在見史邁利之前自己先掂量著自問（畢竟老長官權威還在）：「以自由之名，在我們再也感覺不到人性以及自由之前，我們能夠捨棄多少人類情感？」庶幾可以回答一部分，至於史邁利如何回答，也只能請讀者自行閱讀領會。

如無意外，《間諜身後》可能是最後一本史邁利的間諜小說了，史邁利的最後身影是全世界非常多的勒卡雷書迷關注的重點，我個人當然希望會有更多驚喜，畢竟勒卡雷一直也沒忘懷這點：「在完成今天的寫作之前，我一定會留點東西在肚子裡以備明日之用。睡眠會創造奇蹟。」

這是葛林一九六五年於維也納給勒卡雷的忠告。在《此生如鴿》書中，除了前言及自序，他只分了卅八節寫完全書，其中每一節雖然長短不一，最長的有數萬字（當然是勒卡雷寫他父親那一節），但唯有第卅七節只記下葛林給他的這句話，要用一節的份量來紀錄這句話，可見其相當的重要性。

做為一個勒卡雷書迷，當歷史再次來敲他的大門之前，我會繼續期待奇蹟。

導讀序

幕啟幕落——尋找喬治・史邁利

讀書共和國出版集團 社長 郭重興

《間諜身後》是勒卡雷的所有小說中，唯一使用第一人稱「我」來敘說故事的。或許是因為在之前的《此生如鴿》中他現身說法，把自己的人生際遇、文學因緣說得活靈活現，因而也就順理成章，情不自禁地在接下來的《間諜身後》中也套用相同的路數，用「我」的眼睛，「我」的記憶，「我」的感情來對讀者表白間諜世界的幽微、痛苦，以及隱匿至深、最不足為人道的信仰與夢想。

讀過《此生如鴿》的讀者一方面欣喜於內容的精采，恐怕也都有些悵然若失，勒卡雷筆下那些我們耳熟能詳的人物，好的、壞的，老的，少的，從此步入文學的歷史。會令人不捨，也莫可奈何。上帝創造人類，也不過就那麼一次，在創世紀的第五或第六天。大師勒卡雷縱有如椽巨筆，又何能令死者復生？

但奇蹟畢竟出現了。藉著《間諜身後》，作者勒卡雷不僅展現令人驚怖的記憶力，也挑戰了讀者的。書中，他把五十多年來小說中眾角色一一召喚回來。於是我們重又「看到」、「聽到」不可理喻的老總，殘暴的穆恩特，聰明得過火的海頓，還有火爆、剛毅，卻難逃一死的利馬斯。四、五十年前，幾乎塵封的本本小說，四、五十年的人生歲月，烙印在作者更為洗鍊的文字風格上，使之成為眾所公認的一代宗師。而我們這些遠在天涯一角、曾經是青澀、永難饜足的小說愛好者，也步入中、老之年，已為人父母，甚至「祖」輩當頭的都大有人在。

對彼得．貴蘭姆如何在《鍋匠裁縫士兵間諜》中登場那一幕，我至今印象猶深：

……一把沒有見過的雨傘，這是一把綢傘，傘把上有手工縫的皮套，上面有一個金環：

「彼得？」他問道。

他從門縫裡看進去，靠外面路燈的光，看到沙發一頭伸著一雙穿著麂皮鞋的腳，懶洋洋地交疊在一起。

「要是我是你的話，喬治，我就不脫大衣了，老兄，」說話的聲音很親切，「我們還要趕遠路呢。」

五分鐘後……喬治．史邁利鬱鬱不樂地坐在彼得貴蘭姆的敞篷跑車的客座中……

而《榮譽學生》裡的「透析人物」表中，對他的描述雖僅寥寥幾字，倒也入木三分：

彼得．貴蘭姆：對史邁利忠心耿耿的部下，經常為他跑腿辦事，性喜拈花惹草。

顯而易見的，這位彼得是擔綱《間諜身後》說書人的不二人選。為什麼？首先是他的年齡恰好，雖已是滿頭白髮，而且沿著海灘山邊散步還得拄著拐杖，可是其他間諜都不在了，不是亡故，就是隱遁人間。而且，由於「對史邁利忠心耿耿」，彼得幾乎是無役不與，永遠守護在史邁利身側，「和可憐的喬治一起整頓世界」。

但是更深刻的理由（我恐怕已逾越了讀者的本分），恐怕是縈繞勒卡雷一輩子的「父子情緣」。《榮譽學生》的傑里因為無法斬斷情緣而死於家人槍下，而下此射殺令的，恰恰就是與之情同父子的史邁利。彼得也幾乎重蹈覆轍，但他選擇服從，或因此而保住一命？

「我剛剛問你，是要留做紀念或是燒掉？」史邁利以一逕慍怒的口氣不斷對著茫然的我說道。

「我建議後者……」

接著，他面無表情地看著我跪在爐火前，宛如供奉般地將依然摺得好好的信紙放在炭火上……

彼得早在進入圓場之前，就因為和史邁利的一席「散步、聊天」和史邁利的面試，隱約從喬治身上，感受到「父親」的某種情誼。他這麼說：

……如今回想起當時的談話，我不禁猜想，他有意無意地讓自己扮演起日後的父親角色。也或許那只是我一廂情願的感覺，他其實並不這麼認為。即使如此……我都有種回到家的感覺。

勒卡雷曾經自承，相較於他真實人生那位犯罪成癮、帶給他前半生莫大羞辱和困擾的父親（《完美的間諜》），他以某位牛津教授為原型所創造的喬治．史邁利則是完美多了。這多少可以解釋，每當作者把自己投射到小說中的角色時，如《榮譽學生》的傑里，和我們手邊這本《間諜身後》的彼得，史邁利的「父親」形象，就益發明顯了。和作者一樣，小說中的兒子對父親有無法化解的依戀。但更弔詭的是，父親內在的孤獨、痛苦，如果少了兒子的凝視，也就頓失焦點。父子關係的曖昧、緊張，在小說中其實是一齣缺一不可的雙人劇。

幸好彼得的記憶超強，所以他不僅為讀者鋪陳《冷戰諜魂》那段令人愁腸寸斷的愛情前奏曲，也預示五十年後終將發生的「荒謬的莎士比亞風格」假定：受害者的鬼魂如今藉著後裔的聲討回來索命了。

但主握全局的還是史邁利，五十年前如是，五十年後依然。只是，「喬治在哪？」

當彼得想要一覽喬治當年交待圓場幹員務必密藏的資料時，他得到的回答是：

「我不會交給你的，彼得，如果這是你來這裡的目的。」

「即使為了大義也不行？」

「大義也是喬治說了算。向來如此。」

「他人在哪？」

「我不知道，知道也不會告訴你。還活著，我很確定……」

就某個層面來說，《間諜身後》也是彼得尋找喬治的故事，是個業已滿頭白髮的退休老間諜尋找父親的故事。勒卡雷筆下的感情如此濃烈，試問，捨第一人稱的「我」來親自講述，可有他途可用？

雖然是四十年的陳年往事，「一在弗萊堡下車，這些天來我遭審問時，內心壓抑的憤懣及困惑一湧而上。我一輩子克盡己責地不露聲色，最應該怪誰？不是喬治·史邁利又是誰？」

不要以為喬治和彼得的相處一直都是父子情深，相濡以沫。事關機密或生死間事，喬治的心腸也是夠硬的。當彼得對於即將被圓場送進鬼門關仍猶不自知的利馬斯（《冷戰諜魂》）生出惻隱之心時，喬治的回應只能以冷血來形容：

彼得問：

「關於天賜行動，有些我不了解，但我認為我應該了解……」

「應該？是誰的命令？彼得，我的老天啊。」

「不過是個簡單的問題，喬治。」

「我還真不知道我們處理的，是簡單的問題呢。」

……

「你得到你想要的所有答案了嗎？」

「沒有。」

「真令人羨慕。」

但四十多年後的重逢，一個已年過七十，一個早就八十好幾，雖然彼此都溫文有禮，猶如老友，儘管有千言萬語要傾訴，卻不知從何說起。勒卡雷的文字再怎麼克制，都掩不住隱藏在微波輕拍下、讀之令人鼻酸的洶湧激情。

打過招呼後：

「他著手收拾起桌上的書籍、文件，接著一一放進置物櫃裡。出於舊習，我出手幫他整理。」

如果不是天才，也至少是魔鬼，才會在兩個老人間寫出「出於舊習」。享用晚餐之際，喬治有點做作地突然想到『我確定，你是來指責我什麼的。彼得，我說對了吧？』但彼得何忍？

……

這便是我記憶中的喬治：對他人的脆弱瞭若指掌，卻固執地拒絕認清自己的脆弱。

……

最後是道別，永遠的了。至少文學上的。

「彼得，請見諒。我太自以為是了。走到車站大概十分鐘。你願意讓我送你一程嗎？」

我從《史邁利的人馬》就有種想法，隨著年齡的增長，勒卡雷也多少混同了自己與史邁利的角色，亦即，既為人父，亦為人子。我主觀地認為，如果沒有這樣的雙重認同，勒卡雷寫不出喬治和彼得的重逢如此感人的這般文字。不過，這或許是文學研析的學者該傷腦筋的事。我們只能慶幸，目睹一幕寫作時間長達五十年的間諜史詩的幕啟幕落，是多麼幸福的一件事。

1

以下是一份真實的記述，源於我在一次英國祕密行動中的任務，我將盡我所能地詳述。這個祕密行動代號「天賜」，目的是為了在一九五〇年代末期及六〇年代初期對抗東德情報單位（簡稱史塔西），其最終導致一名英國情報員身亡，他是我所共事過最優秀的情報人員，而他為之獻出生命的那名無辜女性也因此喪命。

就連專業的情報官員也無法對人類情感免疫，這一點跟其他人並無二致。對情報人員來說，重要的是能壓抑這份感情多久；不論是在當下，或是以我的狀況來說，長達五十年。直到幾個月前，當我夜裡躺在布列塔尼偏遠農莊的居所床上時，耳邊聽著牛隻哞叫以及母雞咯咯爭吵，腦海裡仍一面堅定地與那些不時企圖打斷我睡眠的指責聲浪對抗。我爭辯說，當時我太年輕、太單純、太天真、太資淺了。要是你想找人算清這筆帳，不如去找那些祕密行動的大師級人物，也就是喬治·史邁利或是他的上司——老總。我會堅持說，是因為他們（而不是我）細膩的陰謀計算、迂迴又有涵養的智慧，才得以實現成功卻也沉痛的「天賜」行動。直到此刻，那個我奉獻出生命中最精華歲月的單位要我為此事負責，在年歲及困惑的驅使下，我將不計代價地逐一寫下自身參與這次行動的光明和黑暗。

當時的祕密情報局並非坐落在泰晤士河岸邊的古怪堡壘中，而是位於劍橋圓環周邊一棟維多利亞式紅磚建築內，因而在那被形容為風平浪靜的日子裡，我們這些「年輕激進份子」便稱之為「圓場」。至於我一開始是怎麼被找進去的，對我來說，如同我的出生一樣成謎；更離奇的是，兩者之間的關係密不可分。

我對父親幾乎沒有印象。據我母親所言，他來自英國中部一個英法富裕家庭，他是敗家子，躁進、揮霍家產無度、對法國懷有一份救贖之愛。一九三〇年夏天，他在布列塔尼北邊海岸的溫泉城鎮聖馬洛享受水療，期間經常出入賭場、高級時裝店，總之相當引人側目。我的母親年方二十，是布列塔尼當地一個世代傳承已久的農場主的獨生女；她剛好也在鎮上，參加一名牲畜拍賣富商為女兒所舉行的婚禮並擔任伴娘。她的說法大致如此。只是，她單身，而且在情況不利於她時不介意稍作打扮，所以要是她為了其他不是這麼冠冕堂皇的理由而出現在鎮上，我也不會覺得訝異。

婚禮過後，她接著說，她和另一個伴娘在喝下一、兩杯香檳壯膽後，便自接待處離去，兩人身上仍穿著華麗的衣服，就這麼沿著傍晚擁擠的人行道散步，而我父親則心懷不軌地也在同一處打轉。我母親比同行友人更是漂亮、輕佻，一陣浪漫旋風隨之襲來。我母親對這情節發展的速度欲拒還迎，這是可以理解的。兩人在匆促之間舉辦了第二場婚禮。而我就是那個結果。顯然，我父親不是天生當丈夫的料，就連他們新婚的那幾年，不在家的日子竟有辦法比在家的日子多。

接著，故事出現了英雄式轉折。眾所周知，戰爭改變了一切，也在一瞬間改變了父親。就在剛宣布參戰之際，他便敲了英國陸軍部的門，自願為任何單位效力。根據母親的說法，他的任務是單槍匹馬拯救法國。這是否也為了逃離家庭束縛，這異端邪說是絕不允許在我母親面前提起的。當時英國剛成立特別行動局，由溫斯頓．邱吉爾親自主導，以「點燃歐洲之火」。布列塔尼西南部城鎮是德國潛艇活動的溫床，而我們所在的城鎮洛里昂又曾是法國海軍基地，可謂溫床中的熱點。父親與任何他找得到的法國抵抗運動組織[1]聯合，曾前後五次跳傘進入布列塔尼平原，盡其所能大肆破壞，最後在雷恩的監獄中，慘絕人寰地死於蓋世太保手上，只留下無私奉獻的典範，是世上任何一個兒子都難以企及的。他的另一個遺贈則是對英國公立學校制度的錯誤信任，儘管他自己在英國公校中的表現不盡理想，卻仍迫使我步入同樣的命運。

我生命中最早的那些年猶如生活在天堂。母親總是下廚、成天叨叨絮絮，外公雖嚴厲卻也善良，農場經營得有聲有色。在家時，我們說布列塔尼語。到了村裡的天主教小學，一名曾在哈德斯菲爾德待上六個月的年輕修女在這裡以教學換取免費住宿，我藉此學習初級英語以及官方規定的法語。每逢學校放假，我便打赤腳在農莊周圍的田野上、懸崖邊四處奔跑，採收蕎麥給母親做可麗餅，照顧一頭叫法蒂德的老母豬，和村裡的小孩任意撒野。

原本對我毫無意義的未來，卻猛地襲來。

在多佛，一名叫墨菲的豐滿女士，也是我已故父親的表親，把我從母親身邊帶走，來到她位於倫敦伊靈區的家。那年我八歲。自火車窗戶望出去，我生平第一次見到防空氣球。晚餐的時候，墨菲先生說戰爭再過幾個月就會結束，墨菲女士則不這麼認為，他們兩人不約而同為了我而放慢說話速度、重複對

1 法國抵抗運動組織：為第二次世界大戰期間，法國境內為抵抗德國納粹而組織起來的抵抗活動。

話內容。隔天，墨菲太太帶我到賽爾福李奇商店，為我添購一套制服，並謹慎保留收據。又隔一天，她站在帕丁頓車站的月台上，在我揮舞新制服帽子向她道別之際，她哭了出來。

我父親希望我養成的英國化，當時仍有待精進。戰爭正如火如荼開打，校方只能姑且接受現有資源。如今我不再是皮爾，而是彼得。我的破英語不但遭同儕取笑，布列塔尼腔的法語也令早已分身乏術的老師搖頭。我在無意間才被告知，德軍已入侵我過去居住的村莊德埃格利塞。母親的信若是寄到我手中，也是裝在貼有英國郵票、蓋上倫敦郵戳的褐色信封裡。直到幾年後，我才有辦法想像，那些信該是經由某個人那勇敢的雙手才得以送達。假期是記憶模糊的少年營隊以及和代理父母度過。我從磚造預備學校升上灰色花崗岩的公校，校園生活卻是一成不變：餐餐人造奶油、愛國主義及帝國主義教條、隨機發生的暴力事件、無心的惡意、未被滿足也難以宣洩的性欲。一九四四年一個春天傍晚，就在諾曼地登陸前不久，校長請我進辦公室，對我說，我父親已英勇陣亡，我應該為他感到驕傲。出於安全的理由，無法對此提供進一步的解釋。

十六歲那一年，在一個特別沉悶的夏季學期結束後，長成半調子英國人的我回到重獲和平的布列塔尼。外公已經過世。一名叫艾米爾先生的新朋友如今和母親共享一張床。法蒂德則分送給德國人以及法國抵抗運動組織。為了逃避童年以及滿腹心思的盡孝義務這兩者之間的矛盾，我搭上一列開往馬賽的火車，並擅自把年齡加上一歲，企圖加入法國外籍兵團。這場異想天開的冒險很快來到終點，因為外籍兵團罕見地接受了母親的懇求，理由是我是法國人而非外籍人士，於是我再次被放回囚籠裡，這一次來到倫敦郊區的肖爾迪奇市，據稱是父親的繼弟馬可斯在市內經營貿易公司，從蘇聯——但他總說是俄國——進口珍貴毛皮及地毯，他自願帶我入這一行。

馬可斯叔叔是我生命中另一個未解之謎。至今我仍不清楚，他提供的工作機會是否來自我之後那些長官的授意。我問他，我父親是怎麼死的，他只是不贊同地一逕搖搖頭——不是針對我父親，而是針對我這不經事的提問。有時我會納悶，人是否有可能帶著祕密而生，一如有人生來就有錢，或身材高眺，或有音樂天賦。馬可斯不刻薄也不嚴厲，也不是心胸狹窄。他只是有祕密。他是中歐人，名叫柯林斯，這是我後來才知道的。他英語說得飛快，又帶有口音，但我從來不知道他的母語是什麼。他喊我皮爾。他有個女性朋友名叫朵莉，在倫敦沃平區經營帽子店，每逢週五下午會來到倉庫門口和馬可斯會合。只是我從來不知道他們去哪裡度過週末，也不知道兩人是否結婚，或是各自和別人結婚了。朵莉的人生中有個伯尼，但我從不知道伯尼是她丈夫、兒子或是她的兄弟，因為朵莉也是生來就帶著祕密。

如今回想起來，我甚至不知道「柯林斯西伯利亞毛皮與精品地毯公司」到底是不是一家真正的貿易商，或只是為了蒐集情報而成立的空殼企業。後來，我曾試著挖掘真相，竟直接碰壁。我很清楚，每當馬可斯叔叔籌備參加商展時，無論地點是在基輔，彼爾姆或伊爾庫次克，他便會莫名地焦慮；回來後，則不停喝酒。在接近商展的日子裡，傑克，一個談吐優雅的英國人總會來訪，他對祕書施展魅力、對著分貨間門口探頭喊道：「哈囉，彼得，都好嗎？」——他從不叫我皮爾——隨後便帶著馬可斯前往某處好好吃頓午餐。午餐之後，馬可斯會逕自回到他的辦公室，並鎖上門。

傑克自稱精品黑貂皮的仲介商，但我現在知道，他真正交易的是情報，因為當馬可斯叔叔宣稱他的醫生不准他繼續從事貿易時，傑克立刻建議由我跟他一起享用午餐，同時帶我到帕爾摩街的旅人俱樂部，問我會不會比較想在軍團裡生活、在我那些女友中有沒有對哪一個是認真的、在已當上拳擊隊隊長的情形下，為何還是逃離校園，以及我有沒有想過為國家盡點心力，當然，他指的是英國，要是我覺得自己因為年齡之故在戰時錯失機會，這次可要好好把握。整個午餐他只提起我父親一次，語氣如此隨意，我不禁以為這個話題只是無意間從他的記憶裡一閃而過：

「噢，說到你那備受尊敬的父親。以下這些務必嚴格保密，我也從未說過這些話。可以嗎？」

「可以。」

「他確實是條漢子，為他的國家立下汗馬功勞。他的兩個國家。說這些夠了嗎？」

「你說了算。」

「我們敬他一杯。」

敬他一杯，我同意。我們默默地喝下這杯酒。

在漢普郡一棟優雅的鄉間小屋裡，傑克和他的同事姍蒂，以及另一個我一見鍾情的精明女孩艾蜜莉，三人為我上了一堂精簡課程，教授如何自基輔市中心一只祕密信箱中取出訊息——那其實是一處菸草販賣亭牆上一塊鬆動的磚石——他們在柳橙園裡也設置了一個。如何讀取可前往收取信息的安全訊號——一條綁在柵欄上的綠色破緞帶。之後，再把一個空俄羅斯菸盒扔進公車亭一旁的垃圾桶內，藉此暗示我已取得訊息，

「彼得，申請俄國簽證時，或許用你的法國護照會比用英國的好。」他顯得一派輕鬆地建議道，並提醒我馬可斯叔叔在巴黎有家分公司。「還有，順便說一聲，艾蜜莉是禁區。」他加上這一句，以免我

別有用心，而我確實也是。

•

那次是我第一次行動、第一次出任務，為了我後來才認識的圓場。那也是我第一次視自己為祕密戰士，一如我已故父親的形象。我無法一一列舉往後幾年內，我曾數次前往列寧格勒、格但斯克、索菲亞，而後是萊比錫和德勒斯登等地出任務，但少說也有六次以上，若不論行前的自我建設以及任務結束後的自我沉澱，就我目前所知，這些任務都算順利。

在另一處有著美麗花園的鄉間小屋度過漫長的週末之後，我又多學了幾招專業技能，像是反跟監，以及精進在人群中和陌生人擦肩而過的瞬間，不著痕跡地傳遞物件的技術。正當我忙於這些把戲之際，某次在南奧德利街一處安全公寓內舉辦的一場低調典禮上，我獲准領取父親的英勇勳章，一面來自法國，一面來自英國，以及表揚其事蹟的褒揚狀。為什麼拖了這麼久才交到我手裡？我理應是可以問的，但當時的我早已學會不去過問。

直到我開始出任東德期間，某個週日午後，那個矮胖、戴眼鏡、從未停止憂慮的喬治．史邁利才走進我的生活。那是在西薩塞克斯郡，我正提出任務報告，報告的對象不再是傑克，而一名具捷克血統、和我年紀相當的強悍傢伙，他叫吉姆，待他終於獲准恢復姓氏時，才知道他姓普里多。我之所以提到他，是因為往後在我的職業生涯中，他也占有一席之地。

在那次匯報上，史邁利未曾開口，只是坐著聆聽，偶爾透過粗框眼鏡嚴肅地盯著我。匯報一結束，他便提議我們到花園散步，眼前的花園看似無邊無際，和一座公園相連。我們聊天，我們在長椅上坐下、散步、又坐下，我們不停聊天。我們聊到我親愛的母親——她是否健在安好？她很好，謝謝你，喬治。除了精神狀況有些不穩，一切都好。至於父親——我是否留著他的勳章？我說，母親每個星期天都擦拭得亮晶晶的，這是真的。但我沒有提到，她有時會把勳章戴在我身上，而後不住落淚。和傑克不同的是，他沒有問起女朋友的事。他一定是認為，人多好辦事。

如今回想起當時的談話，我不禁猜想，他有意無意地讓自己扮演起日後的父親角色。也或許那只是我一廂情願的感覺，他其實並不這麼認為。即便如此，當他最終不期然地提出那個問題時，我卻有種回到家的感覺，雖然我的家遠在英吉利海峽對岸的布列塔尼。

「是這樣的，我們在想，」他以一種似是遙遠的聲音說，「不知道你是否考慮過，和我們簽約以更正式的方式配合？為我們出任務的非官方成員，並非全適合進入體制。但是就你的條件來看，我們認為你可能很適合。我們支付的酬勞不高，職場環境也經常受到干擾。但我們相信，這絕對是一份重要的工作，只要你在意的是結果，而不太在意手段。」

2

我在德埃格利塞的農莊裡，坐落著一幢建於十九世紀、毫無特色的花崗岩石砌鄉間房舍，一座搖搖欲墜的穀倉，山牆上鑲著石造十字架，不知名戰爭遺留下來的堡壘遺跡，一座古老石砌水井，如今已經廢棄，但早年抵抗運動組織曾徵用來藏匿武器，防止納粹占領軍侵占，一座同樣古老的戶外烤爐，一架老式蘋果榨汁器，還有五十公頃常見的牧草地，一路緩降至臨海的崖邊。這塊地已傳承四代，我是第五代。農莊所在既非高級地段，也不富饒。從我的起居室窗戶望出去，右邊可見一座十九世紀教堂及其節節攀升的尖塔，左邊則是一棟以茅草為頂的孤零零白色禮拜堂。人們於是賦予坐落在這兩者之間的村莊「德埃格利塞」[2]之名。德埃格利塞一如布列塔尼其他地區，居民或者是天主教徒，或者什麼都不是。而我什麼都不是。

自洛里昂鎮前來這座農莊，你得先沿著南海岸路開車約半小時，冬季道路兩旁可見成排枝幹纖細的白楊樹，沿途還會經過希特勒建造的大西洋壁壘[3]西段，由於難以拆除，短期間可望取得當代巨石陣的

2　德埃格利塞（Les Deux Eglises）：法文原意為「兩間教堂」。

3　大西洋壁壘（Atlantic Wall）是第二次世界大戰期間，希特勒唯恐盟軍自西歐登陸，便下令自挪威到西班牙沿岸構築一道防線，稱為「大西洋壁壘」。

地位。大約三十公里過後，你得開始留意左手邊一家華而不實的披薩餐廳奧德賽，一過奧德賽，右手邊便會出現一座臭氣熏天的垃圾場，有個醉醺醺的遊民名不符實地叫作奧諾瑞[4]，會在這裡沿街兜售不值錢的小古物、舊輪胎以及肥料等，只是母親總警告我要避開他，當地人更是叫他毒侏儒。接下來，你會看到一個破舊的立牌，標示著「德勞瑟斯」，這是我母親的家族姓氏，在此轉上一條坑坑窪窪的小路，一邊費力急踩煞車駛過坑洞，或是像郵差丹尼斯先生那樣，全速前進熟練地穿梭在這些坑洞之間：這正是這個早秋的晴朗早晨他正在做的事，院子裡的雞群被他激得憤慨不已，而高貴淡定的小愛——我鍾愛的愛爾蘭長毛獵犬——則忙著照料剛出生不久的一窩幼犬，無暇理會區區人類瑣事。

至於我，從丹尼斯先生——別號「將軍」，由於他特別高，又誤傳他神似戴高樂總統——踏出他那輛黃色廂型車，走向門前階梯的那一刻，我便一眼看出他修長的手上握著的那封信，是從圓場寄來的。

•

一開始我毫無警覺，只是暗自覺得有趣。有些事，英國祕密情報單位永遠不會變。其中一件，便是對於公開信件的紙張選擇，流露出過度焦慮感。看起來不可以太官方或太正式，否則不利於掩飾。信封要完全不透明，所以最好多一層內襯。一逕的白太搶眼：寧可有點色調，又和情書完全沾不上邊。淡藍、一絲灰都可以接受。眼前這一封便是淺灰色。

下一個問題是：地址要用打字，或是手寫？回答這個問題之前，一如往常，必須顧及現場人員的需求，以當前的案例來看，也就是我：彼得・貴蘭姆、前祕情局成員、已解約並對此心懷感激。長年定居法國鄉間。不參加任何退役聚會。未有任何人列入重要關係人名單。領取全額退休金，因此可勉強度日。結論是：在布列塔尼區遍遠的小村莊，外國人相當少見，以打字書寫、半正式、貼著英國郵票的灰色信封可能會引起當地人的懷疑，因此選擇手寫。眼下，最棘手的來了。辦事處，又或者諸如此類圓場近來所自稱的，按捺不住在信封上註記安全等級，即便只是「私人信函」。也許再加註「個人」更具說服力？個人私人信函，僅限收件人。又太矯枉過正。還是堅持用私人信函。而這一次，以法文註記 *Personnel* 更是到位。

砲兵大樓
倫敦，東南十四

親愛的貴蘭姆，

雖然我們素未謀面，但容我向您自我介紹。我是您之前任職單位的事務經理，負責經辦當前以及過往的案件。數年前的某起事件如今出乎意料地浮出檯面，而您似乎在其中扮演舉足輕重的角色，我別無選擇，唯有請您盡速前來倫敦，以協助我們思考因應對策。

4　奧諾瑞（Honoré）：法文原意為「光榮」。

我獲授權提供您的旅行費用核銷（經濟艙），並在出席期間，提供倫敦職級加權的每日津貼一百三十英鎊。

因我方沒有你的電話號碼，請隨時聯絡塔尼雅，電話號碼如上所列，並要求對方付費。或者若您有電子郵件，也可利用下列電子信箱。我無意造成您的不便，但我必須強調事態緊急。最後，請容我提醒您，留意終止服務同意書第十四條。

誠摯的

A.巴特菲爾德

（首長法顧）

附筆：前往接待處時，務必攜帶你的護照。A.巴

「首長法顧」意指「單位首長法律顧問」，而「第十四條」指「當圓場有令時，負終生奉行之義務。」至於「請容我提醒您」則意指記住是誰付你退休金的。我不用電子郵件。而且為什麼信上沒有標明日期：安全考量嗎？

凱瑟琳和她九歲大的女兒伊莎貝爾正在下方的果園裡，和我們最近收容的一對兇猛小山羊玩耍。凱瑟琳身形瘦小，在她那布列塔尼的寬臉上，一雙溫吞的棕眼總不露一絲情感地打量你。當她展開雙臂時，

兩隻山羊隨之撲進她懷裡，而總是以自己的方式自娛的小伊莎貝爾，則會緊握雙手，以腳跟不住旋轉，沉浸在自己的喜悅中。儘管凱瑟琳身強體健，她還是得小心一次只接住一隻小羊，因為要是兩隻同時跳到她身上，就會將她撞倒在地。伊莎貝爾向來不理我。眼神接觸總令她困擾。

在她們後方的田野上，臨時工聾人伊夫正彎腰採收甘藍菜。他用右手劃開莖，左手把菜扔進推車裡，弓著的背卻是動也不動。灰色老馬阿提米斯在一旁看顧著伊夫，牠也是凱瑟琳撿來的孩子。幾年前，我們收留了一隻走失的鴕鳥，牠是從鄰近的農場溜出來的。凱瑟琳通知農場主人時，對方請她收留，因為牠太老了。鴕鳥最後優雅地走向終點，我們為牠舉辦了盛大的葬禮。

「皮爾，你怎麼了？」凱瑟琳問道。

「恐怕得離開幾天。」我答道。

「去巴黎？」凱瑟琳向來不准我去巴黎。

「去倫敦。」我答道。即便已經退休，我仍需要有個表面說法。「某人過世了。」

「你愛的人？」

「不愛了。」我回答，語氣中的堅定令我感到驚訝。

「那就不重要了。今晚離開？」

「明天。我搭雷恩最早的班機。」

曾有那麼一段時日，只要圓場吹聲口哨，我會立刻飛奔到雷恩搭機。如今已不再是當年。

如果你和我一樣，是在舊圓場接受栽培而成為間諜，你就能理解，當我在隔天下午四點付清計程車車資，接著步上混凝土狹窄走道進入那棟異常浮誇的情報局新總部大樓時，為何會頓生一陣厭惡。你很可能和我一樣正值間諜生涯的顛峰，筋疲力盡地自某個遭人唾棄的帝國駐地回來——很可能是蘇聯，或是其從屬國之一——你直接從倫敦機場搭巴士，然後轉地鐵抵達劍橋圓環。製作組成員已經在等著聽取匯報了。你爬上五階破舊門階，來到其醜無比的維多利亞風格建築物門口——我們稱之為總部、辦公室，或只是圓場。而你會知道，你到家了。

忘掉那些你和製作組、裝備組或行政組的爭論。那些都不過是外勤和總部之間如家人般的吵嘴罷了。哨亭裡的警衛向你道早安，心照不宣地說聲「歡迎回來，貴蘭姆先生」，並詢問是否方便檢查你的手提箱。接著你回以謝謝，麥克，或比爾，或當天執勤的人，也從不介意出示證件。你臉上掛著笑容，自己也不清楚為了什麼。在你面前的，是三部壞脾氣的老舊電梯，打從你進入編制的那一天起就討厭它們——只是，其中兩部總卡在上面樓層，第三部則是老總專用，所以你根本不用多想。更何況，你情願迷失在這些走道與盡頭的迷宮中，具體呈現出你所選擇的人生樣貌，其中不乏被蟲蛀的木階梯，缺角的滅火器、魚眼廣角鏡以及混合著陳年菸味、雀巢咖啡和除臭劑的臭味。

現在卻成了這隻巨獸。歡迎光臨泰晤士河畔間諜樂園。

在身穿輕便運動服、一臉嚴肅的男男女女監視下，我來到強化玻璃接待櫃檯前，眼見我的英國護照迅速消失在滑動中的金屬托盤裡。玻璃後分明是張女性面孔，卻傳來一名埃塞克斯男性可笑的強調語氣以及電子化的嗓音：

「請將**所有**鑰匙、手機、現金、**腕**表、書寫工具及**任何**身上攜帶的金屬物品，**放進**你左邊桌上的盒子內，收好用以識別盒子的**白色**標籤，然後依指示將鞋子提在手上，**通過**標示『訪客專用』的門。」

我取回護照了。我依指示前進，一個年約十四歲的活潑女孩先用一支乒乓球拍感應我周身，隨後我走進一處直立的玻璃棺材內接受全身掃瞄。再次穿上鞋、繫好鞋帶——不知何故，這幅景象竟遠比脫下鞋更令人難堪——在那個活潑女孩的陪同下，我來到一部不顯眼的電梯前，她問我這一天是否愉快。並不愉快。前一天晚上也不愉快，倘若她想知道的話，不過她並不想。拜巴特菲爾德的來信所賜，我度過這十年來睡得最糟的一夜，但這我也不能對她說。我是頭野生動物，或者，曾經是。我的天然棲地是間諜活動的戶外空間。然而，身為所謂的熟齡人士，我發現，一封寄自圓場新化身的意外分手信，要求我即刻現身倫敦，竟迫使我的靈魂展開一段夜間旅程。

我們抵達感覺像是頂樓的樓層，卻無從確定。在我曾棲身的世界中，最大的祕密都在頂樓。我年輕的陪同者脖子上掛著一大串附有電子釦環的繩帶。她打開一扇未見任何標示的門，我走了進去，她在我面前關上門。我試了一下門把。動也不動。在我的一生當中，我曾幾次遭到監禁，但對手都是敵對陣營。這裡沒有窗戶，只有充滿孩子氣的圖畫，畫著花朵與房子。這些作品是出自巴特菲爾德的孩子之手嗎？或是先前被囚者的塗鴉？

還有，為何聽不見任何聲音？我聽越久越覺得周遭靜得可怕。沒有打字機輕快的嗒嗒聲響，沒有無人接聽、鈴聲大作的電話，沒有疲憊的文件手推車一路鏗鏘作響，猶如送牛奶人的牛奶推車拖行在木質地板的通道上，也沒有男人怒吼「他媽的別再吹口哨了！」從劍橋圓環到泰晤士河河堤之間，有什麼消逝了，而且消逝的，還不只是手推車的鏗鏘聲響而已。

我往一張金屬皮革椅坐下。大姆指無意識地翻動一本髒兮兮的《私家偵探》雜誌，心裡卻想著，失去幽默感的到底是圓場或是我。我站了起來，又試著轉開門，然後在另一張椅子上坐下。但是此時我已經斷定，巴特菲爾德正深入觀察我的肢體語言。嗯，要是如此，那就祝他好運了，因為門猛地被打開，一個四十多歲、身穿套裝、明快的短髮女人如風一般地進來，並以一口平易近人的無害語調說：「噢，嗨！彼得，太好了。我是羅拉。要進來嗎？」與此同時，我勢必已經迅速重新經歷了一輪我獲准行使陰謀詭計的一生中，曾涉入的失誤及災難。

我們沿著一條空蕩蕩的走道來到一處窗戶密閉、潔白無瑕且一塵不染的辦公室。一名容光煥發、戴著眼鏡的人從桌子後方倏地起身來到我面前，隨即握住我的手。他一副英國公校男孩模樣，加上一身襯衫吊帶褲打扮，著實令人難以判斷其年紀。

「**彼得**！天啊！你看起來**真有精神**！**而且**看起來很年輕！這一路還好嗎？要咖啡嗎？還是茶？**真的**都不要？你能來真的、真的是太好了。幫了個大忙。你見過羅拉了吧？當然見過。**真的**很抱歉讓你等那麼久。剛好高層打電話來。現在沒事了。請坐。」

他一邊心領神會般地眨眼以表達他的分外親切，一邊引領我坐上一張高背扶手椅，彷彿要我罰坐很長一段時間。他本人則回到桌子另一頭坐下，桌面上堆滿舊圓場檔案，並以國旗顏色標示出不同國家。

然後，他手肘隨意支在我看不到的檔案之間，雙手交叉托住下巴。

「順便一提，我是邦尼[5]。」他說道，「蠢到家的名字，但是打從我出生，這名字就一直跟著我，甩都甩不掉。仔細想想，或許正因如此，我才會來到**這裡**。要是在高等法院，每個人都追著你直喊邦尼、邦尼的，你根本無法抬頭挺胸。對吧？」

他平常就這麼饒舌嗎？如今，一般中年的祕密情報局律師都是這麼說話的嗎？一下子生動活潑、一下子又老氣橫秋？我對當代英語的理解因而有所動搖，但根據羅拉極其自然地在他身旁坐下的樣子看來，沒錯，他平常就是這個樣子。立定就坐後，她看起來極具攻擊力，隨時準備猛撲過來。她右手的中指上戴著一枚印戒。是她父親的？或是性傾向的祕密印記？我離開英國太久了。

邦尼持續主導著無意義的閒聊。他的小孩很喜歡布列塔尼，兩個都是女孩。羅拉去過諾曼地，沒去過布列塔尼。她不肯說是跟誰去的。

「但彼得，你可是在布列塔尼出生的！」邦尼沒來由地話鋒一轉，「我們應該叫你皮爾才對！」

叫我彼得就好。我說。

「既然如此，我就直說了。彼得，我們有個有點棘手的法律爛攤子需要釐清。」邦尼注意到我的新助聽器不經意地自白髮間冒出頭來，於是，他放慢速度，稍微提高音量說下去。「還不到**緊要關頭**，卻持續進展中，而且我擔心事態將發展到**不可收拾的地步**。我們非常需要你的協助。」

5　Bunny，有兔子或同性戀之意。

對此我回答道，邦尼，我很樂意盡我所能地提供協助。經過這麼多年後，一想到自己還有點用處，是一件很美好的事。

「顯然，我在這裡是為了保護**當局**，這是我的分內職責。」邦尼繼續說下去，彷彿我剛才並未開口。「你是以個人身分**來到**這裡，毫無疑問也是愉快退休多年的前任成員，這我很確定。即便如此，我也**無法**保證，**你的**利益以及**我們的**利益永遠一致。」他瞇縫著眼，露齒而笑。「所以，彼得，我要說的**是：**儘管我們尊重你過去為當局完成的那些重大貢獻，但當局是**當局**。你是**你**，而**我**則是個要命的律師。凱瑟琳好嗎？」

「很好。為什麼問起她？」

因為我未將她列入重要關係者名單。為了引起我的恐慌。為了激起我的鬥志。並彰顯當局的無所不知。

「我們不知道是否應該將她列入你那長長的重要關係人名單裡。」邦尼解釋道。「當局的規定啊，諸如此類的。」

「凱瑟琳是我的房客。她是之前房客的女兒、孫女。我選擇住在那裡，要是這也在你的職責範圍內的話，我從來沒跟她睡過，也從未有此打算。這樣夠了嗎？」

「可敬可佩，感謝你。」

這是我的第一個謊話，無懈可擊。接下來得迅速轉移話題。「聽起來我需要自己的律師。」我提出建議。

「還沒到那個時候，更何況你也負擔不起。現今的律師費不同以往了。資料上寫你已婚，然後又變成未婚。都正確嗎？」

「是。」

「在一年之內。真了不起。」

「謝謝。」

我們是在開玩笑？或是在互相挑釁？我懷疑是後者。

「年輕時的少不經事？」邦尼以一貫有禮的語氣探問道。

「是一場誤會。」我回答。「還有其他問題嗎？」

可惜邦尼不打算輕易罷手，同時也想讓我意識到這個事實。「我的意思是，那小孩——是誰的？是誰的？父親是？」語氣依舊虛偽。

我佯裝沉思。「你知道嗎，我好像從沒想過要問她。」我回答。他還在思索我的回答時，我繼續說：「既然我們眼下正在談誰對誰做了什麼，也許你可以告訴我，羅拉為什麼在這裡？」我問道。

「羅拉就是**歷史**。」邦尼沉穩答道。

眼前的歷史是個面無表情的女人，短髮、棕色眼睛、脂粉未施。沒有人笑，除了我以外。

「那麼，邦尼，犯案紀錄上是怎麼寫的？」我打起精神問道，現在已到了近身肉搏的地步了。「在女王的船塢放火嗎？」

「噢，拜託，彼得，說**犯案紀錄**有點太過了。」邦尼抗議道，語氣依舊輕快。「只是一些事有待釐清罷了。今天結束之前，容我再問一**個**問題。可以嗎？」他擠眼示意道。「**天賜**行動。是怎麼展開、由誰主導的、為什麼一敗塗地，還有你在其中扮演什麼角色？」

當你意識到，事情正如你所預想的最糟狀況發展時，靈魂會有解脫的感覺嗎？我不覺得。

「你是說，天賜行動？」

「天賜。」他提高音量，以免我的助聽器接收不到。

慢慢來，記住你已經上了年紀。如今記憶力不再是你的強項。不要急。

「邦尼，這個天賜究竟是**什麼**？給我一點線索吧。那大概是什麼時候的事？」

「大約六〇年代早期。還有今天。」

「你說那是一個行動，是吧？」

「祕密行動。代號天賜。」

「目標對象是？」

羅拉直接切入盲點：「蘇聯及其衛星國家。直接目標是東德情報單位，又稱**史塔西**。」為了我還特意大聲說。

史塔西？史塔西？等等。噢，對了，那個史塔西。

「目的是什麼，羅拉？」我問道，我總算意會過來。

「製造騙局、誤導敵方、保護重要情報來源。滲透莫斯科情報中心，目的是確認可能的叛國者或圓場陣營內的叛徒。」接著她語氣急轉直下滿是哀怨地說：「只不過目前我們手上完全**沒有**任何檔案。徒留與這些消失的檔案有關的參照資料。可能是不見了，但據信是被偷了。」

「天賜，天賜。」我重複道，一邊搖頭一邊面露老年人特有的尷尬微笑，雖說這些老人可能不是真如一般人所想的那麼年邁。「我很抱歉，羅拉。我恐怕完全想不起來。」

「就連模糊的印象也沒有？」邦尼問。

「完全沒有。哎，一片空白。」我正試著驅走腦海中那道年輕的身影，一身披薩外送員制服的我，傾身俯向我那台初學者專用的摩托車手把加速前進，為了緊急命令的夜間急件而從圓場總部趕往倫敦某處。

「為避免我剛才沒提到，或是你沒聽到，」邦尼以他最溫和的語氣進一步說道，「據我們了解，你的朋友兼同事艾列克．利馬斯也參與了天賜行動。你可能還記得，他為了盡快幫女友伊麗莎白．金德脫困，而在柏林圍牆慘遭射殺身亡，可惜她早一步被射殺了。或許，你連這也忘了？」

「他媽的我當然沒忘。」我霎時怒吼道。直到此時，我才辯解似地說道，「你剛才問我天賜，不是問艾列克。那我的答案是不知道。我不記得什麼天賜。我從沒聽過。很抱歉。」

•

在所有審問中，否認都是臨界點。在此之前的謙讓都別放在心上。自否認的那一刻起，事況的發展再也不一樣了。在祕密警察層級的審問中，否認很可能招致立即性的報復，更遑論祕密警察通常比其審問的對象愚笨。反觀老練的審問者，一旦發覺門在他面前砰地關上，並不會立刻強行破門而入。他寧願重新整頓，並從不同角度逼進受審者。從邦尼滿意的笑容看來，他正有此盤算。

「所以，彼得，」他的聲音我聽不清楚，儘管我戴著助聽器，「我們先別要管天賜行動吧。你會不會很介意，我和羅拉問你一些較一般性的**背景問題**？」

「你是指？」

「個人職責。淨是些老問題，服從上級命令的**界線**何在，為個人行為承擔的責任又該從何算起。這樣懂嗎？」

「不是很懂。」

「你人在現場。總部指示你行動，但並非每件事都順利進行。無辜的人犧牲了。於是你，或是某個和你很親近的同事，顯然逾越了命令。你曾想過這種情形嗎？」

「沒有。」

他若不是忘了我重聽，就是他擅自決定我的聽力沒問題。

「而根據你個人單純的見解，你也無法想像，這麼緊急的情況竟會發生嗎？回顧你多年的職業生涯，你勢必會發現，你曾多次身陷其中吧？」

「我無從想像。很抱歉。」

「你從來沒有一時半刻，覺得自己逾越了總部的命令，啟動了某件你無法停止的事？也許，是將個人感受、需求——甚至**欲望**——置於責任的必要性之上？最終導致你無意造成或無法預料的嚴重後果？」

「呃，那樣的話，我會遭總部申飭，不是嗎？或者被召回倫敦。情況嚴重的話，還會被掃地出門。」我禁不住蹙眉反問他。

「想得更遠一點，彼得。我的意思是，也許在某個地方，有個忿忿不平的第三方。來自圈外的一般人——由於你做的某件事的後果——可能是出於錯誤或是一時盛怒之下，或是這麼說吧，力有未逮——而蒙受間接傷害。**多年之後**，也許一個世代之後，有人可能認定，這是足以對付當局、且有利可圖的法律案件。也許是傷害罪，若還是無法容忍，也許是非公開的過失殺人起訴或更為嚴重的罪名。對逍遙法外的當局，或是，」他挑眉故作驚訝道，「對某個有名有姓的前任成員提起訴訟。你從沒想過有**這個**可能性吧？」他的語氣聽起來不若律師，而是一名醫生，試著安撫聽到壞消息的你。

爭取時間。搔搔老腦袋。不管用。

「我想，我大概都在忙著給敵方製造麻煩吧。」我面露老兵那種疲憊的微笑。「前有敵人，後有總部，沒什麼時間思索哲理啊。」

「他們最**便捷**的作法，便是啟動國會程序，以訴訟前通知書為訴訟程序鋪路，但目前事不至此。」恐怕我還是得再想想，邦尼。

「接下來，一旦開始訴訟程序，相關國會質詢就會擱在一邊，任憑法庭自行裁決。」他等我回應，卻只是徒勞，於是他更是緊咬不放問道：

「還是想不起和天賜有關的事？一場持續兩年的祕密行動，而你在其中扮演了吃重的角色——有人會說是英雄角色——如今你卻怎麼也想不起來？」

羅拉以她那雙修女般、不露一絲情感的棕色眼睛對著我提出同樣的問題，而我則一逕地佯裝不斷搜尋我老年人記憶——該死——我想，除了自身的年邁之外，完全想不起任何事——我備感挫敗地不住搖晃一頭白髮。

「這該不是某種特訓吧，是嗎？」我頑強提問。

「羅拉跟你說過了。」邦尼駁斥道，我頓時表現出一副「噢，對喔，她說過了」的樣子，面露尷尬神色。

•

我們先把天賜放在一邊，回頭好好思考一下那個陰魂不散的圈外一般人，對方先是透過國會緊咬情報局某前任成員，而後將在法庭上狠咬第二口。只是我們尚未**指名道姓**，或論及**哪一位**成員。我會用**我們**是因為，倘使你曾有審問的經驗，並且意識到自己陷入困境時，你和你的審問者會形成一種共犯結構，雙方站在同一陣線，一起面對、解決問題。

「我的意思是，光就你的個人檔案來說，看看還剩下什麼，」羅拉抱怨道，「那不只是一刀兩斷的程度而已。簡直是薄批細切。沒錯，內容敏感的附件確實過度機密不宜放進一般資料庫中。在一定程度上，這無可非議。機密附件向來如此。只是當我們來到機密資料庫，結果找到什麼？一大片空白。」

「去他媽的。」邦尼補充說明似的插話。「依據你的檔案，你在情報局的生涯，不過是成堆的銷毀許可。」

「要是……」羅拉正要評論，顯然不受這種與律師形象背道而馳的粗話影響。

「噢，但是**公平**一點，羅拉，」眼下的邦尼罩上一襲與囚犯為伍的虛偽斗篷。「我們手上的這些，極有可能是不堪的過往中那個邪惡比爾．海頓的傑作，不是嗎？」接著他對我說：「也許你也忘了海頓？」

海頓？**比爾**．海頓。我想起來了：為蘇聯效力的雙面間諜，也是圓場萬能的聯合督導委員會——或稱聯督——的一號人物，任職三十年間不遺餘力地將情報洩露給莫斯科中心。我不時聽見他的名字被提起，可惜我並未奮不顧身地當下怒吼：「那個狗雜種，我要扭斷他的脖子！」沒想到，我碰巧認識的某個人為了取悅祖國，竟這麼做了。

與此同時，羅拉和邦尼持續對話：

「噢，我一點也不懷疑，邦尼。整個機密資料庫隨處可見比爾．海頓的印記。而眼前這位彼得算是早期便開始懷疑他的幾個人之一，是吧，彼得？你可是喬治．史邁利的助理。你是他的守門人、備受信任的追隨者，不是嗎？」

邦尼敬畏般地搖搖頭。「喬治．史邁利。當局史上最佳操盤手。圓場的良心。有些人稱他哈姆雷特，也許不是那麼公平。了不起的人。不管怎樣，妳不覺得天賜行動這個案子，」他繼續對著羅拉說，一副我不在場的樣子，「可能不是比爾．海頓搜刮了機密資料庫，而是喬治．史邁利？不論他是出於什麼理由。在那些銷毀許可上，有些極不尋常的簽名。那些名字妳或我從來都沒聽過。我並不是說史邁利親自經手，他可能有某個自願代理人，想當然，他一定有代理人。某個盲目遵從他的指示的人，不論合法與否。我們的喬治，不可能弄髒自己的手，何其偉大。」

「說說你的看法吧，彼特？」羅拉詢問道。

我確實有看法，而且是很強烈的看法。我討厭被叫**彼特**。這場對話已經嚴重地失控。

「羅拉，說到底，為什麼只有喬治．史邁利要竊取圓場的檔案？是比爾．海頓，我跟妳保證。比爾連寡婦的塵蟎都偷，還會他媽的大笑。」

附上一陣輕笑聲，以及老年人無奈的搖頭，暗指你們這些時下年輕人絕對不會知道當年的景象。

「噢，我想喬治是很可能有理由竊取這些檔案的。」邦尼代羅拉回答。「在冷戰最嚴峻的那十年，他是祕密情報單位的主管，期間積極不懈地和聯督爭奪主導權。不論是勸誘對方的情報員，或是闖入對方的藏身處，無所不用其極。在幕後操縱當局染指過最暗黑的行動。在必要時刻，他會戰勝良心。而且似乎經常如此。我可以想像，你親愛的喬治輕易地便神不知鬼不覺地處理掉一些檔案。」邦尼此刻面對我說：「我也可以想像，你在一旁協助，且毫無懸念。那些不尋常的簽名當中，有一些和你的筆跡意外相似。你甚至沒必要竊取，只要簽寫別人的名字、調出檔案、賓果。至於那個慘死在柏林圍牆下令人哀慟萬分的艾列克．利馬斯──**他的**個人檔案甚至不是慘遭薄批細切，而是整個不見了。甚至連一張翻爛的索引卡也沒有。你看起來完全無動於衷啊，真不可思議。」

「要是你想知道的話，我很震驚，也很震撼。相當震撼。」

「為什麼？只因為我說你從機密資料庫裡竊取了利馬斯的檔案，然後藏在樹洞裡？你任職期間，替你的喬治叔叔偷了好幾份檔案，其中怎麼可能不包括利馬斯的？你藉此悼念他，在他慘遭殺害，永遠陪伴在——那女孩叫什麼來著？」

「金德。伊麗莎白．金德。」

「啊。你還記得。小名麗姿。**她的**檔案也消失了。你大可為此抹上一層浪漫色彩，艾列克．利馬斯以及麗姿．金德兩人的檔案一起淡出在遙遠的他方。順便問一下，你和利馬斯是怎麼變成哥兒們的？眾所周知，直到最後都是推心置腹的戰友。」

「我們一起共事過。」

「一**起共事**？」

「艾列克年紀比我大，也比我有智慧。倘使他有任務在身，而且需要一個伙伴，就會找我。一旦人事和喬治同意，我們就會搭檔。」

羅拉再次提問：「那麼，給我們一些這類**搭擋**的例子。」她的語氣顯然不贊同搭擋，但我心裡慶幸有機會岔題。

「噢，我想，我和艾列克在五〇年代中期，確實曾前往阿富汗。我們的第一次合作便是滲透一些來自高加索、甚至蘇俄的小團體。你們聽來大概會覺得是**陳年往事**吧。」我再度輕笑。無奈搖頭。「我得承認，那次不算成功。九個月後他被調到波羅的海地區，在愛沙尼亞、拉脫維亞和立陶宛進進出出找樂子。他再度請求我支援，我便前去擔任他的助手。」為了讓她理解，我說：「在那個年代，波羅的海三小國是蘇聯的一部分，我想妳一定知道吧，羅拉。」

「**樂子**，指的是情報員。如今我們稱之為**資產**。利馬斯的正式駐地是特拉弗明德，對嗎？在德國北部？」

「完全正確，羅拉。他表面上是國際海洋研究團體的一員。白天保護漁業，夜晚則乘快艇登陸。」

邦尼打斷我們兩人的對話。「這些夜間登陸有行動代號嗎？」

「摺疊刀。如果我沒記錯的話。」

「所以不是天賜？」

我未搭理他。

「摺疊刀。運作了幾年，然後收手。」

「怎麼運作的？」

「首先，召集志願者。讓他們在蘇格蘭受訓，在黑森林或之類的地方。學習愛沙尼亞語、拉脫維亞語。然後陸續將他們送回他們原本的所在地。等待月黑的夜晚。橡皮艇。極輕巧的舷外引擎。夜視鏡。無線電的一方在沙灘上傳來警報解除的訊號。你親自前往。或是由你的樂子完成。」

「當你的樂子前往執行任務時，你和利馬斯做什麼呢？除了開瓶酒慶賀，可以想見，這對利馬斯來說，顯然都是司空見慣的。」

「呃，我們當然不會只是坐著不動，對吧？」我回答，再次拒絕被激怒。「盡速撤出是當下唯一訊號。放手讓他們去。妳到底為何問起這些事？」

「部分是為了理解你這個人，部分是因為我不解，為什麼你對摺疊刀記憶猶新，卻完全不記得天賜？」

羅拉又開口：「你說『放手讓他們去』，我想，你的意思是任由情報員聽天由命？」

「如果妳這麼認定的話。」

「那又是什麼意思？他們的命運？還是你忘了？」

「他們因我們而死。」

「所以，是真的死了？」

「有些人一上陸便被抓了。有一些則是過了幾天之後。有一些被遣返，回來反將我們一軍，只是後來也被處決了。」我駁斥道，聽得出自己聲音中逐漸被激起的怒氣，卻也完全不想壓抑。

「所以那是誰的錯呢，彼特？」羅拉繼續問道。

「什麼是誰的錯？」

「那些被犧牲的人。」

小小的爆發無傷大雅。「當然是天殺的比爾．海頓，陣營內的叛徒，不然妳覺得是誰？我們都還沒離開德國海岸，那些可憐人就已經被擊潰了。被我們親愛的聯督主管出賣，而且還是最初策畫整起行動的同一個人！」

邦尼低下頭，避免成為牽怒的對象。羅拉先是看著我，然後看向自己的手，顯然比較偏好後者。像男生一樣短短的指甲，乾乾淨淨。

「彼得——」邦尼重新發動攻勢，改以全面進攻而不僅止於子彈連發。「身為情報局首席律師——而非**你的個人**律師，我再次強調——對於你過往的一些立場，我感到相當不安。我的意思是，一旦國會決定放手，任由法院接手，無論是不公開或其他作法，但願這種事不會發生，一個有經驗的法律顧問，完全可以將你塑造成另一種形象：在你的職業生涯中，你涉及為數眾多的死亡，而且你對此不以為意。你曾接受指派——不如說是接受無懈可擊的喬治·史邁利所指派吧——去執行祕密行動，而在這些行動中，無辜的人被犧牲是可接受的，甚至是必然的結果。或甚至是，你們所期待的，誰知道呢。」

「期待的結果？被犧牲？你在胡扯什麼？」

「天賜行動。」邦尼極有耐性地回答道。

3

「彼得？」

「請說。」

羅拉不滿地沉默以對。

「我們可以回溯一下一九五九年嗎？我想，當時摺疊刀行動已經擱置。」

「恐怕我對日期不是很在行，邦尼。」

「總部終止了行動，理由是證據顯示，此次行動不但徒勞，生命及金錢的代價更是高昂。另一方面，你和艾列克．利馬斯則懷疑自家內部有不法情事。」

「聯合督導宣稱行動搞砸了，艾列克則宣稱根本是陰謀算計。不論我們在哪一處海岸登陸，對手總是搶先我們一步。無線通聯遭到破壞，每一件事都遭到破壞。一定是有內鬼。這是艾列克的看法，而依我的淺見，我傾向同意他的看法。」

「所以，你們兩人決定向史邁利提出一個行動計畫。想必你們認為史邁利不可能是內鬼。」

「摺疊刀是聯督的行動，由比爾．海頓管轄。海頓，其下又有艾勒林、博朗德、艾斯特海斯。我們稱他們海頓幫。喬治完全沾不上邊。」

「聯督和情報處已經到了劍拔弩張的地步？」

「聯督不斷密謀要將情報處併入麾下。喬治認為這無疑是專權，堅決不從。」

「在這之間，我們英勇的情報局最高長官人在哪兒呢？就是我們稱之為『老總』的那位。」

「玩弄兩者於股掌之間。先離間、再仲裁，一如既往。」

「海頓和史邁利之間有私人恩怨，這麼說對嗎？」

「有可能。有傳言說海頓和安有一腿，安是史邁利的太太。這讓喬治模糊了焦點。可以想見，這是比爾擅用的招數。他可是個聰明的王八蛋。」

「史邁利會和你討論私生活？」

「想都別想。你不會和下屬談這種事。」

邦尼想了一下，顯然不相信，一副想追問下去的樣子，卻又改變心意。

「那麼，摺疊刀行動終止之際，你和利馬斯便煞費苦心地來找史邁利。而且是面對面。三個人。包括你在內。儘管你資淺。」

「艾列克要我一起去。他不信任自己。」

「為什麼？」

「艾列克很容易動怒。」

「三人會議的地點在哪裡？」

「這到底有什麼關聯？」

「因為我想像，理應有個安全的庇護場所，一個你還沒向我提起的地方，一旦到了適當時機，你會坦承以告。因此，我認為，現在是追問的好時機。」

我自以為這些閒談不過是將我們引到不那麼險惡的水域，看來我是自我催眠。

「我們可以在圓場的藏身處，但是這些藏身處理所當然都被聯督監聽了。我們也可以在史邁利貝瓦特街的住處，可惜安在家。我們都有共識，就是不該讓她陷入她無法承擔的境況。」

「否則她會去投奔海頓？」

「我沒這麼說。只是我們都有那種感覺而已。沒別的了。你要我說下去嗎？」

「我非常想聽，如果你願意的話。」

「我們到喬治貝瓦特街的住處接他，然後為了他的健康著想，我們沿著南岸陪他散步。那是個夏天的傍晚。他老是抱怨自己運動量不足。」

「就在這次的河濱漫步中，天賜行動誕生了？」

「哎，我的老天啊，成熟點，好嗎！」

「噢！我越來越成熟了，你不用擔心。你也是一下子就變年輕了。所以那次你們談了些什麼？我洗耳恭聽。」

「我們談到叛國行為。大範圍地談，不是針對細節，那沒有意義。聯督目前或新近成員理所當然是懷疑的對象。所以包括五十、六十人在內，都有可能是叛徒。我們談到誰有管道接觸摺疊刀行動，且曝光消息。但我們也很清楚，聯督在比爾的操盤下，派西．艾勒林只是一味地唯命是從，博朗德、艾斯特海斯總是隨心所欲地干預行動，任何有心竊密的叛徒，只要出入聯督的開放空間，或是坐在高階主管辦公室的吧檯周圍，聽派西．艾勒林自吹自擂就行了。比爾老是說，辦公區的區域劃分令人厭煩，不如讓我們大家了解彼此。由此，便給了他足夠的掩護。」

「那史邁利對於你們提出的行動計畫有何反應？」

「他說，他會仔細考量，再給我們答覆。這是喬治一貫的回應。嗯，我需要來點咖啡。要是你不介意的話。黑咖啡，不加糖。」

我不覺伸伸懶腰、甩甩頭、打了個呵欠。看在老天的分上，我都上了年紀了。可惜邦尼完全不買帳，羅拉則是老早就不想理我。他們注視著我的樣子，一如某些已經受夠了我的人，當然咖啡也沒得喝了。

•

眼前的邦尼已經換上他的律師面孔，扳起臉，不再擠眉弄眼，也不再為了聽不太清楚的遲鈍老人而特地提高音量。

「我想回到最一開始的地方，你可以嗎？你，以及你的法規。當局，以及當局的法規。你聽清楚了嗎？」

「應該聽清楚了。」

「我剛才提過，英國大眾對於過往犯罪懷有貪得無饜的興趣；滿腔正義感的國會議員也絕不會放過任何蛛絲馬跡。」

「你提過嗎？大概吧。」

「法庭**也是**。指責歷史罪狀是近來的熱潮、新興的國家運動。今日無可指謫的世代，對上你那罪惡的世代。誰要為我們的父執輩贖罪？即便當年那些行為都不算罪過？但你並沒有為人父，是吧？雖說你的檔案裡確實提到，你應該是子孫滿堂。」

「你不是說，我的檔案被薄批細切嗎？你現在是在告訴我，其實未必嗎？」

「我嘗試讀出你的情緒，卻辦不到。你要不是沒有情緒，就是太多了。你對麗姿．金德的死表現得太過淡定。為什麼？對於艾列克．利馬斯的死也一樣。你假裝完全記不起天賜行動，反之我們卻清楚，你對這次行動知之甚詳。值得注意的是，你那已故的朋友艾列克．利馬斯儘管因執行這個他一知半解的任務而喪命，卻也對這次行動**不是**那麼清楚。我沒有要你打岔的意思，所以請聽我說下去。」他原諒我的無禮，繼續說下去：「不過，我漸漸意識到，我們之間可以有個交易。只要你承認對天賜行動有點印象，也許是一次訓練活動，你一派優雅、不自覺地脫口而出。用以交換**我們**更多的訊息，聽起來如何？**你**遙遠的記憶是否清晰了一些？」

我陷入沉思，搖搖頭，嘗試捕捉那遙遠的記憶。我萌生一種戰到最後一人的感覺，而那最後一人便是我。

「邦尼，就我**依稀**記得的，」我索性讓步，暗示情勢將稍微偏向他所樂見的方向，「天賜，就我的記憶所及，不是一次**行動**，而是一個**線人**。一無是處的線人。我想正因如此，我們彼此才會有所誤解。」——我希望對方多少鬆懈一點，卻無濟於事。「是個**潛在的**線人。他在第一道防線之前便一敗塗地。即時、合理地被放棄了。存檔、然後忘掉。」我又補充道：「線人天賜是喬治的昔日友人。另一起歷史案件，若是你有興趣，」我同時鄭重地向羅拉點頭示意，「是關於一名在威瑪大學教授巴洛克文學的東德教授。他是喬治自戰時便認識的朋友，為我們處理各式各樣的事情。約莫五九年左右，他透過某位瑞典學者或其他人和喬治聯繫上。」——保持流暢，維持模稜兩可，這是不變的定律——「我們稱他**教授**，他宣稱手上握有的最新消息，是關於兩德以及克里姆林宮之間極機密的協議。他說，他是從某個志同道合的朋友口中聽來的，對方任職於東德行政單位。」到目前為止，我說得頭頭是道，彷彿真發生過。「他說，協議內容是兩德將在維持中立、非武裝的條件下統一。換句話說，亦即西方最**不樂見**的結果：引爆歐洲中央權力真空。倘使圓場能將他祕密引渡到西方，他會把鉅細靡遺的協議內容交給我們。」

懊喪的微笑，搖搖一頭白髮。但在這生死交關之際，我未聞一聲回應。

「結果，教授想要的，不過是劍橋的教職，終身教職，爵士爵位以及和女王共進下午茶。」我禁不住輕笑。「當然，整件事都是他捏造的。徹頭徹尾的胡謅。結案。」我總算說完，不過，我感覺一切順利。不論史邁利人在哪裡，他一定會暗自鼓掌叫好。

只是邦尼沒有鼓掌。羅拉也沒有。邦尼面露虛偽的憂心，而羅拉顯然相當懷疑。

「彼得，是這樣的，問題**在於**，」邦尼沉默好一陣子才解釋道，「你剛剛所說的，和我們在舊中央檔案庫中找到的那些天賜行動檔案一樣，淨是偽造的狗屁。對吧，羅拉？」

顯然他說對了，因為羅拉當下予以反擊。

「一字一句幾乎都是捏造的。混淆視聽，唯一的用意是要讓任何好奇想追究的人被引上另一條路。這個教授根本就不存在，整個故事從頭到尾都是假的。平心而論，若是為了避免海頓之流的窺探，偽造一份天賜行動檔案，存放在中央檔案庫當作煙霧彈，是相當合理的。」

「而**不合理**的是，彼得，上了年紀的你坐在那裡，竟一心想著要我們相信那些你、史邁利，以及其他情報處成員，在一個世代前放出的不實情報。」邦尼邊說，邊努力擠眼以示善意。

我還在思考如何解套之際，羅拉熱心地開口解釋：「是這樣的，彼特，我們找到時任老總的財務收益：是他的祕密款項，老總私人用途的一部分祕密收入，但仍分毫不差地記在帳上，對吧，彼得？」她一副應付小孩的口吻。「他會親手交給他在財政部信任的盟友。他的名字是奧利佛．拉孔，後來受封為拉孔爵士，如今是已故雅士谷．維斯特的拉孔閣下……」

「妳能否說清楚，這些事和**我**到底有什麼關係？」

「關係可大了。」羅拉平靜說道。「老總提交財政部的財務報告——且僅供拉孔翻閱——其中提到兩名圓場官員的名字，並示意在必要時刻，這兩人可全面且如實地公開有關所謂天賜行動的費用，以防往後有人質疑這些額外支出。老總在這方面可是很高尚的，其他方面則未必如此。第一個提到的名字是喬治．史邁利，第二個名字就是彼得．貴蘭姆。也就是你。」

有好一會兒，邦尼表現得一副沒聽見我和羅拉之間的言語交火。他再度低下頭，避免激怒雙方，全神貫注地閱讀手上的資料。終於，他抬起頭來。

「羅拉，跟他說說妳挖出來的天賜安全公寓。情報處不為人知的藏身處，彼得藏匿贓物的地方。」

他的語調暗示他正在忙其他事。

「好的。那麼，如邦尼所說，在這個帳戶中提到一處安全公寓，」羅拉順從地解釋道，「**以及**一個安全公寓管理人。另外，」她憤憤不平地說，「**還有**一個謎樣的曼德爾先生，他甚至未列入情報局的紀錄，卻以天賜情報員的身分獨立受雇於情報處。每月有兩百英鎊匯入他在韋布里奇郵局的戶頭，外加一筆兩百英鎊上限的交通雜支報銷，有帳目可查，由矯情的西堤法律事務所之下一個不具名的客戶帳戶支付。還有一份喬治．史邁利對這個帳戶具效力的授權書。」

「這個曼德爾是**誰**？」邦尼詢問。

「退休警官，特別部門的。」我答道，已經進入導航模式。「名字是奧利佛。可別和奧利佛．拉孔搞混了。」

「在何時、從何地招募的？」

「喬治和曼德爾老早就認識了。更早之前，喬治曾和他合作過一個案子。他欣賞這個人的樣貌。喜歡他不屬於圓場。他稱曼德爾為**我的新鮮空氣**。」

邦尼突然對這整場對話感到筋疲力竭。他砰地往後靠在椅背上，輕舞手腕，一副在長途飛行中試著舒展身體的樣子。

「接下來，我們認真點，切入正題吧，可以嗎？」他提議後，打了個呵欠。老總的祕密款項是目前或當下我們手上唯一確切的證據，首先，這是找出天賜行動整體規畫及其目的的線索；第二，當有人以繁瑣的民事訴訟或自訴指控當局或你，彼得．貴蘭姆時，這更是一種用以自我辯護的手段。控告人名叫克里斯多夫．利馬斯，是已故艾列克．利馬斯唯一的子嗣，另一人則是凱倫．金德，目前單身，是已故伊麗莎白或說麗姿的女兒。你聽過這兩個人嗎？顯然有。別說我們總算嚇到你了。」

他依舊癱坐在椅子上，等待我回答之際，好不容易吐出一聲「天哪」。或許是等待的時間太久，因為我依稀記得他禁不住對我怒斥：「到底怎樣？」

•

「麗姿．金德有**小孩**？」我聽見自己提問。

「從她的表現來看，她根本是好鬥版的麗姿。麗姿剛滿十五歲時，就被就讀同一所地區中學的蠢蛋搞大了肚子。在她父母的堅持下，孩子被人領養，並取了教名凱倫。也許不是教名，因為她是猶太人。這個凱倫長大成人後，便行使她的法律權利得知親生父母的身分，然後，這很容易理解，她開始對生母人在何處、如何去世等實情感到好奇。」

他停頓了一下，以免我有疑問。我遲遲沒有回應，過了好一會兒才提問：克里斯多夫和凱倫是怎麼找到我們的名字？邦尼卻未多加理會。

「在追求真相與和解方面，凱倫受到克里斯多夫的一再慫恿。只是凱倫有所不知，自柏林圍牆倒塌以來，艾列克的兒子克里斯多夫便一心想找出他父親的死因——我得說，在這方面他並未得到局裡的大力支持，我們反而還他媽的盡可能地百般阻撓他。不幸的是，我們的努力看來似乎是適得其反，儘管這個克里斯多夫在德國警方的紀錄，可是比你的手臂還要長呢。」

又是停頓。我還是沒有提問。

「這兩名原告眼下已經聯手。他們說服自己——也相當合理——他們敬重的父母親的死，是當局五星級爛攤子的後果，而這爛攤子是由喬治·史邁利和你親力親為的。他們正尋求事件完全公開、金錢賠償以及列舉相關人員姓名的公開道歉。顯然你的名字是其中之一。你知道艾列克·利馬斯有個兒子嗎？」

「知道。史邁利人呢？為什麼不是他在這裡，而是我？」

「那你會不會剛好也知道，這位幸運的母親是誰呢？」

「是他在戰爭期間於後方執勤時認識的一個德國女人。之後，她嫁給一名來自杜塞朵夫的律師艾博哈德。艾博哈德領養了那個男孩。但他的姓不是利馬斯，而是艾博哈德。我問你喬治人呢。」

「等會兒再說。感謝你這麼鮮明的記憶力啊。其他人知道這個男孩的存在嗎？你朋友利馬斯的**其他**同事知道嗎？看吧，要不是他的檔案被偷，我們也會知道的。」顯然對於等我有所回應感到不耐了。「在局裡，是不是所有人都知道，利馬斯生了一個叫克里斯多夫的杜塞朵夫德國雜種？是，還是不是？」

「不是。」

「為什麼他媽的不是？」

「艾列克不太談私事。」

「除了對你以外，是吧。你見過他嗎？」

「誰？」

「克里斯多夫。不是艾列克。克里斯多夫。我看你又開始故意裝傻了。」

「我絕不是在裝傻，我的答案是**沒有**，我沒見過克里斯多夫．利馬斯。」我憤而駁斥，我何必拿真相寵壞他？他還在消化我的回答時，我又說：「我問你，史邁利在哪。」

「如果你注意到的話，我完全忽視那個問題。」

我們紛紛停了一下，試圖恢復鎮定，羅拉則一臉悶悶不樂地緊盯著窗外。

「**克里斯多夫**，我們姑且這麼稱呼他吧。」邦尼滿是倦怠語氣地再次開口。「他並非有勇無謀，彼得。不管他確定有罪或可能有罪。也許是基因好吧。在他確定父親死於柏林圍牆東邊之後，他使了什麼手段，我們不清楚，卻深感敬佩。總之他陰謀得逞，潛入據說是已封存的史塔西檔案庫，找到三個重要人名：你、已故伊麗莎白．金德，以及史邁利。幾個星期內，他掌握到伊麗莎白的線索，自此經由公開紀錄找到她的女兒。於是，兩人安排了一次密會。這出人意料的一對因此有所連結——至於兩人之間發展到什麼程度，就不是我們該刺探的了。他們共同向一名嗜穿露趾涼鞋、品味令人激賞的民事訴訟律師諮詢，該律師正是情報局的剋星。我們當然也考慮過要用稅金支付兩名原告一大筆錢，以做為封口費，但我們也很清楚，如此一來，無異是向他們坦承，這確實是個名副其實的案子，進而助長他們更加咄咄逼人。『拿著你們的錢下地獄吧，你們這群暴徒。歷史必須可被談論。爛瘡必須被切除，人頭必須落地』恐怕，你的頭便是其中之一。」

「想必也包括喬治的。」

「因此，我們面臨的，是荒謬的莎士比亞風格假定：萬惡圓場的陰謀受害者鬼魂，以後裔的姿態爬出來指控我們。截至目前為止，我們設法控制住媒體，暗示若是國會決定袖手旁觀，為此案的訴訟程序開路，那麼此案將在完全孤立的**祕密**法庭接受審理，唯有我們可以決定誰能旁聽。——當然這不全然屬實，但誰會在意呢？——那些惱人的律師一如既往地煽動原告，原告於是做出回應：『去你的，我們要公開審理，我們要完全透明。』你算直接，還問起史塔西的資料裡怎麼會有你的名字。不用說，當然是莫斯科中心提供的，他們適時地傳送資料至史塔西。而莫斯科中心又是怎麼知道你的名字？當然是從當局這裡了，再一次感謝勞心勞力的比爾．海頓，當時的他如魚得水，注定還要再順遂個六年，直到聖人史邁利騎乘白馬揪出他。你們還有聯絡嗎？」

「和喬治嗎？」

「和喬治。」

「沒有。他在哪？」

「這幾年都沒聯絡？」

「沒有。」

「你最後一次和他聯繫是什麼時候？」

「八年前。或十年前。」

「大概說一下。」

「我當時在倫敦，順便找他。」

「去哪裡找他？」

「貝瓦特街。」

「他當時如何？」

「很好，謝謝你的關心。」

「我們四處找他。反覆無常的安女士呢？你和她也沒有接觸嗎？當然了，我指的**接觸**純粹是字面上的意思。」

「沒有。我也不需要你的嘲諷。」

「那麼，我需要你的護照。」

「做什麼呢？」

「你在樓下接待處出示過的那一本，麻煩你了。你的英國護照。」他挑釁地伸出手。

「到底是為什麼？」

總之，我還是交給他了。我還能怎麼辦？跟他大打一架？

「全部都在這裡了嗎？」他仔細地研究每一頁。「你在職期間，在不同身分的偽裝下有成堆的護照。那些護照呢？」

「上繳，銷毀了。」

「你有雙重國籍。你的法國護照呢？」

「我的父親是英國人，我以英國人的身分服役，對我來說，英國就夠了。現在可以把護照還我了嗎？麻煩你。」

但是護照已經消失在他桌上那堆文件矮牆後了。

「那麼，羅拉，又換**妳**上場了。」邦尼再次意識到羅拉的存在。「我們現在可以多談一些天賜行動的安全公寓嗎？麻煩你了。」

沒戲唱了。我戰到後一個謊言，我已陣亡，彈盡援絕。

•

羅拉再度埋首檢視我視線不及之處的文件，而我則想盡辦法忽視胸膛的涔涔汗水。

「好的，邦尼。那麼，安全公寓以及**如何運作**。」她對邦尼示意後，一臉興味地抬起頭來。「一間僅供天賜行動專用的安全公寓，這大概是最完整的描述了。坐落在倫敦市中心的邊陲地帶，其中一段陳述指出，為了掩飾，便稱上述公寓為畜舍，由史邁利指派一名常駐管理員，對方直接隸屬於史邁利。這就是我們目前所知的。」

「究竟想起來了沒？」邦尼詢問。

他們在等，所以我也等著。羅拉索性自顧自地再次和邦尼聊了起來。

「邦尼，看來像是老總連拉孔也不想讓他知道所在位置、由誰負責看管。考量到拉孔在財務部的地位，以及他對圓場其他部門的業務知之甚詳，我很震驚老總的偏執。但我們又有什麼資格評論呢？」

「這倒是。稱作畜舍，是暗指掃蕩一空[6]嗎？」邦尼一副興趣盎然的樣子問道。

「我猜是這樣。」她說。

「史邁利取的？」

「問彼特啊。」她意有所指建議道。

可惜彼特、我憎恨的彼特，他似乎遠比佯裝耳聾的自己更加遲鈍了。

「**好消息**是，」邦尼再度對羅拉開口，「**還有**一處天賜的安全公寓！不知是出於刻意或單純的疏忽，**我猜**是後者，畜舍歷經至少連續四任的老總，一直以私人定額預付款項維運。**至今**依舊如此。甚至連我們自己局裡的高層都不知道這公寓的存在，更遑論其地點了。更有趣的是，在這個預算緊縮的年代，其存在竟然從未被親愛的財務部質疑，反而年復一年，直接點頭放行，願上天保佑。」他滿臉惡意地裝出一副娘娘腔的怪腔怪調說：「這太機密了你不能問，親愛的。儘管在虛線上面簽名，一個字兒也不得問。這地方是租的，我們完全不知道租約何時結束、是誰租的、又是哪個慷慨的混球支付水電費。」並以同樣無禮的語調對著我說：「彼得，皮爾，彼特。你很安靜呢。拜託給我們一線曙光吧。那個慷慨的混球**到底**是誰？」

當你被逼入絕境，當你試過所有錦囊妙計卻還是徒勞，那幾乎是毫無脫身的機會了。你大可在故事中再編造一則。我試過了，沒有用。你也可以坦承部分屬實，但願適可而止。這我也試過了，卻是於事無補。如此一來，你只能接受自己已然窮途末路，唯一的選擇只有壯起膽子，據實以告，或盡可能釋出

6　源自希臘神話，太陽神之子奧革阿斯的畜舍擁有國內最大批的牲口，卻從未清理過。英雄赫拉克勒斯引入河水將其洗滌盡淨。

最少的真相讓自己脫身，為自己贏得一些讚賞——無論何者，我都看不出有任何可能的結果，但至少有可能拿回我的護照。

•

「喬治有個言聽計從的律師，」我說道，不由自主地萌生一種招認一切的罪惡解放感，「就是你提過的，矯情的那個。是安的遠親。他或她同意居中安排。而且，那不是公寓，是一棟樓高三層的安全藏身處，承租人是登記在荷屬安地列斯的境外信託。

「開口了，真英雄。」邦尼讚賞道。「那藏身處的管理者是？」

「米莉．麥克格雷格。她以前就曾擔任過他的管理者。該具備的能力都有。天賜行動啟動時，她正在紐佛瑞斯特為聯督管理一棟圓場藏身處。那地方叫四號營。喬治要她辭職，然後重新申請進情報處。他把她轉到祕密款項底下，隨後安置在畜舍。」

「畜舍的所在位置是？可以告訴我們了嗎？」又是邦尼提問。

所以這個我也說了，連同畜舍的電話號碼也一併輕易脫口而出，彷彿打從一開始便拚命想竄出來似的。而後，邦尼和羅拉像演戲一般，在我們之間那張桌上的文件矮牆之中騰出一道空隙，邦尼砰地一聲把一具寬底座、複雜程度超過我能掌握的電話丟進那道空隙裡，飛快地按下一組按鍵，而後把話筒遞給我。

我以邦尼十分之一的速度，按下畜舍的電話號碼，撥號聲隨即在整個房間乍響，我不禁惶恐。這對我充滿罪惡的耳朵來說，不只極度不安，更是一種公然的背叛行徑，好似單單一個動作便導致我身分曝光、被逮住、被擊潰。鈴聲響徹，我們等著。仍然沒有回應。我在想，米莉若不是去教會——畢竟她以前很常去——就是騎腳踏車出門，或是她跟我們其他人一樣，不如往日靈活了。但更有可能的是，她死了、早已入土為安，畢竟，即使她曾美麗且高不可攀，還是比我年長五歲。

鈴聲停止。傳來一陣沙沙聲響，我猜是電話被轉到答錄機。接著，令我難以置信的是，我竟然聽到了米莉的聲音。一模一樣的聲音，同樣的犀利，帶著蘇格蘭苦行僧式的嚴謹，我總在喬治沮喪時，模仿這聲音逗他笑。

「喂?你好?」我遲疑了一下。「是哪位?」她的語氣聽來極其不悅，彷彿此刻是午夜時分，而非傍晚七點。「米莉，是我，彼得．韋斯頓。」我進一步丟出史邁利的化名：「巴拉克羅夫先生的朋友，不知妳是否還有印象。」

我預期，甚至是希望，在米莉這一生當中，至少就這麼一次，她會需要時間來鎮定思緒，未想她回答得如此即時，以致倉皇失措的不是她，而是我。

「是**韋斯頓**先生?」

「是他本人，不是鬼魂。」

「煩請自我認證，韋斯頓先生。」

自我認證?我不是才給她兩個化名了嗎?接著我意識到：她要的是點碼。這類隱晦的代碼通訊常見於莫斯科的電話中，而不是倫敦，然而在我們最黑暗的那段日子裡，史邁利堅決使用這套系統。於是我隨手拿起面前桌上的棕色鉛筆，俯身傾向邦尼那具超精密電話，看起來像個笨蛋似地在話筒上輕輕敲出我那有千年之久的點碼。希望這和我以前敲在舊式電話受話口上的具同樣效果。敲三下，停頓，敲一下，停頓，敲兩下。顯然同樣發揮效用，因為我剛敲完最後一下，那個熟悉的米莉就回來了，既親切又善解人意，她說道：韋斯頓先生，很高興這麼多年之後再次聽到你的聲音，有什麼需要我效勞的呢？

我大可回答說：呃，米莉，既然妳都問了，妳能否好心地幫我確認一下，眼前這些事確實正在現實世界上演，而不是為了無眠的往日間諜，預留在人世間的陰鬱角落？

4

我自布列塔尼出發抵達倫敦的當天上午，便在查令十字路車站附近一間黯淡的旅館預訂房間，為了一間如棺材大小的房間不情願地預付九十英鎊。回旅館前，我順道拜訪昔日友人，也是前樂子博尼．列文德；他是外交使節專屬的裁縫師，裁縫室便位於薩維爾街旁一間狹小的半地下室。不過，空間的大小從未困擾博尼。對他而言——對圓場亦然——相形重要的是，他便於出入位於肯辛頓宮花園大街上以及聖約翰伍德區的使節起居室，同時為英國盡一份心力，外加適度的額外免稅收入。

我們擁抱彼此，他拉下百葉窗、拴上門。一如舊日時光，我試穿了一些客人未領取的西裝：訂製這些外套和西裝的外國外交官出於不明原因未能前來取件。根據往昔的先例，我曾委託他代為保管一封密封的信件，並請他盡速置於安全的地方直到我回來。其中只不過是我的法國護照，但對邦尼而言，即便放在信封裡的是諾曼第登陸計畫，也未必會以更為慎重的態度處理。

如今，我前來取回。

「那史邁利先生好嗎？」他問道，同時音調放低，或是出於景仰，或是出於過度的安全顧慮。「有那位喬先生的消息嗎？」

沒有。你有他的消息嗎？唉呀，博尼也沒有呢。我們索性輕笑以對，深知喬治這種習於消失一段時日、且未多加解釋的狀況。

可惜我打從心裡怎麼也笑不出來。有沒有可能，喬治已經**死**了？而邦尼明**知**他死了，卻隻字未提？即便是喬治，也不可能走得無聲無息。安呢？他那始終不忠貞的妻子？前陣子我曾耳聞，她厭倦了不安份的生活，轉而投身某個上流社會的慈善機構。只是，每個人都在猜，這次的忠誠度會比先前持續更久嗎。

取回法國護照後，我來到托特納姆宮路，添購了幾支預付型行動電話，每支包含十鎊通話費。之後，我臨時起意，買了一瓶原本打算在雷恩機場買的威士忌。也許是拜威士忌之賜，我對於這天晚上究竟是怎麼度過的，完全沒有印象。

黎明時分我醒來，在細雨中散步一小時，然後在三明治快餐店吃了份難吃的早餐。在這之後，伴隨帶有一絲懷疑的屈從，我終於鼓起勇氣招來一部黑色計程車，告訴司機地址。長達兩年，這裡曾上演過的諸多喜悅、壓力以及人世煎熬，是我此生待過的其他地方無可比擬的。

•

就我記憶所及，迪斯雷利街十三號，也就是畜舍，是一間老舊、未經修整的維多利亞式排屋的邊間，坐落於布魯姆斯伯里區的靜巷裡。令我驚訝的是，這便是我眼前所見：一成不變、冥頑不靈的樣子，顯然是周遭那些光鮮鄰居的恥辱。現在是早上九點，也是約定的時間，只見門階上站著一個纖瘦的女人，身穿牛仔褲、球鞋、皮夾克，正對著行動電話怒斥。正當我準備離去，先在四周閒晃之際，我才意識到，對方是一身現代打扮的歷史本尊——羅拉。

「睡得好嗎？彼特？」

「又香又甜。」

「我要按哪一個鈴才不會得到壞疽？」

「試試艾斯克（Ethic）那個。」

艾斯克是史邁利親自挑選的，也是他能想到最不引人注意的姓氏。門開了，在幽暗之間，米莉·麥克格雷格的鬼魂逕直站在那兒，曾經烏黑的頭髮如今和我一樣蒼白，運動員的身型隨年齡而傴僂，唯獨在她允許我禮貌性的雙頰碰觸她素淨的蓋爾特人臉頰時，自藍色眼眸中散發而出的炯炯目光依舊。

羅拉從我們身旁一閃而過，毫不客氣地進入大廳。這兩個女人各據一方，猶如開賽前的拳擊手，反觀我，正飽嘗自我認同以及自責的不安情緒，以至於我唯一的想望便是神不知鬼不覺地折回街上，關上後頭的門，假裝自己從沒來過這裡。我舉目所及簡直遠超乎最挑剔的考古學家的夢想：這是一處精心保存的墓室，連封印亦完好無缺，獻給天賜行動及參與其中的人。令這處墓室相形完備的是各個原始工藝品，包括我外送披薩的裝束仍直挺挺地掛在米莉·麥克格雷格那輛淑女車上方。即便在當時，那輛淑女車款也已算是古董級的，有著編織籃、叮叮作響的車鈴以及羅辛納牌提袋，總是停放在玄關上。

「妳想四處看看嗎？」米莉對著羅拉問道，語氣如此無動於衷，猶如只是在詢問一名可能的買家。

「理應有一扇後門。」羅拉對米莉說道，邊展開一張建築設計圖；我的老天爺，她是打哪找來**這張**

圖的？

我們站在鑲著玻璃的廚房門邊。下方是一小塊四方花園，花園中央是米莉的菜圃。那處菜圃最初是由我和奧利佛·曼德爾墾植的。晾衣繩空蕩蕩的，不過那是因為米莉預料我們會來。鳥屋，還是同一個。那是有天深夜，我和曼德爾一起用剩餘木料拼湊而成的。在我帶點醉意的指揮下，曼德爾在鳥屋上裝飾了一塊木板，其上烙印著：鳥兒請進。如今也還在原處，驕傲挺直一如歡慶誕生之日。菜圃之間有條蜿蜒的鋪石小徑，盡頭處可見一扇旋轉閘門，閘門通往私人停車處，由此亦可通往一處靜巷。喬治認可的藏身處，都必須有後門。

「有人從這邊進來過嗎？」羅拉詢問道。

「老總。」我為米莉省卻回答的麻煩。「他為了保命從不走前門。」

「你們其他人呢？」

「都走前門。一旦老總決定後門屬於他，那就等同他的私人電梯。」

我力勸自己，務必慷慨分享瑣事。至於其他，則緊鎖在記憶裡，丟掉鑰匙。羅拉的下一個行程是旋轉木樓梯，可說是圓場那昏暗樓梯的小型複製品。我們正要踏上樓梯的同時，傳來一聲叮噹鈴響，一隻貓不期然出現；體型碩大、黝黑、長毛，看起來很邪惡，脖子上掛著紅色項圈。牠坐下來，打著呵欠，直瞅著我們。羅拉也盯著牠瞧，而後轉向米莉。

「她也是預算的一部分嗎？」

「是他，不是她。我用自己的錢養的。謝謝妳關心。」

「有名字嗎？」

「有。」

「那是機密嗎？」

「對。」

羅拉大步往前，貓警覺地跟著，我們一行人上到夾層，在一扇綠粗呢門前止步，門上可見密碼鎖。門後便是密碼室。喬治一開始接收這裡時，門是鑲嵌玻璃的，但我們的密碼員班，顧慮到不能讓人看到他手指的動作，便貼上粗呢。

「**很好**。誰有密碼？」羅拉以一副女偵察員的姿態問道。

米莉依舊不發一語，我只好勉為其難地依序念出：21 10 05，特拉法加海戰的那一天。

「班以前是皇家海軍。」我解釋，但我懷疑羅拉是否理解兩者之間的關聯性，因為她毫無反應。

她安坐在一張旋轉椅上，怒視眼前成排的旋轉鈕及開關。她切換一道開關，沒有動靜；她轉動一個旋轉鈕，沒有動靜。

「在那之後就切斷電源了。」米莉不是對著羅拉，而是對著我低聲說道。

羅拉坐在班的椅子上兀自轉圈，戳了戳吉寶牌壁式保險櫃。

「**很好**。那玩意兒有鑰匙嗎？」

她這句「很好」漸漸惹惱我，一如「彼特」。米莉從她身側那一大串鑰匙中取出一支。轉動鎖頭，安全門彈開，羅拉往內窺視，隨即手臂如鐮刀般一揮，裡面的物品全掃到椰纖地墊上：印有「絕對機密等級以上」的密碼本、鉛筆、保密信封、以十二張為單位裝在玻璃紙袋裡的一次性密碼本。「所有物品依原樣保存，好嗎？」她再次轉向我們，並宣布道，「所有人都不得碰觸任何地方、任何物品。聽到了嗎？彼特？米莉？」

她往上一層樓，來到樓梯中點時，米莉一聲「**等一下！**」阻止她繼續往上。

「妳是打算連我的私人住處也要強行闖入嗎？」

「是的話呢？」

「歡迎妳盤查我的住處及私人物品前提是及早提供書面通知並由總部相關主管簽名。」米莉以毫無抑揚頓挫的語調宣告，中間毫無停頓，以至於我懷疑她預先練習過。「此際，有勞妳尊重與我的年齡及地位相稱的個人隱私。」

對此，羅拉的回應竟如此大逆不道，就連奧利佛．曼德爾也未敢在愉快的日子裡如此造次。

「怎麼了，米兒？妳在那兒藏了個人嗎？」

•

機密貓換了個地方。我們所站的位置，是當初我和曼德爾清走纖維板隔間後，稱之為中室的房間。從街道往中室看，不過是另一扇位於一樓、掛著幽暗網眼窗簾的窗戶；不過，在室內根本不見窗戶，因為在一個風雪肆虐的二月週六下午，我們用磚塊封住窗戶，任室內被驅逐至永恆的黑暗裡，除非你打開那盞綠色燈罩的吊燈，那是我們自蘇活區一間商店裡買來的。

兩張笨重的維多利亞時期桌子填塞在中央，一張是史邁利的，另一張——只是偶爾——屬於老總。這兩張桌子從何而來一直是個謎，直到有天晚上，史邁利喝下蘇格蘭威士忌之後才告訴我們，安有個表兄當時廉價拋售一處坐落在德文郡的鄉村豪宅，用以支付遺產稅。

「看在眾神明的份上，那個鬼東西原本到底是什麼？」

看著牆上那張三呎乘以兩呎的掛圖，羅拉眼睛為之一亮，我卻一點也不意外。鬼東西？我不覺得。若說是威脅生命安全，那確實沒錯。我下意識地拿起掛在老總椅背上的梣木拐杖，隨即解說了起來，不是為了釋疑解惑，而是要轉移注意力。

「羅拉，」我揮舞拐杖，指著這張由彩色線條及許多化名組成的迷宮，看似瘋狂的倫敦地下鐵路線圖，「這張圖表是自製的，代表圓場在東歐的間諜網，代號五月花，在天賜行動的構想產生以前。這就是那個了不起的人，線人五月花先生，整個間諜網的靈感來源、奠基者、中間人、轉接點。這裡是他的次線人，依序往下，又是**這些次線人**的下線，無論自知或不自知的都有，連同簡述其貢獻、在白廳[7]的等級劃分、以及我們內部針對線人及次線人的可信度評估，以一到十評估。」

說完我把拐杖掛回椅背上。可惜羅拉並未表現出我原本期待的那麼分心或困惑。她正一一檢視圖表上的化名，並加注記號確認核對。而我後頭的米莉卻在此時悄悄往房間外移動。

7 泛指英國國防部或英國政府。

「嗯，剛好，我們對五月花行動**有一點**概念。」羅拉以一種優越的語氣說明。「就是從你大發慈悲留在一般資料庫裡的零散檔案。再加上我們手邊的消息來源。」同時讓我清楚意識到接下來的提問：「這些人名都跟園藝植物有關，又是怎麼回事？」

「噢，那段時間，我們以花草系列為主題命名，」我盡所能地以高高在上的語氣回答，「五月花是植物名，不是指那艘船。」

她還是一樣，聽而不聞。

「那這些見鬼的**星星**又是什麼？」

「那是火花，不是星星。具象徵意義的火花，羅拉。表示駐地情報員配有無線電通訊機組。紅色代表使用中，黃色則是藏匿中。」

「**藏匿**？」

「埋起來。通常用防水布包覆。」

「要是我要『藏』東西，就說『藏起來』。對吧？」她這麼對我說，一邊仍在那些化名中搜尋。「我不會說藏匿。我不說間諜話術，也不是兄弟會的。這些**加號**又是什麼？」她的指尖戳向一個次線人旁邊的註記，同時定住不動。

「羅拉，那些其實不是**加號**。而是**十字架**。」

「你的意思是，他們是雙面間諜[8]，而後他們背叛我們？」

「我的意思是他們灰飛湮滅了。」

「怎麼說灰飛湮滅？」

「曝光了。不幹了。原因很多。」

「這個人怎麼了？」

「代號紫羅蘭那個？」

「對。紫羅蘭怎麼了？」

這會兒，她是在對我步步進逼嗎？我漸漸意識到，她確實如此。

「失蹤，據信遭到敵方審問。一九五六到一九六一年間以東柏林為據點。手下有一群列車觀察者。相關事項都寫在註記裡了。」我的用意是，妳大可自己看。

「那這個傢伙？鬱金香？」

「鬱金香是女的。」

「井字符號的意思是？」

她一直在等待這一刻，等著指尖指向這裡嗎？

「妳所說的井字，是一種**象徵符號**。」

「這我知道。代表什麼？」

「鬱金香皈依俄羅斯東正教，所以她們為她畫上俄羅斯東正教十字架。[8]」她越是追問下去，我的聲

8　英文十字為 cross，也有反間諜之意。

音越趨穩定。

「她們是指誰？」

「那些女人。兩名在這裡任職的資深祕書。」

「只要有信仰，都會以十字架標示該情報員嗎？」

「鬱金香的東正教信仰是她替我們工作的動機之一。這個十字架表達的應是這層意思。」

「她後來怎麼了？」

「從螢幕上消失了，哎。」

「你們又沒有螢幕。」

「我們推測她決定洗手不幹了。有些樂子會這樣。切斷聯繫，隨即消失。」

「她的本名是甘[9]，對嗎？和雨傘同一個意思的甘。桃樂絲·甘？」

這下子，我感覺到的一定不是一陣反胃。絕對不是胃裡的什麼在翻攪。

「大概吧。甘。對，應該沒錯。妳居然知道，我很驚訝。」

「也許你偷走的檔案不夠多。損失很大嗎？」

「什麼損失？」

「她決定洗手不幹所帶來的損失。」

「我不確定她是否**明確宣告**過。但她就只是停止運作。沒錯，的確如此，隨著時間流逝，越感覺到確實是損失。鬱金香是主要線人。貢獻良多。沒錯。」

我說太多了嗎？還是太少？太輕描淡寫？她陷入苦思。時間過好久。
「我以為妳是對天賜行動感興趣？」我提醒她。
「噢，我們對和天賜有關的一切都有興趣。天賜只是藉口而已。米莉呢？」
米莉？噢，米莉。不是鬱金香。是米莉。
「妳是說什麼時候？」我一時反應不過來。
「此時此刻。她去哪了？」
「也許在樓上她的公寓吧。」
「你吹個口哨請她下來，好嗎？她討厭我。」
未料我一打開門，米莉就在門外，拿著鑰匙正等著我們。羅拉一臉高傲地經過她身旁，邁步沿著走道往前，手上依舊是那張建築設計圖。我忐忑不安地緩步跟上。
「喬治在哪？」我悄聲問米莉。
她搖搖頭。是不知道？還是不要問？
「鑰匙，米莉？」
米莉盡責地打開通往圖書室的對開門。羅拉邁出一步走了進去，又一副演出鬧劇般退了兩步出來，還不忘發出一聲制式的尖叫「媽呀！」——聲音如此刺耳，足以吵醒大英博物館裡的亡者。她不可置信

9　Gamp，姓氏，亦有雨傘之意。

地靠近那些成排的破舊大部頭，塞滿一整面高及天花板的書架。她小心翼翼地挑出第一本，《大英百科全書》第十八冊，一八七八年版，全三十冊。她打開書，瞠目結舌地翻了幾頁，隨手丟在一張茶几上，卻又拿起一本《徒步行旅阿拉伯世界及遠方》（*Treks Through Araby and Beyond*），一九〇八年出版，是不成套的其中一本，我不知何故仍清楚記得，曼德爾和賣家殺價後，最終售價為一冊五先令六分，全部帶走的話算一英鎊。

「你介不介意跟我說一下，誰會讀這種垃圾？還是有誰讀過？」羅拉對著我問道。

「任何對天賜行動一清二楚、且有充分理由的人。」

「意思是？」

「意思是，」我努力展現出威嚴回答她，「喬治的看法是，既然我們未受到泰晤士河岸旁的武裝堡壘保護，那麼天然的偽裝更勝於實質上的保衛。更何況，鐵窗及鋼製保險櫃無異於是向本地暴徒公開招手，邀請他破門而入，畢竟當時的竊賊已認知到，完美的竊案是在成堆的垃圾裡……」

「直接給我看，好嗎？所有你偷走的、藏在這裡的東西。」

我在放滿米莉的乾燥花的壁爐前架起一組折疊梯，自最上方的書架上找出劍橋大學碩士亨利．J．蘭肯所著《顱相學入門》，然後從特地鑿出的凹槽裡取出暗黃的皮製資料夾。資料夾遞給羅拉後，我把蘭肯大師放回書架，再次回到穩固的地面上。與此同時，羅拉早已安坐在椅子的扶手上仔細查看她的戰利品；而米莉再度不見人影。

「這裡有個**保羅**，」羅拉以充滿指責的口吻問道，「這個保羅是誰？在這裡他叫什麼？」

這一次，我幾乎抑制不住情緒，答道：「他不在這裡，羅拉，他死了。德文念作鮑爾；是艾列克．利馬斯的諸多化名之一，在柏林的樂子這麼稱呼他。」我設法回復情緒，可惜太遲了，「他會交替使用。他不太相信這世界。呃，應該是說，他不太相信聯合督導。」

她很感興趣，卻不想讓我發現。「這些就是**全部**的檔案了，是嗎？這整座倉庫。你偷來的都在這裡，都藏在這些舊書裡，對吧？」

我很樂見能為她指點迷津。「當然不是**全部**，羅拉，很遺憾。喬治的策略是保留越少越好。不需要的就絞碎了。先絞碎，後燒毀。這是喬治的原則。」

「碎紙機在哪裡？」

「就在角落。」

她剛才沒看到。

「在哪裡燒毀的？」

「就在那座壁爐裡。」

「你有銷毀許可嗎？」

「有的話，我們也一併銷毀，不是嗎？」

我還在回味我的小小勝利，她的目光已轉向圖書室裡最陰暗、最遙遠的角落，那兒並排掛著兩幀長幅照片，照片中是兩名挺拔的男性。這一次她沒有尖聲叫喊「老天啊」或其他驚嘆聲，只是緩緩地向前靠近，一副深怕他們飛走的樣子。

「那這些美人呢？」

「喬瑟夫．費德勒和漢斯狄特．穆恩特。分別是史塔西的執行首長及副首長。」

「我選左邊那一個。」

「那是費德勒。」

「形容一下？」

「德國猶太人，學者雙親死於集中營，他是唯一的倖存者。在莫斯科及萊比錫鑽研人文學科。加入史塔西比較晚。迅速竄升，聰明，對他身邊那個男人恨到骨子裡。」

「穆恩特。」

「用排除法，沒錯，就是他。」我正面回應。「名字是漢斯迪特。」

漢斯狄特．穆恩特身穿雙排扣西裝，釦子整齊扣上，殺人無數的手臂緊貼側身，大拇指朝下，輕蔑地注視鏡頭。他當時是在一場死刑上。他自己的死刑。或是別人的。無論何者，他的表情向來一成不變，劃過他臉頰旁的刀傷永遠不可能癒合。

「他就是你的目標，對嗎？你的伙伴艾列克．利馬斯被派去除掉他，對吧？只可惜，穆恩特反而除掉利馬斯，對吧？」她又回到費德勒。「費德勒就是你的超級線人吧？終極祕密志願者。不請自來，卻又從未真正屬於你們。至多在你的門階上丟下一大堆最新情報，按下門鈴後便轉身離開，連個名字也沒留下。一次又一次。事到如今，你依舊不確定他到底是不是你向來所稱的樂子。對嗎？」

我禁不住深吸一口氣，而後答道：「我們收到的天賜資料，無一不指向費德勒。」我謹慎選擇用字遣詞：「我們甚至自問，費德勒是否準備投敵，也可以說，他行善卻不欲人知吧。」

「因為他痛恨穆恩特到這種程度？因為穆恩特這個前納粹從未真正改過自新？」

「那會是動機之一。再加上，據我們猜測，他對德意志民主共和國，也就是東德所實踐的民主或是缺乏民主幻滅。他的共黨之神也許令他大失所望，這本來只是一種感覺，後來變成確信。當時在匈牙利爆發了一場反革命運動，最終為蘇聯血腥鎮壓而宣告失敗。」

「謝謝你。這些我都知道。」

她當然知道。她可是歷史。

兩個邋遢的年輕人突然出現在門口，一男一女。我的直覺是他們勢必是從後門進來的，那邊沒有門鈴；緊接著萌生另一種想法——我承認這很荒唐——這兩個人分別是伊麗莎白的女兒凱倫，以及她的原告伙伴：艾列克的兒子克里斯多夫；兩人來此進行公民逮捕。羅拉登上一級階梯以宣示主控權。

「尼爾森、佩西。向彼特打聲招呼。」她下令道。

嗨，彼特。

嗨，彼特。

嗨。

「好，聽好了，各位。你們所在的這處物業，從現在起將被視為犯罪現場，也是圓場的物業。範圍包括了花園。每片紙張、檔案、碎屑，任何釘在牆上的，無論是圖表或告示栓板，以及抽屜裡、書架上的所有物品，一概屬於圓場的財產，也可能成為法庭證物，並據此影印、翻拍或造冊。好嗎？」

沒人回答不好。

「這位彼特會是我們的**讀者**。為了方便閱讀，他會待在這間圖書室。彼特會閱讀，**唯獨**向法務首長以及我本人提出簡報、聽取報告。」她轉向那兩個邋遢的年輕人說：「你們和彼特的對話僅限社交上的，好嗎？對話內容必須有禮，無論如何，皆不可涉及彼特正在閱讀的資料，或閱讀這些資料的緣由。這些你們都知道了，我在此重申是為了讓彼特也清楚。你們當中任何一人若有所根據，認定彼特或米莉，不論是出於無心或故意，企圖將文件或物證帶離圓場這處物業，就立即通知法務。米莉，」

沒有回應，但米莉仍在門口。

「妳的私領域——也就是妳的公寓——曾經——或是時至**今日**，曾用來處理當局事務嗎？」

「據我所知，沒有。」

「妳的私領域中，有沒有當局的設備？相機？監聽設備？機密文書設備？檔案？紙張？官方信件？」

「並沒有。」

「打字機呢？」

「是我自己的。我自行購買，用我自己的錢。」

「電子的？」

「雷明頓手動式。」

「收音機？」

「一台無線電，我自己的，用我自己的錢買的。」

「錄音機？」

「用來錄廣播的，我自己的，用我自己的錢買的。」

「電腦？平板電腦？智慧型手機？」

「只有一支普通的電話而已，謝謝關心。」

「米莉，妳適才已被事先告知。書面通知業已在信箱裡。佩西，麻煩妳陪米莉到她的公寓，好嗎？**立刻、馬上**。米莉，請提供佩西所需的一切協助。我不會放過任何一個角落。彼特？」

「請說。」

「我要怎麼辨識出這些書架上有用的書是哪些？」

「書架頂層所有四開大小的書，作者姓氏開頭從A到R，其中應該都有文件，如果沒被銷毀的話。」

「尼爾森。你留在這間圖書室裡，直到團隊抵達。米莉。」

「又怎麼了？」

「玄關裡的腳踏車。麻煩移走。擋到路了。」

•

坐在中室裡，我和羅拉首度單獨面對面。她要我坐老總的椅子，只是我偏好史邁利的。於是她索性占用老總的椅子，不知是為了放鬆或是方便對我說話，她看似慵懶地側身坐下。

「我總歸是個律師，好嗎？更是個他媽的相當頂尖的律師。一開始只接私人案件，後來才接法人團體。之後我感到厭煩，於是申請加入你們這伙人。我當時年輕漂亮，所以他們賦予我歷史之名。從此我便是歷史。每當歷史作勢威脅咬當局的尾巴，就派羅拉上場。相信我，這個天賜，看起來會狠咬一口。」

「妳一定樂見於此。」

即便她意識到我話中帶刺，也完全無視。

「雖然聽起來陳腔濫調，但我們想從你口中得到的，不過是完整的事實真相，你對史邁利或其他人的忠誠，就見鬼去吧。好嗎？」

一點也不好，何必說好呢？

「一旦清楚真相，我們就知道要怎麼篡改。也許會對你有利，如果我們彼此利益相符的話。我的工作就是在事態尚未惡化前，及時攔截。這無非也是你想要的，不是嗎？再怎麼陳年往事，也不可淪為醜聞。醜聞不過是種消遣，在我們的時代引起令人不快的比較。任何公部門皆仰賴自身的聲譽及形象前進。引渡、刑求、和殘暴的精神病患暗渡陳倉：對公共形象百害而無一利，對工作亦然。所以我們是站在同一陣線，好嗎？」

再一次，我忍住，不吭一聲。

「那麼，現在輪到壞消息。企圖報復的，不只是天賜行動受害者的後人。邦尼是出於好心才沒有在這方面使力。外面有一大堆想方設法博取注意力的國會議員，成天想拿天賜當案例，讓大家親眼瞧瞧當監控過度猖獗時，會發生什麼事。他們無法取得現今案例，只好拿過去的案子開刀。」她對我的沉默越來越不耐煩，「我告訴你，彼特。如果沒有你完全的配合，這件事可能……」

她等著我接下去。我乾脆任由她等下去。

「你真的沒有他的消息，是嗎？」最後她終於開口。

我花了好一會兒才意會到，我正坐在他的椅子上。

「沒有，羅拉。我再說一次，我沒有喬治．史邁利的任何消息。」

她往後靠，然後從後口袋裡抽出一只信封。有那麼一瞬間我幾近瘋狂，以為那封信是喬治寄來的。印表機列印郵件。沒有郵戳。未經他人之手。

臨時住處已為你準備妥當，今日起生效，地點是倫敦西南區海豚廣場胡德之家公寓110B。請遵守以下規範。

我不能養寵物。未經准許的第三者不得進入該物業。除非事先通知法務部門，否則我必須在晚上十點至早上七點之間留在該物業中，並隨時待命。依據我的職位（未指明）減免後的租金為每晚五十英鎊，將自我的退休金中扣除。使用暖氣、燈具及電器用品將不另外收費，但凡該物業有任何遺失或損壞事宜，將由我擔負賠償之責。

叫尼爾森的邋遢年輕人在門邊探頭探腦。

「羅拉，貨車到了。」

搜刮畜舍的工作於焉展開。

5

暮色降臨。時值秋天向晚，但以英國的標準來說，溫暖如夏。不覺間，我在畜舍的第一天總算結束。我走了一會兒，在一間酒吧裡喝了杯蘇格蘭威士忌，酒吧裡滿是吵嚷到令人震耳欲聾的年輕人。接著，我搭巴士前往皮姆利科，提前幾站下車，又繼續走路。不久，燈火通明的龐然大物海豚廣場便衝破薄霧矗立在我眼前。自從我投身祕密情報單位旗下後，這地方總讓我不寒而慄。當時，這裡每立方呎的安全公寓數量遠高於地球上任何一處建築；沒有一間安全公寓是我未曾待過，並在當中進行匯報，或聽取某個不走運的樂子匯報的。這裡也是艾列克·利馬斯在英國停留最後一夜的地方，他當時以莫斯科方面招募人員的身分作客，之後便啟程前往那斷送性命的旅程。

胡德之家110B對於驅散他的幽魂毫無助益。圓場的安全公寓永遠是不安設計的最佳範例。這間公寓更是其中的經典之作：一具工業等級的滅火器，當然是紅色的；兩張凹凸不平、失去彈性的扶手沙發；一張溫德米爾湖水彩複製畫；一個迷你酒吧，當然是上鎖的；一張印製的警告標語：嚴禁吸菸，**即使窗戶打開**；一台超大電視機，我下意識認定那具雙向功能；一具藏黑色的電話上未見數字鍵，依我的立場來看，其功能僅限於誤導。在超小型的臥室裡，有一張和象牙一樣硬的宿舍床鋪，單人的，用來阻撓性事。

我關上正對著電視機的臥房門，打開我的過夜包，環顧周圍，尋找可以藏匿法國護照的地方。一張螺絲幾近鬆脫的裝框「火警指引」固定在浴室門上。我鬆開螺絲，把護照塞進框裡，再次鎖緊框架。而後，我下樓，囫圇吞下一個漢堡。回到公寓後，我賞自己一大杯威士忌，試著傾身在一張樸素的扶手椅上休息。可惜在我的意識漸漸迷濛之際，卻又醒了過來，而且是徹徹底底地清醒。這一次，我身在西元一九五七年的西柏林。

•

那天是週五，一天將要結束的時刻。

我已經在這座分隔東西的城市裡待了一週，正期待和一名叫作達格瑪的瑞典女記者共度幾個縱情的日夜。我們在一場雞尾酒會上認識，前後不過三分鐘，我便不由自主地愛上她；那場雞尾酒會的主辦者是身兼英國大使的高級專員，被派駐到永恆的臨時西德政府所在地波昂。再過幾個小時，我就要和她見面，但在此之前，我決定順道造訪我們西德的工作站，向好友艾列克打聲招呼並向他告別。

位於柏林奧林匹克體育場以南，一棟具回聲效果的紅磚軍營是為了榮耀希特勒而建造，一度曾做為德國體育部，眼前卻只見工作站人員正收拾準備度週末。我看到艾列克正站在登記處柵欄窗口前的人龍中，依序等待交出滿是機密文件的文件盒。他事前不知道我會來，但也已經沒有什麼事能讓他驚訝了。我說嗨，艾列克，很高興見到你，艾列克也說，噢，嗨，彼得，是你啊，什麼風把你吹來的？接著，一陣不尋常的猶豫之後，他問我週末有沒有事。我說，還真有事。他回答，噢，太可惜了，我本想說你可以跟我一起去杜塞朵夫。於是我問，為什麼非杜塞朵夫不可？他竟更顯猶豫了。

「我只是需要離開這天殺的柏林這麼一次。」他聳聳肩，一副無所謂的樣子，可惜沒什麼說服力。他似乎也理解到，即便在我最荒誕的夢境中，也無從想像他一副普通觀光客的樣子。他連忙解釋道：「得去拜訪一個人，關於狗的事。」我對這句話的理解是，他希望讓我了解，他有必要前往關照一下某個樂子，在這種情況下我多少可以幫他一些，或是阻撓，或是支援，或是諸如此類的。無奈我也不能為這理由而失約於達格瑪。

「恐怕不行，艾列克。有位斯堪地納維亞女士需要我灌注全副心力。而我也需要她的。」

對此他想了一下，卻不是我熟悉的艾列克，眼前的他一副受到傷害或是感覺困惑的樣子。登記處的職員在鐵柵欄另一頭極其不耐的比比手勢，艾列克交出文件。對方接著簽收。

「有個女人也不錯。」他說，卻未正眼看我。

「即便這個女人以為我是勞動部的，來這裡網羅德國科學天才？少扯了！」

「帶她來。沒問題的。」他說。

以我對艾列克的了解，這無異於是他發出的求救訊號了。這些年來，我們並肩作戰，經歷諸多起起落落，但我從沒見過他茫然失措的樣子，直到此刻。達格瑪則樂意奉陪，所以當天晚上我們三個人先飛到赫姆施塔特，取得一輛車，一路開到杜塞朵夫後，入住一間艾列克熟悉的旅館。晚餐時，他幾乎未開口，達格瑪則證明了自己是箇中老手，超乎預期地控制住場面，於是，我們老早便溜走，鑽進床上享受我們的縱情夜晚，雙方各取所需、皆大歡喜。週六早晨，我們聚在一起享用遲來的早餐，席間，艾列克說他有足球賽的票。我從未見過艾列克對足球展現過一絲一毫的興趣。而且，他竟有**四張票**。

「第四人是？」我霎時問道，我一度幻想他藏了個祕密情人，唯有週六才會現身。

「我認識的一個小孩。」他說。

上車後，我和達格瑪坐進後座，接著立刻出發。艾列克在一處街角停車。一個高個子、神情僵硬的青少年正站在可口可樂看板下等艾列克。艾列克推開車門，男孩倏地跳進前座。艾列克說：「這是克里斯多夫。」於是我們打了招呼：「嗨，克里斯多夫。」接著便開往體育場。艾列克的德語和英語一樣流利，或許更好，他低聲用德語和男孩交談，男孩只是一逕地回以嗯哼、點頭或搖頭。他幾歲了？十四？十八？無論他幾歲，他活脫脫是德國獨裁階級中，典型的青少年樣貌：鬱鬱寡歡、滿臉雀斑、順從、卻難掩內心憤慨。他金髮、一臉蒼白、肩膀寬厚。就一個孩子來說，他笑容太少。在一次的起立歡呼聲中，球距離邊線還有一段距離，他和艾列克肩並肩站著，兩人交談了幾句，我聽不到。男孩並未同聲歡呼，只是一味盯著，到了中場時兩人不約而同消失，我以為他們是去洗手間或買熱狗。但只見艾列克回來。

「克里斯多夫呢？」我問。

「他得回家了，」他生硬答道，「他媽要他回去。」

接下來的週末時光，也就沒什麼好說的了。我和達格瑪在床上享受更多歡愉，對於艾列克身陷何種境地則是一知半解。我頂多猜想，克里斯多夫是艾列克底下一個線子的兒子，需要出門走走，因為就樂子的運作來說，福利優先，其他都是其次。就在我即將返回倫敦，而達格瑪也安然地回到斯德哥爾摩丈夫的懷裡時，我和艾列克來到柏林他最喜歡的其中一間酒吧喝餞別酒。我無意間問道：「克里斯多夫還好嗎？」因為有道身影忽然在我腦中一閃而過，那男孩看起來有點迷失、有點難以取悅，我甚至可能說了類似這些意思的話。

一開始，我以為我得再次面對那令人尷尬的沉默，畢竟他當下便別過臉，以至於我看不見他的表情。

「看在老天的分上，我可是他血裡帶著的**老爸**。」他說。

接著他簡短、勉為其難地一口氣說完故事，至少是他願意說出口的部分，動詞大多省略，也沒多費心交代要我放在心裡就好，因為他知道我向來如此：他之前派駐波昂時，利用過一名德國女信差，她住杜塞朵夫：好女孩、好伙伴，兩人有過一段情。要我娶她，不肯，所以她嫁給當地一名律師。律師領養了男孩，他唯一做過的好事。她偶爾讓我見見孩子。不能讓她那該死的老公知道，否則那雜碎會狠狠揍她一頓。

當我自那張樸素的扶手椅上驚醒，眼前出現的最後一幕是：艾列克和男孩克里斯多夫肩並肩站著，表情僵硬地緊盯著球賽。臉上只見同樣的神情、同樣的愛爾蘭人下巴。

•

在夜裡的某一刻，我一定是睡著了，只是我毫無印象。海豚廣場上顯示現在是早上六點，布列塔尼是七點。凱瑟琳此時想必已經起床走動了。我如果在家，一定也起床了，因為只要我們的首席公雞「騎士」開始啼叫，伊莎貝爾也會同聲唱起歌來。她的歌聲自凱瑟琳的小屋直穿過庭院傳來，因為伊莎貝爾要求浴室的窗戶務必隨時敞開，從不在意天氣如何。她們會餵山羊早餐，接著換凱瑟琳餵伊莎貝爾，那勢必又是一場庭院裡的追逐遊戲，凱瑟琳拿著一匙優格直追連忙逃開的伊莎貝爾。雞群則一如往常，在騎士無濟於事的命令下，表現得猶如世界末日。

當我正惴想著這幅畫面時，腦海掠過一記想法，如果我撥打主屋的電話，而凱瑟琳又剛好經過，身上還帶著鑰匙，那她有可能聽見鈴聲並接起來。所以我懷抱渺茫希望地試撥看看，當然是用其中一支預付手機，因為萬一被邦尼聽見，我就完了。農莊裡的電話沒有裝設答錄機，所以我任由鈴聲響了幾分鐘，就在我即將放棄之際，我聽見了凱瑟琳的聲音，布列塔尼語，有時聽來比她原先的用意稍顯嚴厲了些。

「你還好嗎，皮爾？」

「很好，妳呢？」

「你跟你離去的朋友道別了嗎？」

「還需要幾天時間。」

「你會隆重致辭嗎？」

「極為隆重。」

「緊張嗎？」

「我嚇死了。伊莎貝爾好嗎？」

「伊莎貝爾很好。你不在她也沒什麼不同。」此時我發現她的聲音裡隱隱透露著不安，或是更為嚴重的事。「昨天有個朋友來找你。你和朋友有約嗎，皮爾？」

「沒有。什麼樣的朋友？」

但是，凱瑟琳一如那些強硬的盤問者，自有一套應對方式。「我告訴他，皮爾不在，他在倫敦，他去日行一善，有人死了，他去安慰那些哀傷的人。」

「但是，凱瑟琳，那人**是誰**？」

「他都不笑。沒禮貌。一直問東問西。」

「妳的意思是，他調戲妳嗎？」

「他問說誰死了。我說我不知道。他問為什麼我不知道？我說因為皮爾不會每件事都告訴我。他就笑。他說，到了皮爾的年紀，所有朋友差不多都快死了。他問我，是很突然嗎？是男的還是女的？他又問，你在倫敦住飯店嗎？哪一間？地址是？飯店是？我都說不知道。我很忙，有一個小孩，還有一整座農場要顧。」

「他是法國人嗎？」

「可能是德國人。也許是美國人。」

「他開車來的？」

「計程車。從車站。嘉斯科載他來。嘉斯科跟他說，先付錢，不然我不載。」

「他看起來什麼樣子？」

「他絕非善類，皮爾。粗暴。大塊頭像個拳擊手。手指上戴很多戒指。」

「年紀？」

「可能五十。六十。我沒算他的牙齒。可能更老。」

「他告訴妳他的名字嗎？」

「他說不需要。他說你和他是老朋友。他說你們一起看過足球。」

我躺著動也不動，幾乎無法呼吸。我心想，我應該起床，只可惜我氣力盡失。那個惡魔，克里斯多夫，艾列克的兒子，訴訟當事人，史塔西祕密檔案的竊賊，犯罪紀錄如手臂一般長的傢伙，你竟然找到布列塔尼去了嗎？

這處位於德埃格利塞的農場是從我母親那邊承接的，至今仍登記在母親未婚前的姓氏之下。地區電話簿裡也沒有登記皮爾．貴蘭姆。是邦尼出於某種莫名的理由，暗中將我的地址交給克里斯多夫的嗎？是出於什麼合理的目的嗎？

緊接著，我憶起一次摩托車之旅，我騎車前往柏林一座墓園，那是一九八九年一個漆黑、下著傾盆大雨的冬日，這下子一切都連得上了。

•

柏林圍牆倒下已然一個月。德國依舊狂歡，我們布列塔尼區的欣喜之情則略顯平靜。而我似乎徘徊在這兩者之間，前一分鐘才為某種和平已經展開而開心，下一瞬間便又落入自省，思及我們做過的那些事，付出過的犧牲，尤其是犧牲他人的性命；那些年，我們都以為圍牆會永遠在。

當時我正處於這種不安的情緒中，一邊在會計室裡和德埃格利塞的年度退稅搏鬥，我們那個新上任的年輕郵差丹尼斯騎著腳踏車——還不是黃色廂型車——到來，他此時尚未被尊稱為先生，更別提將軍的頭銜了。他遞出一封信，不是交給我，而是交給獨腳老兵老安東尼，他一如往常手持乾草叉，一副無所事事的樣子在庭院裡閒晃。

安東尼仔細檢視信封的正反面，終於認可我應該收下，於是步履蹣跚地來到門口，把信交給我，然後稍往後退，並在我讀信時對我嚴加觀察。

米倫
瑞士

親愛的彼得，

我想，你會想知道，我們的老朋友艾列克的骨灰近日已安置在柏林，離他喪命的地點不遠處。在柏林圍牆慘遭殺害的遺體似乎皆依照慣例祕密火化，而後將骨灰撒落，灰飛湮滅。然而，感謝史塔西縝密的紀錄，他們顯然針對艾列克，採取了有別以往的方式處理。他的遺體重見天日，雖然遲了，還是舉行了一場體面的葬禮。

如舊
喬治

在另一張紙上——積習難改——寫著一處小墓園所在地，位於柏林腓特列斯海因區，是官方為戰爭及獨裁統治下的受難者所保留的地方。

當時我和戴安娜在一起，另一段接近尾聲的短暫戀情。我想，我應該是跟她說有個朋友生病了，或是有個朋友死了。我一躍而上，騎上摩托車——當時這是多麼輕而易舉——一路不停歇地往柏林而去，途中甚至遇到我經歷過最糟的天氣，最終直抵墓園，並在入口處詢問艾列克的墳墓所在。大雨依舊滂沱。一個似是看守人的年邁老者給了我一把傘及地圖，並指向一排沿著路樹而下的灰茫茫大道。尋覓一陣之後，我找到我要找的：一處新墳，大理石墓碑上刻著「艾列克．約翰內斯．利馬斯」，被雨沖刷得白森森的。沒有日期，沒有職業描述，底下的土堆雖是等身長，其實只埋了骨灰。這也是偽裝？但我暗忖，認識你這麼多年來，從沒聽你提起過約翰內斯——典型的艾列克作風。我沒有帶花來，因為我想他會笑我。所以我只是站在雨傘下，和他進行一場內在對話。

當我折返準備騎車時，老人問我要不要在追悼簿上簽名。**追悼簿**？他解釋說，保管追悼簿是他的職責；與其說是職責，更像是為逝者服務。於是我說：有何不可。第一個簽名是「喬史」，地址是「倫敦」，在致辭一欄，注記「朋友」。那麼這是喬治，至少是他願意承認是他的程度。在喬治底下有些德國姓名，對我來說不具特別的意義，致辭則是「永不忘懷」之類，直到一個名字「克里斯多夫」映入眼簾，只有名字，沒有姓氏。在致辭一欄注記為Sohn——兒子一詞的德文。地址一欄為「杜塞朵夫」。

不知是出於柏林圍牆倒塌所帶來的短暫喜悅，整個世界感覺如今都自由了——對此我嚴重懷疑——或者是我骨子裡已受夠了祕密，又或者只是受這傾盆大雨所鼓舞，以致我想要挺身而出，成為艾列克的另一個**朋友**？不論是出於哪一種原因，我賭上命運：我寫下真實姓名、布列塔尼地址，且因為我想不到更適當的，便在致辭一欄寫上「皮爾洛」，在艾列克難得感性的時刻，他會這麼叫我。

而克里斯多夫，你這個艾列克的兒子，與我同為悼念者的暴徒，你**做了**什麼？後來你再次來為你的父親上墳——我沒有什麼根據，但猜想你又來過幾次，只不過是出於追究的目的——你不意間瞥了一眼追悼簿，結果你看到什麼？彼得．貴蘭姆以及德埃格利塞，用白話文寫得清清楚楚，不是化名，也不是偽裝的地址或是安全藏身處，而是不設防的我以及我的住處。由此，你便從杜塞朵夫遠道而來。

那麼，你的下一步是什麼，克里斯多夫，艾列克的愛子？耳邊又傳來昨天邦尼那深沉的律師口吻：

彼得，克里斯多夫並非有勇無謀。也許是基因好吧。

6

「這位彼特會是我們的**讀者**。」羅拉對著她的仰慕者宣布，「為了方便閱讀，他會待在這間圖書室。」我可以想見接下來幾天，我不會像是一般讀者、一名年長的學生，只是被迫參加一場他早該半輩子前就參加過的測驗。時不時，這個發展遲緩的人會被拖出考場，不得不接受一群專業知識意外參差不齊的口試官的面試，可惜這並不妨礙他們給他苦頭吃。時不時，他對於自身早年的可笑行徑感到啞然震驚，以至於幾近矢口否認，未料證據卻逕自脫口而出譴責他自己。每天早上一抵達現場，眼前便是一疊資料夾，有些眼熟，有些則不盡然。畢竟，就算你竊取了檔案，也不代表你會一一讀過。

第二天早上，圖書室依舊不開放進出。從裡面傳出的砰砰聲響，再加上一群我未見過的年輕男女一身輕便地匆忙穿梭其間，我禁不住猜想，這裡勢必經歷過徹夜搜索。直到接近中午，一陣不祥的寂靜環伺。我的書桌不像書桌，反倒像是立在圖書室正中央地板上的絞刑臺。書架不見了，徒留陰森森的痕跡在浮雕壁紙牆上，猶如監獄的鐵欄杆。

「碰到玫瑰花飾就停下。」羅拉對我下令後，隨即離開。

玫瑰花飾？她是指那些夾在檔案之間、上有粉紅花飾的迴紋針。尼爾森一副裝腔作勢的樣子，悄聲坐上監考席，而後翻開一本厚重的平裝本。是亨利．特羅亞所寫的托爾斯泰傳記。

「想小便的話，就喊我們一聲，好嗎？我爸每十分鐘就要小便一次。」

「可憐的傢伙。」

「只是別帶任何東西出去。」

•

真是氣氛詭異的傍晚，尤其是羅拉在沒有任何解釋下便取代尼爾森，坐上監考席，又陰鬱地觀察我至少半個小時，隨後開口說：

「去他的。彼特，要不要帶我出去免費吃一頓？」

「現在？」我說。

「現在。今晚。不然你覺得是什麼時候？」

對誰免費？我聳聳肩表示沒意見，心裡卻是納悶。是她可以免費？或是我？還是我們都可以免費享用晚餐，因為當局要撮合我們？我們沿路來到一間希臘餐廳稍事休息，她早已訂位。她穿著裙子。我們被安排在角落的座位，一支未點燃的蠟燭放在紅色鳥籠裡。我不清楚那未點燃的蠟燭殘影為何一直在我腦海裡揮之不去，但確實如此。餐廳老闆俯身點燃蠟燭，對我說我舉目所及，是整間餐廳最優美的景象——他指的是羅拉。

我們喝茴香酒，一杯，又一杯。純酒，不加冰塊，羅拉提議的。所以她嗜好杯中物嗎？她是在勾引我嗎——老天在上，對我，這把年紀的我？——或是她以為，酒精可以讓我這個老賊鬆口？而隔壁桌那對打死不往我們這邊瞧的中年夫妻，又該做何解釋？

她身穿無袖低領的露背上衣，在燭光下熠熠閃耀。我們點了一般的前菜——希臘魚子醬、鷹嘴豆泥、銀魚——她超愛茄子肉醬千層派，於是我們勉為其難地點了兩份。緊接著，她開啟了另一種形式的審問，賣弄風情的那種。那麼，彼特，你跟邦尼說，你和凱瑟琳只是朋友，這是真的嗎？

「因為啊，彼特，」她語調放軟以示親密，「**老實說**，以**你的**紀錄來看，你**怎麼可能**跟一個你完全沒睡過的迷人法國女孩同居呢？除非你其實是同志，邦尼就是這麼認為的。你聽好，邦尼覺得所有人都是同志。所以他自己八成也是，只是不願承認。」

有一半的我想叫她下地獄去吧，另一半的我卻想知道她以為自己在做什麼。我索性靜觀其變。

「我是說真的，彼特，這也太**奇怪**了吧！」她逕自說下去，「我的意思是，不要跟我說，**你自沙場隱退了**！因為我老爸總是說，還是一尾活龍啊！你**不可能吧**！」

儘管違背了我的直覺，我還是問她，憑什麼認為凱瑟琳這麼有魅力。她說，噢，有隻鳥兒捎來消息的。我們喝起希臘紅酒，黑得像墨汁，嚐起來也像。她稍往前傾，給我一覽無遺的福利。

「所以啊，彼特，跟我說真話吧。以童子軍的榮譽，好嗎？這些年來，在你睡過的所有女人——誰算是你一柱擎天的第一人？」——不慎隨口說出一柱擎天這個詞，引得她自己笑得花枝亂顫。

「不如妳先來頂著？」我當下予以反擊，玩笑隨即戛然而止。

我喚來侍者買單，隔壁桌的夫妻也買單。她說她要搭地鐵。我說我要散步一會兒。時至今日我仍不明白，她當時是執行任務，企圖要套我的話；抑或者，她不過是另一具孤獨的靈魂，只為尋求一點人間溫暖？

•

我身為讀者，眼下正在閱讀的檔案夾上，那暗黃封面上一片空白，只除了手寫的檔案參照——我想不起來是誰寫的，但很可能是我自己。開頭的序列標示著「最高機密／保護」，意味不得讓美國方面看到。這是一份報告——或說是一份辯護更為貼切——出自一個名叫史塔佛羅斯．狄炯的人，他身長六呎三，曾經是年方二十五的青澀圓場培訓生。暱稱史塔的他，是個劍橋畢業生，距離正式聘用還有六個月，隸屬於柏林工作站的祕密情報部門，該單位由我一連串失敗行動的患難之交，也是第一線老手的艾列克．利馬斯指揮。

依照規章，利馬斯身為當地指揮官，也是該分站實際的代理主管。由此，史塔的報告對象是此職等的利馬斯，再轉呈利馬斯在倫敦的祕密情報處主管，也就是喬治．史邁利。

報告由史．狄炯呈交柏林代理主管（利馬斯），副本呈聯督（聯合督導）

按指示呈交以下報告。

新年當天，天氣寒冷但陽光普照，加上又是國定假日，我和妻子琵琶決定帶孩子（三歲的巴尼以及五歲的露西）和我們的羅素犬（名喚洛夫）到東柏林的克佩尼克。穿上保暖的衣物後，我們前往湖邊野餐，並在鄰近的樹林裡漫步。

我們的車是藍色富豪，前後均掛有英國軍用車牌，便於我們在柏林各區間自由出入。東柏林的克佩尼克是我們經常野餐的地點，也是孩子最喜歡的地方。

我依慣例把車停在如今已廢棄的克佩尼克啤酒廠圍牆邊。視線範圍內沒有其他車子，只有幾個坐在湖邊的漁夫，他們完全無視我們。我們把野餐籃從車上拿下來，帶到樹林的湖邊一處隆起的綠草地，之後便玩起捉迷藏。洛夫大聲吠叫，惹惱了其中一名漁夫，他轉過頭來朝我們高聲辱罵，堅持洛夫嚇跑了他的魚。

那男人形容枯槁，約五十多歲，頭髮灰白，若再看到他，我一定認得出來。他戴著一頂黑色軍帽，穿一件舊德軍外套，上頭的軍徽已經拆除。

當時的時間約下午三點半，巴尼應該要睡午覺了，於是我們收拾野餐用品，任由孩子提著野餐籃跑向停車處，洛夫一路跟隨、吠叫。

然而，就在即將來到停車處時，孩子倏地丟下野餐籃，警覺地往回跑，洛夫依舊跟隨、狂吠，他們說，駕駛座的門被小偷打開了，「爹地的相機整個被偷走！」露西這麼說。

駕駛座的門確實遭外力破壞，把手壞了，但我無意間留在前置物箱裡的舊柯達相機沒有被偷，我的大衣，以及來到東柏林前在三軍福利中心——我們意外發現新年當天竟有營業——所採買的雜貨及必需品也都還在。

這侵入者顯然不只沒偷東西，還在我的相機旁留下一只墨菲斯香菸的錫罐，裡頭有個鍍鎳膠卷暗盒，我一眼便認出那是標準米諾克斯相機的微縮膠卷盒。

由於今天是國定假日，再加上我近期剛參加過攝影實務課程，所以我認為現階段無適當理由聯絡站內值班人員。一回到家，我立刻運用當局配給的設備，在家中沒有對外窗的浴室沖洗照片。

接近晚間九點，用放大鏡一一檢視過大約一百張沖洗的負片之後，我緊急通報代理主管（利馬斯），他指示我當即將手邊資料帶到總部，並準備好書面報告，我也依指示完成了。

事後看來，我完全同意，當時我應該直接帶著未沖洗的膠卷前往柏林工作站，交由攝影部門處理；由我這樣的培訓生試圖在自家沖洗，不僅不安全，且恐有導致災難性後果之虞。出於自我辯護，我要重申，一月一日是國定假日，我唯恐因為可能的錯誤警報而驚動工作站，再加上我曾以全部特優的成績通過在薩勒特的攝影實務課程。儘管如此，我仍相當懊悔當時的決定，業已記取教訓。

史．狄

而這份報告的下方，是艾列克惱怒的潦草注記，對象是祕密情報處主管史邁利：

喬治，那個白痴蠢貨在誰都來不及阻止他之前，就把這些東西都複製交給聯督了。接下來就看你了。建議安撫艾勒林、海頓、艾斯特海斯還有見鬼的羅伊．博朗德等一幫人，讓他們相信這不過是誤導訊息：意即不需進一步行動，歸為二級販夫走卒消息，諸如此類。

艾列克

無奈艾列克向來不是坐等事情發生的人，尤其是當他未來的生涯懸而未決之際。他和圓場的合約即將期滿，有待續約；而他早已超出第一線勤務人員的年齡限制，若要進總部舒舒服服地坐辦公桌，機會也很渺茫。由此說明了史邁利何以對艾列克接下來的作為稍顯不信任。

祕密情報總部馬里波恩（史邁利）致老總。僅供收件者閱覽。私人信件，親送。

主旨：亞．利／柏林工作站

喬治以工整的字跡親筆寫下：

總：你聽到這消息一定也會和我一樣驚訝：昨晚十點，亞．利在事前未通知之下，突然出現在我切爾西區的家門口。安出門療養，我獨自在家。他身上有酒味，這不稀奇，但他沒有醉。他堅持要我先拔掉客廳電話線，才開始和我談。儘管天氣很冷，我們還是坐在暖房盡頭足以眺望花園的地方，因為他說，你無法在玻璃上安裝竊聽器。接著他告訴我，他是下午從柏林搭私人飛機來的，以防出現在皇家空軍的乘客名單上，因為他懷疑聯合督導定期監看這些名單。出於同樣的理由，他也不信任圓場的信差。

首先他想知道，我是否已經擺脫了聯督的注意，他問的是關於克佩尼克那些資料。我回答說我想我已經達到目的，因為眾所周知，柏林一天到晚隨處可見販賣情報的販夫走卒。

接著，他從口袋裡拿出一張對摺的紙張，並說明這是一份摘要，內容是克佩尼克暗盒裡的資訊，未參考任何隱匿或公開的資料，完全是他獨立完成的。

我的腦中同時出現兩個畫面：一是喬治和艾列克瑟縮緊靠在貝瓦特街凜冽的暖房裡；另一則是前一天晚上，艾列克在他那間位於西柏林奧林匹克運動場邊地下室的辦公室裡，周圍菸霧瀰漫，唯他獨自伏案在他那台老舊的奧利維提打字機以及一瓶蘇格蘭威士忌前。他當時的努力正攤在我面前：一紙髒兮兮的打字書面，滿是修正液汙漬，罩在玻璃紙袋中，內文如下：

一、蘇聯國家安全委員會和東方集團國家情報單位的會議紀錄，布拉格，一九五七年十二月二十一日。

二、與史塔西高層有關聯的蘇聯國家安全委員會官員，其姓名及軍階，以一九五六年七月五日為準。

三、史塔西於撒哈拉以南非洲國家的現任情報首長身分。
四、目前在蘇聯接受其國家安全委員會訓練的全部史塔西官員姓名、軍階及工作代號。
五、位於東德及波蘭六處新設置的蘇俄情報訊號設備，以一九五六年七月五日為準。

下一頁，回到史邁利手寫呈給老總的備忘，未見任何刪改。

艾列克的故事繼續如下。在狄炯挖到獨家內幕後——若真如此——每個星期艾列克都徵用狄炯的富豪以及狗，在前置物箱裡放五百美金和一本兒童著色本，畫本裡潦草畫上艾列克在柏林工作站的專線，然後把釣魚用具丟進後車廂（在此之前，我從沒聽說過艾列克釣魚，對此我心存懷疑），接著駛向克佩尼克，並在同一個時間停在狄炯先前停車的位置。之後，他就帶著狗去釣魚，同時等候。直到第三次，好運來敲門。置物箱裡的五百元換成兩個暗盒，畫有電話號碼的著色本不翼而飛。

過了兩個晚上，回到西柏林的艾列克接到一通打進專線的電話，對方是一個男人，拒絕提供姓名，只說他曾在克佩尼克釣魚。艾列克指示他隔天傍晚七點二十分現身在選帝侯大街的某個地址，左手拿著上星期的《明鏡》周刊。

緊接而來的密會（亦即祕密會議，從柏林人員口中借用的德國間諜行話）在一輛福斯廂型車內進行，由狄炯駕駛，前後歷時十八分鐘。此人——艾列克獨斷獨行將其命名為「五月花」——一開始拒絕透露姓名，並堅持那些膠卷的來源不是他本人，而是「史塔西內部一個朋友」，他必須保護對方。

他堅持說，他的角色純粹是自願的中間人，動機絕非為了圖利，而是意識形態。

但艾列克不信這一套。他說，由不具名的中間人所傳遞的毫無根據的情報，無異於市場上的毒藥。沒得商量。最後——他要求我們務必相信，他這麼做全然是出於對艾列克一再懇求的回應——五月花自口袋中拿出一張名片，一面印有卡爾．瑞梅克醫生，以及位於東柏林的夏麗特醫院地址，另一面則是一處位於克佩尼克的手寫地址。

艾列克深信，瑞梅克只是想在曝露身分前先估量和他交手的人，十分鐘過後他就不會再堅持。但我們不應忘記艾列克的愛爾蘭人血統。

於是，衍生出一個明確問題：

即便瑞梅克醫生的身分屬實，他那魔法次線人又是誰？

我們所面對的，是否又是史塔西精心設計的局？

或者——雖然這麼說令我感到痛苦——這多多少少是艾列克在自導自演？

結論：

我必須說，艾列克多少有點積極地要求培養五月花至下一階段，**無視於**有必要對他進行常規的盤查及背景審核，因為在目前的狀況下，兩者皆必須讓聯合督導知情並提供協助。對於他的疑慮，你我心知肚明，我冒然建議，你我謹慎避免聯督知情。

然而，艾列克對於他所懷疑的事卻是口無遮攔。昨晚，三杯威士忌下肚之後，他表示懷疑康妮．沙赫斯是莫斯科中心在圓場的雙面間諜，而托比．艾斯特海斯則是她的左右手。他的理論根據無他，不過是灌滿威士忌後的直覺，認定這兩人因為陷入某種跟性有關的同病相憐狀態，被俄羅斯方面逮著並威脅他們。大約半夜兩點我終於讓他上床睡覺，但早上六點又發現他已在廚房，為自己準備培根和煎蛋。

問題是接下來該怎麼做。通盤考量後，我傾向於依他自己的意願，讓他再執行一次五月花任務（也就是說，與他所宣稱的史塔西神祕線人合作）。我們都很清楚，他在第一線的日子已經不多，他會盡一切可能延緩期限。但我們也很清楚，我們的工作中最困難的部分，便是賦予信任。不過是基於直覺，艾列克便宣稱他完全相信五月花的誠信。這或許是出於一個戰場老兵的直覺，也或許是一個上了年紀的第一線人員，在面臨職涯盡頭時所做的特殊懇求。

出於這番理解，我衷心建議，准許他繼續進行。

喬・史

但是，老總可不是輕易便能說服的：看看以下對話：

老總致史：很擔心利馬斯是在獨斷獨行。有其他參考指標嗎？想當然，我們可以委由其他利馬斯尚未染指的單位檢核這些情報。

史致老總：分別以請教外交部及國防部為由，兩者對該資料皆持正面看法，不認為是偽造的。在巨大的陰謀前先施點小惠是有可能的。

老總致史：困惑的是為何利馬斯未請教柏林站主管。這類在背後搞小動作的情事對當局來說相當不利。

史致老總：不幸的是，艾列克認為，他的工作站主管是反密情、親聯督的。

老總致史：我無法因為未經證實的猜測，認為其中有個爛蘋果，便偏頗地否定一整票高層官員。

史致老總：恐怕在艾列克看來，聯督整座果園都爛了。

老總致史：那麼也許該被拔掉的，是他自己。

艾列克的下一份書面報告呈現出一種截然不同的思路：打字工整，散文書寫的風格迥異於他自身的水準。我當下猜想，艾列克的助理是史塔．狄烱，現代語言的優等生。所以，這次在我眼前的，是身高六呎三的史塔伏案在奧利維提打字機前，在那間菸霧瀰漫的柏林工作站地下室裡，艾列克則在屋內來回踱步，一口接一口抽著他那廉價的俄羅斯香菸，一邊口述，一邊不時冒出沙啞的愛爾蘭穢語汙言，狄烱則謹慎地略過不記。

會面報告。一九五九年二月二日。地點：柏林安全藏身處K2。出席者：柏林站代理主管：艾列克．利馬斯（保羅）、卡爾．瑞梅克（五月花）

線人五月花，第二次密會。極機密，私人密函，亞．利致馬里波恩祕密情報主管線人五月花在東德精英之間以「克佩尼克的醫生」而為人所知，該外號出自卡爾・祖克馬爾[10]同名戲劇，職業是內科醫生，專為德意志社會主義統一黨（亦即共產黨）高階官員、史塔西傑出人士及其家屬看診，這些人部分居住在克佩尼克湖邊別墅或公寓裡。五月花其人的左派背景無懈可擊。父親曼弗烈德自三〇年代早期便成為共產黨員，曾在西班牙內戰中加入台爾曼營[11]，不久，便加入隸屬於蘇聯的紅色管絃樂情報網，以對抗希特勒。一九三九至四五年戰爭期間，五月花為其父祕密傳遞訊息，其父於一九四四年在布亨瓦德集中營遭蓋世太保處死。曼弗烈德雖未能親眼見證日後東德的共產革命，但其子卡爾出於對父親的愛，矢志成為東德忠誠的同志。卡爾以過人的成績自高中畢業後，便前往耶拿及布拉格攻讀醫學，並取得極為優異的學業成績。未滿足於只在東柏林一所教學醫院中長年付出，他又在克佩尼克的自宅開設診所，不定期為特定病患進行醫療。其年邁的母親赫爾嘉亦同住於此。

生長於東德精英階層，五月花自然也參與了事涉敏感的醫療任務。一名社會主義統一黨的高階官員在拜訪某偏遠地區時染上性病，又不想被上級知悉，五月花因此被迫偽造診斷書。一個史塔西的囚犯因審訊而死於心臟衰竭，但死亡證明書上所描述的則是另外一回事。一名對史塔西極有價值的囚犯

10 卡爾・祖克馬爾（Carl Zuckmayer, 1896-1977），德國劇作家，於第二次世界大戰期間移居美國，作品包括文中所述《克佩尼克的上校》（Der Hauptmann von Köpenick）等。

11 Thälmann Battalion，西班牙內戰中由共產黨成立的國際師旅中的一營。此營名稱來自一名德國共產黨領導者：恩尼斯特・台爾曼（Ernst Thälmann）。

在慘遭不人道的對待前，五月花便被要求檢查該囚犯生理及心理狀況，同時評估其耐受度。

有鑑於五月花擔負的這些責任，他被賦予祕密同工——或簡稱密同——的地位，並有責任每月向史塔西主管——一名叫烏爾斯．亞伯勒西特的人——報告，據說他是「沒有想像力的公僕」。五月花說，他上呈亞伯勒西特的報告是「選擇性的、多屬捏造、不致造成任何影響」。因此亞伯勒西特反譏五月花，說他「是個好醫生，但當間諜完全不夠格」。

五月花甚至破例被授予「小城」——或稱東柏林馬亞科伏環路——的通行證，眾多東德精英居住於此，由受過特殊訓練的捷爾任斯基小隊嚴加保護，一般大眾不得進入。雖然小城因其附屬的醫療中心而引以為傲——更遑論特權商店、幼稚園等——五月花仍獲准進入這處崇高的區域，以照料他那些顯要的「私人」病患。據他報告，一旦踏入封鎖線內，行事謹慎的原則瞬間瓦解，謠言、陰謀滿天飛，輕易便脫口而出。

動機：

五月花宣稱的動機是，憎恨德意志民主共和國政權，他們悖離其父的共產主義美夢。

服務提案：

五月花聲稱，其線人鬱金香為一名女性病患，且是史塔西雇員，她不僅是他自告奮勇之舉的催生者，那些他放置在狄炯富豪車上的原始微縮膠卷也是出自於她。他形容鬱金香神經質，卻極為自制，且十分脆弱。他堅持她只是他的病患，不透露其他訊息。他一再重申，他本人及鬱金香並不求金錢上的回報。

一旦妥協，西線人員的重新配置則尚待討論。見後續。

但是我們沒有等到後續。史邁利隔天親自飛往柏林，親眼見識這位瑞梅克，並命令我隨行。然而，我們此行的主要目的不是線人五月花。對他來說，他更有興趣的，是那名女性次線人的身分、管道以及動機，也就是那神經質卻極為自制的鬱金香。

•

死寂的夜裡，冰冷的風挾帶著凍雨和雪橫掃西柏林的無眠之夜。艾列克·利馬斯和喬治·史邁利正與他們的新希望卡爾·瑞梅克，或稱五月花，並坐在幽禁的室內，一瓶艾列克最愛的泰斯卡威士忌相伴，瑞梅克則是首度品嚐。我坐在史邁利右側。柏林的安全藏身處K2坐落於法桑能街二十八號，奇蹟般躲過聯軍轟炸後仍凜然矗立。建築風格屬於畢德麥雅式（Biedermeier style），門口有圓柱裝飾、凸窗以及適當的後門通往烏蘭德街。選擇此地做為安全藏身處的人，一定對帝國時期有某種眷戀，同時兼具務實的眼光。

有些人的臉就是遮掩不住其人的好心腸，儘管他們可能極力掩飾，瑞梅克便屬這類。他微禿，戴著眼鏡——相當可親。你怎麼也無法否認。儘管面露從醫人員那種嚴謹的蹙眉，談吐之間淨是流露出人性關懷。

如今回想我們的第一次會面，我必須再次提醒自己，一九五九年的當下，東柏林的醫生逃往西柏林並不是什麼戲劇性的大事件。這種事比比皆是，其中多數都不曾回去，這也是建造柏林圍牆的原因。

這份檔案的起始序列是用打字的，而且沒有署名。這不是一份正式報告，我只能猜測作者是史邁利；再加上沒有註明地址，這份報告只是為了存檔——也就是給他自己看的。

五月花被問到開始反抗（他稱之為「成蛹」階段）東德政權的過程時，他指出，史塔西的審問者有回要求他準備一名女囚的「調查性監禁」。那個女人是東德公民，五十多歲，據傳她為美國中情局工作。她患有嚴重的幽閉恐懼症，單獨監禁已經把她搞得半瘋。「當他們將她塞進一只箱子裡時，她的尖叫聲至今仍在我耳中響起。」他說。

那次的經驗之後，五月花宣稱他並非出於一時衝動，而是「以各個角度重新評估自身的狀況」。他親耳聽過黨的謊言、親眼見證黨的腐敗以及偽善、權力的濫用。他「診斷出，這是一個反極權的極權國家的症狀」。東德已經遠離了他父親夢想的民主，成為「蘇聯附庸的警察國家」。他說，認清這一點之後，身為曼弗烈德的兒子，他只有一條路可走：反抗。

他一開始的想法是建立地下組織。他希望挑選出一兩個不時表現出對政權有不滿跡象的精英病患，並向他們提議。但是要做什麼呢？需時多久？五月花的父親曼弗烈德正是被同志出賣的。至少在這方面，兒子無意步上父親的後塵。那麼，衡量所有情況及條件下，他能信賴誰？甚至連他的母親赫爾嘉也不行，不論發生什麼事，她都公開宣誓自己是忠貞的共產黨員。

既然如此，他分析後認為，他不如維持現狀：一人恐怖組織。他效法的對象不是父親，而是童年時的英雄喬治．艾爾塞，一九三九年，在沒有共犯及同夥的協助下，獨力製造、埋藏並引爆一枚炸彈，就在慕尼黑啤酒廠酒窖內，獨裁者發表愛國演說的幾分鐘前。「是邪門的運氣才讓希特勒逃過一劫。」五月花說。

他又進一步分析道，就像希特勒，東德也不是光靠一枚炸彈就足以摧毀的國家。五月花終究是個醫生。腐壞的系統必須從內部根治，至於該如何處置，時候到了自會有譜。在此之前，他不會對任何人推心置腹，也不會信任任何人。他會獨自一人，自力自強，對自己負責。他會成為「一人祕密軍隊」。

他斷然說道，一九五八年十月十八日晚上十點，成蛹破繭而出，當一名他從未見過的年輕女子，心煩意亂地騎乘自行車來到他位於東柏林郊區克佩尼克的診所要求墮胎之際。

從這裡開始，史邁利的說明中斷，改由瑞梅克醫生直接主述。喬治必定是認為他的完整敘述儘管冗長，卻也十分珍貴，不宜僅略提梗概。

（刪除）同志無疑是個智慧及魅力兼具的女人，外在舉止與黨的認知大相徑庭，行事很是機敏，但在私人的醫療諮詢過程中，不時表現出單純且無助的一面。我不會對於病人的心理狀態妄下定論，但我姑且認定她患有選擇性知覺失調，但高度自制。她擁有的膽識及高度道義責任，和她身為女性的身分並不相悖。

我告知（刪除）同志她並沒有懷孕，因此也不需要墮胎。她說她對此感到很意外，畢竟在同一個週期裡，她同時和兩個同樣令人憎惡的男人上床。她又問我有沒有酒。她說她沒有酗酒，但她的兩個男人皆飲酒過度，以致她也沾染上這個習慣。我倒了一杯法國干邑給她，那是剛果農業部部長用以答謝我提供的醫療服務的贈禮。她一口飲盡之後，反倒質問我：

「朋友告訴我，你為人正直又嚴謹。他們說對了嗎？」她問道。

「哪些朋友？」

「祕密朋友。」

「為什麼不能公開說出你的朋友呢？」

「因為他們是機構裡的人。」

「哪些機構？」

我不料激怒了她，她猛地迸出一句：「是史塔西，醫生同志。不然呢？」

我警告她，我雖然是個醫師，但我對國家負有責任。她把這些話當耳邊風。她說，她有選擇的權利。身處一個所有同志都平等的民主制度中，她可以在兩者當中選擇：一個是經常毆打她，卻不願承認自己是同性戀的虐待狂狗屁丈夫；另一個是五十歲的豬玀上司，認為只要他想要，便有權在他的配給座車後座上她。

在對話中，艾曼紐爾．拉普博士的名字兩度從她嘴裡冒出來。她稱他為拉普豬。我問她，這個拉普和布麗姬．拉普同志是否有關係，這個布麗姬持續向我諮詢一連串她幻想出來的病症。沒錯，她證實，布麗姬就是那頭豬的老婆。這就連上了。布麗姬．拉普女士曾對我坦誠，她的丈夫是一名恣意妄為的高階史塔西官員。所以在我面前的，正是艾曼紐爾．拉普博士那憤怒的個人助理兼——據她的說法——祕密情婦。她說她曾考慮要在拉普的咖啡裡下砒霜。她說她在床底下藏了刀，以防她那同性戀丈夫再度侵犯她。我好言相勸，這些幻想很危險，最好趕快放下。

我問她，對她的丈夫，或是在工作場合，她是否也會說出這麼挑釁的言語。她笑了，對我說她絕對不會。她說她有三張臉孔。這麼說來，她算幸運的，大部分的東德人都有五、六張：「在工作場合，我是忠心又勤奮的同志，向來穿著得體、髮妝俐落，尤其是開會的時候；同時我也是一頭顯要豬玀的性奴隸。在家裡，我是一個大我超過十歲的基佬（同性戀）虐待狂的怨恨對象，他唯一的人生目標是打進馬亞科伕環路的精英圈，以及跟漂亮的年輕小伙子上床。」她的第三個身分則如我眼前所見：這個女人除了她兒子以外，憎恨她在東德生活的每一個面向，並且暗自從天父及祂的聖人當中尋求慰藉。我問她，除了我以外，她還對誰坦誠過這第三個身分。沒有。我問她，是否受到誰影響，她說她沒有意識到，有的話，也是來自上帝。我問她是否真心想傷害自己，因為她稍早之前曾這麼對我說過。她回答說，她最近一度想從橋上跳下去，但因為對兒子古斯塔夫的愛制止了她。

我又問她，是否犯下其他具體性或是報復性的行動，她答說，最近有一次，艾曼紐爾．拉普博士下班時把套頭毛衣留在椅子上，於是她拿起剪刀將之剪成碎片，再把碎片放進搜集機密廢棄物的銷毀袋裡。隔天一早拉普來時，抱怨說不知把套頭毛衣丟在哪裡了，她還幫他四處找。後來他認定是被偷了，她還列舉出可能的犯人。

我問她，從此，她對拉普博士同志的恨意是否緩和了些。她反駁說，比起以往，反而更是堅定，而唯一讓她更憎恨的，是把拉普這樣的豬玀抬舉到權力高位的體系。她隱藏的恨意令人擔憂，對我而言卻也是奇蹟：她竟能在那些時時警覺的工作同志之間，成功隱藏自己的恨意。

我問她住哪裡，她說直到不久前，她都和丈夫住在史達林大街上一棟蘇聯風格的公寓裡，該處沒有特別的防護，只要自行車騎十分鐘，便可抵達史塔西在瑪格達列能街上的總部。最近——她不清楚是受到同性左右或是金錢的關係，因為她丈夫對他父親留給他的這筆錢表現得遮遮掩掩——他們搬到柏林專為政府官員及高階公務員保留的戒護區域霍賀絢豪森區。周圍有湖泊和森林，她很喜歡，一處兒子古斯塔夫的遊樂場，甚至有一座備有戶外烤肉用具的私人花園。就各方面來看，這房子堪稱一首田園詩，但因為要跟她那令人作嘔的丈夫共享，無疑成了笑話一樁。她熱愛自行車，所以還是騎車去上班，估計大約需要三十分鐘。

當時是半夜一點。我問她回家後要怎麼跟她的丈夫洛瑟解釋。她說，什麼都不用解釋，並進一步說道：

「我親愛的洛瑟在沒有喝醉、沒有強暴我的時候，大多坐在床邊，膝上放著共和國外交部的資料，一邊咒罵一邊寫，好似他痛恨的不止是他老婆，還有全世界。」

我問她，她丈夫帶回家的資料是不是機密文件。她回答說，那些文件是高度機密，他違法帶回家，因為他不只是性變態，更是著了魔的野心家。她問我，在下一次的會面中，我是否願意和她做愛，因為她從來沒有跟不是豬玀或是強暴犯的人上床過。我寧願相信她是在開玩笑，只是我不太確定。不論如何我婉拒了她，並解釋說我的原則是不和我的病人上床，同時讓她適時體認到，如果我不是她的醫生，我會和她上床。當她騎上自行車準備離去時，她對我說，她把性命交在我手上了。對此我回答，身為醫生，我尊重她對我的信賴。她要求我約下一次，我和她約好下週四傍晚六點。

一陣厭惡感襲來，我不得已站了起來。

「你知道在哪裡吧？」尼爾森頭也沒抬一下地問道。

我把自己鎖在廁所裡，盡可能地待得久一點。我回到桌前的座位上時，外號鬱金香的桃樂絲．甘，已經準時來赴第二次約診。她是一路騎自行車來到克佩尼克，車籃上還載著兒子古斯塔夫。

以下又是瑞梅克的敘述：

母子之間流露著愉快且輕鬆的氣氛。當天天氣宜人，她的丈夫一接到指派通知，便立刻出發前往華沙參加研討會，接下來兩天不在家，母子兩人因而格外興奮。明天她和古斯塔夫要騎車去她姊姊蘿德家。她開心地告訴我，她是「這世界上除了兒子之外，我唯一愛的人。」把孩子託給我親愛的母親（她多希望這是我的孩子），我陪著（刪除）同志到閣樓上的手術室，並用留聲機大聲播放巴哈。她隆重地——在我看來則是不安地——在我面前拿出一盒巧克力，說是艾曼紐爾．拉普送她的，並建議我最好不要一次吃完。一打開巧克力盒，裡頭裝的並不是比利時巧克力，而是兩盒微縮膠卷。我在她身旁的凳子上坐下，她的嘴巴接近我耳際。我問她微縮膠卷的內容是什麼，她回答說是史塔西的祕密文件。我問她是怎麼拿到的，她回答就在今天下午，在一次尤其不堪的性交之後，她用艾曼紐爾的米諾克斯相機翻拍的。一完事那隻拉普豬拔腿就跑，匆匆趕往二號大樓參加已經遲到的會議。當時她一心只想著要報復，而且無所畏懼。那些文件就散置在他的桌上。他的米諾克斯相機就在抽屜裡，白天他都是把相機放在那裡。

「史塔西官員理應時時留心安全，」她轉而以一派共黨官僚口吻對我說，「但是那隻拉普豬超級自大，自以為比當局的規定還要了不起。」

「那膠卷呢？」我問她。她又要怎麼解釋？

她說，拉普豬根本是嬰兒，他一旦想要，都必須立即得到滿足。即便是高階官員，也嚴禁將極機密的相機或是錄音裝置這類特殊設備放在私人保險箱裡，但是拉普一如其他人，全然忽視這項命令。此外，就在他匆匆離開之際，保險箱竟沒有關上，又是另一記公然違反安全規定的行為，她因而得以跳過蠟鎖打開保險箱。

我問她：什麼是蠟鎖？她解釋說，史塔西的保險箱皆附有一道精密的鎖，上面覆蓋一層軟蠟。關上保險箱時，授權使用者會用史塔西配發的鑰匙及其附屬私章（蠟封章），在蠟上壓印；鑰匙私章必須隨時隨身攜帶。每個蠟封章都有編號，且為個別製造、獨一無二。至於膠卷，他有好幾盒，每盒十二卷。他從未細算數量，而且他的米克諾斯大多用在非官方、淫蕩的場合，簡直當作玩具在用。例如，他好幾次想說服她拍攝裸照，都被她拒絕了。保險箱裡還有幾瓶伏特加、李子白蘭地，就和許多史塔西權貴一樣，他經常飲酒過量，一喝醉便口無遮攔。我問她是怎麼從史塔西總部成功偷渡出這些膠卷，她竟輕笑對我說，身為醫生的我應該知道才對。

不過她接著說，儘管史塔西內部安全控管嚴格，但持有合法通行證的人是不需被搜身的。例如（刪除）同志的通行證便授予她在史塔西一號及三號大樓自由往來的權力。我又問她，既然她已經讓我知道膠卷的存在，那她希望我做什麼。她回答說，請我務必把膠卷交給英國的情報人員。我問為何不是美國，她大吃一驚。她說她是共產黨員，美帝是她的敵人。之後我們回到樓下，古斯塔夫正和我親愛的母親玩米諾斯牌。母親說，他真是個討人喜歡的孩子，很會玩米諾斯牌，她真想偷走他。

祕密情報的技術部門總是想方設法分一杯羹，這時插話了：

柏林祕密情報技術部門致柏林祕密情報主管（利馬斯）

回覆：您的首要情報員五月花

1. 據您的報告，在五月花位於克佩尼克的閣樓手術室中有具老式收音機。是否需技術部門改造為錄音設備？

2. 據您的報告，五月花擁有艾克賽太牌單眼相機，為史塔西所核准的娛樂型相機。他同時備有醫療用的日照燈，以及學生時期沿用至今的顯微鏡。既然他已備有基礎元件，是否應指導他製作微點[12]？

3.克佩尼克地處偏鄉、樹林茂密的區域，是使用電波收訊及其他行動設備的理想場所。是否派人員留守進行偵查及報告？

4.有關蠟鎖。在鬱金香與艾曼紐爾．拉普調情的過程中，是否有機會複製他的私人安全鑰匙及其所附的私章（蠟封章）？技術備品部門有各式各樣的藏匿裝置，用以容納合適的塑形黏土類物質。

內心的厭惡感再次翻攪。**在她調情的過程中**？那可不是鬱金香甘願的調情，而是拉普豬在調情！去你媽的！她只能一味屈從於這些調情，因為她知道若是不從，她會因莫須有的指控慘遭驅離，而古斯塔夫將永遠進不了那所她夢想中的精英學校。的確，她是個熱情的女人，很容易被挑逗。但那**不代表**她和拉普豬或是她丈夫在一起時很享受！

然而，在柏林的利馬斯並不在意這些：

柏林祕密情報主管（利馬斯）致馬里波恩祕密情報主管（史邁利）

私人公函，副本存檔

親愛的喬治，

舉杯吧！

很高興向你報告，艾曼紐爾．拉普的蠟封章及鑰匙已由次線人鬱金香暗中採印，並製作了字母及數字都很清晰的摹本。技術部的小夥子建議，為了安全起見，使用蠟封章時，最好稍微轉一下。所以，請大家喝一杯，雙份！

你忠誠的，

艾列克

附記：附件為鬱金香的個檔，依總部規定，**僅供祕密情報單位閱覽！**亞．利

個檔指個人檔案。個檔是任何一個祕密情報局曾短暫投以興趣的人生速寫。個檔代表懺悔。個檔代表苦痛。

次級情報員全名：桃樂絲．夏洛特．甘

出生日期及地點：一九二九年十月二十一日，萊比錫

12　透過精密光學攝影，將文件縮小為句號般大小的點。

學歷：畢業於耶拿及德勒斯登大學，主修政治與社會科學

一個姊姊：蘿德，於波茨坦擔任小學老師，未婚

經歷及其他個人細節：二十三歲時，由東柏林史塔西總部招聘為初級檔案員。權限為機密等級及以下。六個月見習期滿後，權限提升至極機密。分配至J3區，負責處理及評估海外工作站的報告。

受雇一年後，與時年四十一歲、被視為德意志民主共和國外交部的明日之星洛瑟．奎恩茲結識。隨後懷孕並公證結婚。

婚後六個月，原姓甘的奎恩茲太太生下兒子，並取名古斯塔夫以紀念甘父。在丈夫不知情的情況下，她讓兒子接受洗禮，由八十七歲已退休的俄羅斯東正教神父兼長老（朝聖者）施洗。這位自成一格的神父拉斯普丁隸屬於紅軍在卡爾休斯特的軍營。改信俄羅斯東正教的原因不明。為了避免被奎恩茲發現，甘對他說，她要去探訪住在波茨坦的姊姊，然後把古斯塔夫放在籃子裡，騎車去找拉斯普丁。

一九五七年六月十日，就在她受雇即將屆滿五年之際，她再度獲得升遷，成為艾曼努爾．拉普——俄羅斯情報局海外工作訓練指揮官——的助理。

為了持續受到拉普的關照，鬱金香不得不對他提供性服務。當她向丈夫抱怨此事時，他告訴她，像拉普這麼重要的同志，其願望不應被忽視。她相信，她在史塔西的同事也抱持同樣的態度。據她說，同事對這些桃色事件完全知情，也明白此事對於史塔西的紀律構成嚴重的危害。但他們更擔心，以拉普的權力，倘使他們上報此事，將自食其果。

至今的行動經驗：

加入史塔西時，曾參加初級人員訓練課程。有別於其他同儕，她具備流利的俄語書寫及口語能力。獲選接受額外訓練，包括陰謀策畫、祕密會面、招募以及欺敵。同時接受機密書寫（包括複寫和墨水）、祕密攝影（微縮、微點）、跟監、反跟監、基本電波通訊等訓練。能力評等為「良好至傑出」。

身為艾曼紐爾．拉普的個助兼「黃金女郎」（拉普如此稱呼），她經常陪他前往布拉格、布達佩斯、格但斯克等，參加俄羅斯情報局主持的東方集團國家協約情報會議，並曾兩度受雇擔任這類會議的速記員。儘管對拉普反感，她仍夢想著能陪他一起前往莫斯科觀賞紅場的夜景。

案件負責人總評：

柏林祕密情報主管致馬里波恩祕密情報主管（無疑由史塔．狄炯協助）

次線人鬱金香與當局之間的聯繫完全委由五月花安排。五月花從她的醫生，漸漸成為她的主事者、知己、私人懺悔師以及好伙伴。也就是說，我們眼下所掌握的，是一個對我們的頭號情報員唯命是從的不討喜女孩，依我看來，就先這樣。你也知道，我們近日提供了一台米諾克斯給她，安裝在肩背包的扣件上，膠卷則放在爽身粉罐底。至於能夠勝任拉普保險箱蠟鎖的複製鑰匙及蠟封章擁有者，她則感到驕傲。

令人慶幸的是，五月花在報告中提到，鬱金香並未表現出因沉重壓力而煩躁的跡象。反之，他說，她的戰鬥力從未如此高昂，看起來似乎對危險樂在其中，他唯一的擔憂是她會變得太過自信，以至於冒不必要的風險。但只要他們兩人能繼續以醫療為掩飾在柏林會面，他就不會太擔心。

然而，當她陪同拉普參加在東德之外地區舉行的會議時，便會出現操作面截然不同的問題。既然祕密信箱不符合需求，可否請祕密情報單位考慮派遣匿名信差，在德國陣營以外的城市待命，以便機動前往協助鬱金香？

問安，史

我沉穩地翻過一頁，雙手並未發顫。每每在壓力之下，我總顯得沉穩。接下來，只是祕密情報總部和柏林工作站之間一般的實務討論。

喬治．史邁利致艾列克．利馬斯，柏林，私人信件，手寫便條，副本存檔

艾列克，艾曼紐爾．拉普預計前往布達佩斯，附件為彼得．貴蘭姆的照片，請盡速安排讓次線人鬱金香過目，此人將擔任她的匿名信差。

喬治．史邁利致彼得．貴蘭姆，手寫便條，副本存檔：

彼得，這就是你的布達佩斯女士。仔細研究！

一路順風，史

「你說什麼？」尼爾森不期然問我，從書上抬起頭來。

「沒有啊，怎麼？」

「一定是外面街上的聲音。」

•

若你是出於實務目的而去檢視一個不認識的女人的特徵時，會完全忽視性吸引力這類想法。你尋找的不是魅力。你一心想著，她的頭髮是長是短、染色與否、戴著帽子或是任其飄逸，她的臉上有什麼突出的特徵：粗眉、高顴骨、眼睛大或小、杏眼或是天生細長。觀察臉部之後，再看身型及體格，試著想像出這副身軀一旦穿著比聚會時常見的長褲套裝、厚底繫帶鞋更具特色的衣服時，會是什麼樣子。你尋找的，不是性吸引力，除非那可能引起旁人不安分的遐想。截至目前為止，我唯一的著眼點是，這張臉及身體的主人在炎炎夏夜、受到嚴密監控的布達佩斯街頭，會如何與一個匿名信差交手。

結果簡而言之，就是：毫無破綻。駕輕就熟、心照不宣、堅定果敢。而我，身為她的匿名信差，也不遑多讓。晴朗的白天，熙來攘往的街道，兩個陌生人，各自朝對方走來，幾乎要撞在一起，我稍微左偏，她則右偏，一瞬間交會。我咕噥著說抱歉，她則全然無視地面露慍怒離去。而我手上已多了兩盒微縮膠卷。

四星期之後，我們在華沙舊城區第二次短暫接觸，即便難度相對較高，但依然毫無差池地完成，正如我給喬治的手寫報告內容，副本呈艾列克：

彼・貴致馬里波恩祕密情報主管，副本致亞・利，柏林

主旨：與次線人鬱金香盲會

由於先前的會面，我們很快便認出彼此，身體的碰觸不但無法察覺而且十分迅速。我相信即便是近身監視，也看不出是在哪一刻交接的。

透過五月花，鬱金香顯然完全掌握了狀況。緊接著交件給華沙工作站總部也很順利。

彼・貴

史邁利手寫的回覆：

又一次的快、狠、準，彼得！太棒了！ 喬・史

但也許不像史邁利所認為的那麼快狠準，也不像我手寫備忘那般急欲傳達的順遂。

•

我的身分是從布列塔尼來的法國觀光客，隨著一個瑞士觀光團來到此地。護照上載明我擔任某公司主管，但當同團成員問到時，我則表明我不過是個從事農用肥料事業的一般遊客。我和團員一起欣賞華沙舊城區修復後的壯麗景象。一名身材姣好的年輕女子，身穿寬鬆的牛仔褲及蘇格蘭格紋背心，邁步朝我們走來。上次見到時，她的頭髮藏在貝雷帽底下，今天則是一頭深赭流洩而下，隨著她的步伐在陽光下蕩漾。她戴著綠色領巾。未戴領巾意味沒有轉手物件。我戴著一頂上有紅星點綴的共產黨扁帽，是向一個街頭攤販買的。若我把帽子塞進口袋，代表沒有轉手物件。舊城區裡還有許多無所適從的旅行團。我們這一團不太遵循波蘭導遊的指示。包括我在內有三、四個人完全忽視她，自顧自地聊了起來，不在意這座城市在經歷納粹的轟炸之後，如何奇蹟般地重生。一尊青銅雕像吸引了我的注意力，同時引起鬱金香的注意，因為這是精心安排的交會處。一旦我們會面，腳步不會慢下來，最重要的是全然漫不經心，但也不能表現得太過。沒有眼神接觸，但也不要太刻意忽略彼此。華沙終究是個處處受到監控的城市，尤其是觀光景點。

那麼，她突然自得其樂地扭腰擺臀是怎麼回事？那雙大大的杏眼流露出的直率熱切歡迎目光又意味著什麼？在這轉瞬的一秒間——但比我預期的更久一些——我們的右手彼此交纏。但她的手在交出那小小的物件之後，並未立即放開，反而在我的掌心窩了一下，而且要不是我甩開，還會握得更久。她瘋了嗎？我捕捉到那一閃而過的歡迎笑容，又是怎麼回事？我是在自欺欺人嗎？

我們朝各自的方向前進：她前往華沙條約會議進行諜報工作，我則和旅行團一起來到一間地下室酒吧，英國大使館的文化部祕書和他的妻子正好也在角落的座位上享受兩人時光。我點了一杯啤酒，隨後進入男士洗手間。那名文化部祕書和我因同為薩勒特受訓學員而結織，接著尾隨我進入洗手間。交件的過程迅速、無聲無息。我回到團員之間。只是鬱金香那指間觸動仍未散去。

甚至時至今日，也仍未散去，尤其是當我讀著史塔．狄炯對次線人鬱金香、五月花聯絡網中最明亮的一顆星的溢美之詞：

鬱金香完全清楚自己是在對英國情報局報告，而且五月花既是她的中間人，同時也擔任我們非官方的支援角色。她心意已決，將無條件熱愛英國。她對於我方高品質的諜報技術印象猶為深刻，並指出她最近一次在華沙的密會堪稱英國卓越技術的例證。

鬱金香工作結束、等待重新安排期間，不論何時，只要任務完成便可得每月一千英鎊，再加上一次給付的額外獎金一萬英鎊，已由祕密情報主管（喬．史）批准。但她本人最大的希望是，一旦時機到了，無論是什麼時候，她和她的兒子古斯塔夫可以成為英國公民。

她個人得天獨厚的隱匿天賦可能更令人印象深刻。她成功地在通道旁的女廁地板下安裝微型照相機，由此減輕拿著手提包在三號大樓裡進進出出所帶來的壓力。利用辦公室製作的蠟封章及鑰匙，只要四下無人或她想要，就可以任意開關拉普的保險箱。上週六她向五月花吐露，她反覆夢到自己嫁給一個俊俏的英國人！

「有什麼不對勁嗎？」尼爾森問我，他總算進入狀況。

「我碰到一朵花了。」我回答，而這剛好也是事實。

•

眼前的邦尼身穿深色西裝，帶著公事包。他在財政部開完會後便直接過來，至於和誰開會、為什麼開會，他則未多加說明。羅拉翹著腳慵懶地坐在老總的椅子上，邦尼從公事包中拿出一瓶溫松塞爾白酒，為我們各自倒了一杯。接著他打開一包鹹腰果，請我們自便。

「很累吧，彼得？」他親切問道。

「不然你覺得呢？」我決定以不滿的語氣回應。「並不是什麼愉快的回憶小徑漫步之旅，不是嗎？」

「但是很有幫助啊，我很期待。再次探訪舊日時光和老朋友，壓力不會太大吧？」

我完全不想搭理。審問開始了，一開始顯得漫不經心：

「首先我是否可以請教你關於瑞梅克的事？我以為，以情報員來說，他的個性太有魅力了？」點頭。

「不但是醫生，還是很優秀的醫生。」

再次點頭。

「那麼為什麼當時針對五月花的報告，在送抵白廳那些幸運客戶手中時，會被描述為——容我引述一下——東德社會主義統一黨內，地位甚高的中階公務員，有正規管道得以接觸極機密的史塔西資料？」

「誤導訊息。」我回答。

「誰策畫的？」

「喬治、老總以及財務部的拉孔。他們都很清楚，五月花的資料一旦公開，馬上會引起騷動。客戶首先會問的就是線人是誰。他們索性捏造一個具同等地位的虛構線人。」

「那你的鬱金香呢？」

「鬱金香怎麼了？」

回答得太快了。我應該耐住性子的。他是想激怒我嗎？不然，為什麼他要露出那種心照不宣的、虛偽的詭笑，企圖引起我的反擊？為什麼羅拉也面露同樣的笑容？我們那次沒有命中紅心的希臘晚餐之後，她是自己回家的嗎？

邦尼正在閱讀膝上的某份資料，他的話題仍圍繞著鬱金香：「次線人是內政部資深祕書，有管道接觸到最高階層。是不是太美化了一點？」

「太怎樣？」

「這不是把她形容得……呃，稍微太體面了一點？我的意思是，不如一開始就說，淫蕩的資深祕書？實際一點的話，或者說她是辦公室狐狸精可能是相對貼切的形容。或者，基於尊重她的宗教信仰，乾脆稱她神聖妓女？」

他緊盯著我瞧，等著我滿腔的憤怒、義憤填膺以及矢口否認瞬間爆發。沒來由的，我按捺住未讓他得逞。

「不管怎樣，我還是認為你很了解你的鬱金香，」他繼續說下去，「畢竟你以前這麼用心侍候她。」

「我**沒有**侍候她，她也不是**我的**鬱金香。」我審慎考量後答道。「鬱金香自始至終都在第一線，我和她連一句話都沒說過。」

「完全沒有？」

「在我們密會的時候完全沒有。我們只是擦肩而過，從來沒說過話。」

「那，她怎麼會知道你的名字？」他以最迷人的聲音以及陽光般的笑臉探問。

「她**根本**不知道我的名和姓！我們連招呼都沒打過，她怎麼可能知道？」

「這麼說好了，她知道你**其中一個**名字，」他態度從容，卻依舊堅持。

羅拉這時開口了：「尚．富蘭索瓦．嘉麥，記得嗎，彼特？」她維持一貫玩味的口吻提示。「法國梅斯市一家電子公司合夥人，參加保加利亞旅遊公司舉辦的黑海套裝行程。這可比打招呼多了呢。」

我猛地一陣大笑，不再有所忌憚，我也真該如此，畢竟這確確實實是我發自內心鬆一口氣的寫照。

「噢，我的老天啊！」我一副樂在其中的樣子驚呼道。「那不是我對鬱金香說的話，是我對古斯塔夫說的話！」

那麼，在場的邦尼和羅拉，希望你們坐下，好好地聆聽接下來的醒世傳說，關乎孩子的天真如何摧毀一個隱祕、精心策畫的局。

我的化名確實是尚・富蘭索瓦・嘉麥，也確實是一個人數眾多、廉價旅行團的一員，在一處緊臨黑海、不算宜人的保加利亞海濱度假勝地享受低成本的陽光與海水。

在我們那間陰鬱旅館所在的海灣對面，坐落著一間黨工用廉價旅館，屬於野獸派蘇維埃式的巨大混凝土建築，隨處可見共產黨旗幟安插其上，從裡面傳出的軍樂越過水面直衝我們而來，間或穿插著從一組擴音機中傳出的關於和平及善意等振奮人心的訊息。就在那相隔一牆之內的某處，鬱金香和她兒子古斯塔夫正在享受勞動人民的公共假期，這得感謝鬱金香那令人作嘔的丈夫洛瑟同志，他那些深具影響力的人脈竟不可思議地突破史塔西的多所顧忌，同意讓其成員在外國的沙灘上喧鬧。擔任小學老師的姊姊蘿德，也自波茨坦前來陪伴她。

四點至四點一刻之間，我和鬱金香將在海灘進行一次擦肩接觸，這一次參與的成員還包括古斯塔夫。屆時蘿德會安然待在廉價旅館裡，參加一場工人會議。這場行動的主導權有賴於第一線情報員，在這次的案例中，便是鬱金香。而我的工作則是隨機應變回應她的指示及需求。此刻，她就在眼前，踏過浪花筆直朝我走來，揹著單肩背包，裹在一件海灘長袍裡。她一邊前行，一邊示意古斯塔夫留意海灘上的貝殼、漂亮的石頭並放進水桶裡。她一如前次在華沙舊城區時，輕佻地扭腰擺臀，以致我必須刻意忽視——此外，我得謹慎不要對邦尼和羅拉開口提起她的臀部，畢竟這兩人正以毫不遮掩的懷疑態度聆聽著我活靈活現的一字一句。

緩緩接近我之際，她伸手進單肩背包裡摸索。其他熱愛陽光的人們、其他的孩子，無不享受著潑水嬉戲、日光浴、香腸三明治以及西洋棋，而登場中的鬱金香不外乎對這個或那個同志笑一下或說句話。我不清楚她使了什麼花招，竟鼓動古斯塔夫向我走來，也不清楚她說了什麼讓他開懷大笑，隨後一無所懼，蹦蹦跳跳地接近我，在我手中塞了一堆藍色、白色、粉紅色的椰子軟糖。

而我也知道我必須友善回應，我必須表現得極其開心。我必須假裝吃幾顆軟糖，剩下的則收進口袋，然後蹲下身，假裝在浪花之間奇蹟似地發現一個貝殼，但事實上早就藏在我手中，接著交給古斯塔夫以做為回禮。

目睹這一切，鬱金香不由得盡情大笑了起來——甚至有點太過盡興，但我不會向邦尼和羅拉透露半句——然後向古斯塔夫示意：回來，親愛的，不要打擾那位好同志。

未想古斯塔仍想繼續打擾那位好同志，這也正是我要向邦尼和羅拉傳達這則幽默趣談的重點。無論怎麼看，古斯塔夫無疑是個好動的孩子，完全不照劇本走。他認定他和這位好同志達成一筆用軟糖換貝殼的交易，就社交上以及生意上的往來而言，他有必要多多認識這位新的生意伙伴。

「你叫什麼名字？」他提問道。

「尚．富蘭索瓦。你呢？」

「古斯塔夫。姓什麼？」

「嘉麥。」

「你幾歲？」

「一百二十八歲。你呢？」

「五歲。這位同志是從哪裡來的？」

「法國梅斯。那你呢？」

「柏林，民主德國[13]。你想聽我唱歌嗎？」

「好啊。」

於是古斯塔夫在浪花之間抬頭挺胸、立正站好，為我獻唱一首校歌，內容是感謝我們敬愛的蘇聯士兵為社會主義德國拋頭顱、灑熱血。與此同時，他的母親則站在他後面，若無其事地鬆開海灘長袍腰帶，眼睛直瞅著我，將她那一身豔光四射的赤裸展現在我眼前，接著又懶洋洋地繫好腰帶，和我一起為他兒子的演出熱烈鼓掌；而後，她猶如驕傲的母親般，看著我和古斯塔夫握手，我踏著輕快的步伐離去，並舉起右拳，以回敬古斯塔夫的共產黨式敬禮。

不過，鬱金香那豔光四射的裸體同樣只留在我心中，一如我開始說起這個引人發噱的故事前，我心中苦思不已的迫切問題：**你他媽是怎麼曉得鬱金香知道我的名字？**

---

13 Democratic Germany，即東德。

7

我提早自工作中解脫，只是在步出陰暗的畜舍、走進布魯姆斯伯里區熙攘的午後之際，我一時無法釐清到底是出於什麼原因，一陣茫然席捲了我。我下意識地朝西南走向切爾西。羞辱感，肯定有。挫折、困惑，毫無疑問。翻出的舊帳狠甩在我臉上，讓我憤慨不已。罪惡感、愧疚感、憂心忡忡，所在多有。而這一切，無不指向一記沉痛的打擊——渺無音訊的喬治所帶來的傷痛與無法釋懷。

但他真的渺無音訊嗎？邦尼是不是對我說謊，一如我對他說謊，或許喬治並非像邦尼斷言的無影無蹤？會不會他們已經找到他，而且若真有此這可能，也榨乾他了？即便米莉．麥克雷格知道答案——我懷疑她確實知道——也會基於特定官方保密條款所規定的，無論生死，皆不得議論喬治，因此她必須保持緘默。

我走到貝瓦特街，這裡原本不過是一般中產階級居住的死巷，如今已然成為倫敦市內又一處百萬富翁聚集的猶太區。我抗拒那一波向我襲來的懷舊之情，或難以自抑地默記路旁的車輛、迅速掃視車內是否有人，或不經意地瞥了一眼對街房舍的門窗。我上次來這裡是何時？我的記憶停留在那天晚上，我繞過喬治安裝在前門的木楔把戲，鑽進室內，等著盡快帶他前往奧利佛．拉孔位於阿斯科占地廣大的紅色城堡，展開拜訪親愛老友、大叛徒、老婆愛人的比爾．海頓的第一段旅程。

只可惜在這個閒散的晚秋午後，貝瓦特街九號對這些事全然不知、什麼也沒看見。百葉窗放下，前院雜草蔓生，居住者不是遠行，就是離開人世了。我走上四級階梯來到門前，按下門鈴，未聽見熟悉的門鈴聲響，也沒有輕巧或沉重腳步聲傳來。喬治並未出現，沒有一邊眨眼歡迎你的到來，一邊用領帶內側擦拭鏡片——哈囉彼得，你看來很需要喝一杯啊，快進來——沒有一陣慌亂的安，臉上的妝只畫了一半——我正要出門呢，親愛的彼得——親一下，又一下——趕快進來吧，和可憐的喬治一起整頓世界。

我逕直回到國王路，攔了一輛計程車到馬里波恩的主街，在唐特書店對面下車。在史邁利的時代，這裡是法蘭西斯．愛德華家族餐廳，創立於一九一〇年，史邁利曾在此消磨過許多愉快的午餐時光。我鑽進由許多卵石小巷、馬廄改造的街屋構成的迷宮，其中包括曾是祕密行動的圓場外站——或者用我們的說法，直接稱為馬里波恩。

不像畜舍僅做為單一計畫的安全藏身處，馬里波恩是一處有三扇前門進出的工作站：配置行政人員、解碼系統、解碼員、信差以及緊急民間雇員，他們彼此互不相識，自各行各業中挑選而出，且可隨時放下手邊工作，接受徵召以為支援。

那麼，是否可以稍微想像一下，祕密情報單位仍在這裡？茫然之間，我選擇相信確實如此。喬治．史邁利是否仍蟄伏在緊閉的百葉窗後？茫然之間，我必然是說服自己，他依舊如此。在九個門鈴當中只有一個屬於馬里波恩，也唯有忠誠的人才知道是哪一個。我按了鈴。沒有回應。我又按了同一道門廊裡另外兩戶的電鈴。然後我移到下一道門廊，按下三個門鈴。一個女人朝我厲聲叫道。

「她天殺的不在**這裡**！山米！她和威利還有小孩早就滾了。你要是再按一次，我就叫警察！我說到做到！」

她的聲音霎時讓我驚醒。等我回神過來，我已經坐在德文郡街上一處辟靜的咖啡館裡喝著接骨木甜酒，周圍淨是身穿制服的醫務人員，彼此交頭接耳地低聲談話。我等著恢復鎮定。頭腦清醒後，我的目標也漸漸清晰。過去幾天幾夜，儘管諸事紛擾，克里斯多夫的形象在我心中一直揮之不去：那匪徒、罪犯、艾列克聰明的兒子、出現在布列塔尼的家門口，粗暴地質問我的凱瑟琳。那是第一次，我在凱瑟琳的聲音裡聽見恐懼。不是為她自己而恐懼：而是為了我。*皮爾，他絕非善類……暴徒……大塊頭像拳擊手。他問你在倫敦住旅館嗎……你的地址是？*

我說她是**我的**凱瑟琳，因為自從她父親過世以後，我就對她視如己出，管他媽的邦尼是否意有所指。我看著她長大。她看著我的女人來來去去，直到孑然一身。當年她無視於自己略顯姿色的姊姊，選擇自我沉淪成為村裡的不良少女，並且和她觸手可及的每個人上床，我對村裡牧師自命不凡的說教置若罔聞，他自己搞不好也垂涎凱瑟琳。我不擅長和孩子相處，但是當伊莎貝爾出生時，我和凱瑟琳一樣開心。我從沒告訴過她我以前從事什麼職業。她也從沒告訴我伊莎貝爾的父親是誰。在整個村裡，我是唯一一個不知道、也不關心的人。要是她想要，有朝一日，這座農莊會是她的。伊莎貝爾會連跑帶跳地在她身邊，也許會有個年輕男人陪伴凱瑟琳，也許伊莎貝爾會願意跟那個男人正眼相對。

年齡相差這麼多，我們也算是戀人嗎？看起來似乎漸漸變成這樣。而且還是伊莎貝爾一手促成的。某個夏夜，她帶著被褥啪嗒啪嗒輕快地穿過院子，看也沒看我一眼，便在我臥室高窗下的地板上鋪好床躺下。我的床很大；客房既暗又冷，媽媽也不應該和孩子分開。我還記得，我和凱瑟琳前幾個星期只是單純地一人睡一邊，之後才轉身面對彼此。但也許我們等待的時間，並不如我想像得久。

•

至少有一件事我很確定：要認出我的原告不成問題。艾列克離開後，我清理他在哈洛威那間黯淡的單身公寓時，曾被一本口袋大小的相本絆倒，一朵白色壓花自相本透明的封面底下滑落。正當我要丟掉的瞬間，才意識到，我手上握著的，是克里斯多夫從呱呱墜地到大學入學的人生影像紀錄。每張照片底下皆可見白色墨水書寫的德文標題，我猜是出自他母親之手。令我印象深刻的是，我記憶中，在杜塞朵夫足球場看到的同一張生硬表情一路緊跟著他，無論他是粗壯身材、眉頭深鎖、一身上教堂的正裝神似艾列克，或手中緊握著一卷文憑，一副他正準備用來捅你的臉似的。

與此同時，克里斯多夫對**我**又知道多少？他知道我在倫敦，埋葬好友。知道我是在日行一善。我沒有地址，我不是俱樂部會員；就算是像克里斯多夫這種自識甚高的探究者，也不會看到我名列旅行俱樂部或是全國自由俱樂部。不在史塔西的紀錄裡，或是在任何地方。我在英國最後的住處是一間位於阿克頓的兩房公寓，而且是以彼得森的名字入住。告知房東我將離去時，我並未留下轉信地址。那麼，在布列塔尼之後，那個苛刻、頑劣、無禮的罪犯份子克里斯多夫、艾列克的愛子、壯得像拳擊手，會上哪兒找我？有哪一處地方，**唯一的**地方，若是他走運、順利的話，就有可能在那裡逮到我？

答案——或者說我認為唯一合理的答案——正是我的舊東家位於泰晤士河畔的總部——不是那棟老

舊、難以察覺、屬於他父親的建築，而是它那令人厭惡的繼承者，那棟我即將前往偵查的堡壘。

•

沃克斯豪爾大橋上滿是正要回家的通勤者。橋下河流湍急、交通繁忙。這次我不是保加利亞旅行團團員，而是來自紐澳的觀光客，頭戴牛仔帽，身穿有數個口袋的卡其背心，正在遊覽倫敦景點。在第一個通關處，我戴著低頂圓帽和格紋圍巾，第二個通關處則換上阿森納球迷的毛球毛帽。全部裝扮購於滑鐵盧車站的二手市集，總計十四鎊。在薩勒特，我們稱之為改變輪廓。

我以前不時告誡學員，身為監視者，必須注意會讓人分心的事物：那些令你無法忽視的，諸如豪放地在陽台上曬日光浴的漂亮女孩，或是打扮成耶穌基督的街頭傳教人。對我來說，今天傍晚讓人分心的，無非是那處手帕大小、完全以尖刺圍欄圈住的長形茂密草坪。那是什麼？用來關圓場壞蛋的戶外牢房？僅供高階官員使用的祕密娛樂花園？但他們要怎麼進去？更糟的是，要怎麼出來？

在這座堡壘的外側護牆牆腳下，有處小小的卵石灘，一個亞洲家庭穿著鮮豔的絲綢服裝，在加拿大雁之間野餐。一輛黃色水陸兩用車緩緩爬上一旁的斜坡，頓了幾下，總算停了下來。沒有人從裡面出來。接近五點半了。我想起圓場的上班時間：對那些聖人等級的人來說，是十點上班，任何時間下班皆可；對那些下層階級來說，是九點半到五點半。成群低調的年輕職員即將離去，我算著幾處可能的出口，用來分散人群，以免引人注意。目前的住戶剛進駐這座堡壘時，曾有傳聞說，此處河底有祕密通道直通白廳。這麼說吧，在圓場的年代確實曾挖過一、兩條地道，大多穿過私人物業之下，所以何不在自家地下也挖個幾條？

在我初次向邦尼報到時，曾經過一個人員出入口，對比那兩扇立體裝飾的防撞鐵門，這出入口顯得意外狹窄，我不免猜測，這個出入口僅供訪客使用。眼下我留意到其他三個出入口，我直覺最注意到的，是灰色對開門的出入口，就在河邊一道低調的石階頂端，供小徑上的行人通行之用。當我繞過轉角時，那扇灰色的門打開來，六個男女走了出來，平均介於二十五到三十歲之間。如出一轍的淡漠表情。門再次關上，猜想應是自動門。接著再次打開，第二群人走了下來。

我是克里斯多夫的獵物，也是追捕他的人。我認為，他曾進行過我這三十分鐘內所完成的事：熟悉目標大樓、挑選可能的出入口、伺機而動。我的行動依據是，假設克里斯多夫出於和他父親一樣全然的行動直覺，也通盤想過獵物的可能行動，並據此執行計畫。要是真如凱瑟琳所說，我來倫敦參加朋友的葬禮——他何必懷疑呢？——那麼我理所當然會順道拜訪舊東家，詳加討論陷入膠著的歷史訴訟——克里斯多夫和他的新朋友凱倫．金德控告情報局以及幾名涉案官員，其中包括我在內。

另一批男女正走下階梯。當他們一步上小徑，我便尾隨他們。一名灰髮女士對我露出禮貌的笑容。她以為她應該要認得我。一般人行道上的行人混入我們這群人。一面路標顯示「往巴特西公園」。我們接近一道拱門。我往上一瞥，看見一個戴帽的高大男人身影，穿著及膝深色大衣，他兀自站在橋上，一一掃視底下行人。他選擇的這個位置，不論是出於有意或無心，堡壘的三個出入口都一覽無遺。我也曾親自站在那個有利位置，相當確定那地方所具備的戰略優勢。由於他低著頭，而且戴著一頂高帽身、帽檐略上翻的黑色德式氈帽，整張臉因此籠罩著陰影。但大塊頭拳擊手般的身材是毫無疑問的：厚實的肩膀、寬背脊，比我想像中的艾列克的兒子足足高了三吋，但畢竟我從來沒見過他的母親。

我們這群人正穿過拱門。穿深色大衣、戴黑色德式氈帽的身影隨即離開橋，加入我們這一行人。儘管塊頭大，動作卻是敏捷。和艾列克一個樣。他在我後頭二十碼，帽子搖晃不定。他緊盯著前方的某人或某物，我認為目標正是我。他**要**我認出他嗎？或者是我對跟監太過敏感，又一個我慣常怒斥的陋習？

慢跑者、騎乘自行車者、船隻匆匆而過。我左手邊的街區淨是公寓。在那些公寓樓下，可見餐廳浮誇的人行道用餐區、咖啡廳、速食攤販。我利用倒影觀察。讓他慢下來。我回想起自己教導新進人員的鐵則：要由你來決定速度，而不是跟蹤你的那個人。無所事事。游移不定。可以閒逛的時候就別跑。河水淙淙，隨處可見休閒船、渡船、小艇、划艇、駁船等。河岸上，街頭藝人擺出雕像姿態，小孩揮舞製造肥皂泡泡、玩遙控飛機。你就算不是克里斯多夫，也是圓場的跟蹤者。但是即便在我們最糟的年代，圓場的跟蹤者也不會這麼遜。

到了聖喬治碼頭，我脫隊朝右方走去，佯裝查看時刻表。給你的跟蹤者選擇的機會，你就可以辨識出他們。他是會跟著你跳上公車，或者他會說，去他的公車，然後走掉？倘使他順勢繼續走下去，也許是讓下一個人接續跟蹤你。但這名德式氈帽、深色大衣先生沒有把我交給下一個人。他想自己留著。他在熱狗攤販旁徘徊，從芥末和番茄醬瓶後方的花俏鏡子裡觀察我。

東行渡輪的售票機前，人們排起隊來。我加入排隊，等著輪到我購票，然後買了一張到倫敦塔橋的票，單程。我的跟蹤者決定不買熱狗了。渡輪靠岸，碼頭劇烈搖晃起來，我們讓乘客先下船。我的跟蹤者穿過走道，彎身站在售票機前。他急躁地比手畫腳。誰來幫幫我。一名戴寬帽的拉斯塔法派[14]徒教他如何操作。付現，不能用信用卡，臉依舊罩在德式氈帽的陰影下。我們準備登船了。上層甲板滿是遊客。人群是你的好友。請善加利用。我混入上層甲板的人群中，找到一處靠欄杆的位置，一邊等著我的跟蹤者隨之而來。他知道我發現他了嗎？我們是否心照不宣？就像我在薩勒特的學生說的，他注意到我已經注意到他了嗎？是的話，中止行動。

只是，這次我不會中止行動。船隻轉向。一道陽光選上他，可惜他的臉仍在陰影下。自我左邊視線的餘光中，可以看見他不時朝我偷覷，一副深怕我逃走或跳下水的樣子。

你真的是克里斯多夫、艾列克的兒子嗎？或者你是某個律師的執行官，被派來賞我一只令狀？是的話，又何必跟蹤我？何不立刻直衝著我而來，和我正面交鋒？船再度搖晃，陽光再次直射在他臉上。他抬起頭。我第一次親眼目睹他的側臉。我感覺，自己似乎應該感到驚訝、開心，未料我竟是無動於衷。我沒有重見故人的急切心情，僅意識到即將到來的清算：艾列克的兒子，克里斯多夫，我記憶中，一如在杜塞朵夫球場上所見的淡漠凝視，以及愛爾蘭人的微俏下巴。

•

若說克里斯多夫正在解讀我的企圖，那麼我也在解讀他的企圖。他還沒對我揭露自己的身分，因為他等著找到我的住處，如一般跟蹤者會做的事：找出我的落腳處，之後，再挑選適當的時機及場所。而我所做的回應則是，拒絕任由他施展諜報技巧，而且訂出我自己的規則，亦即要在一處擁擠的地點，周圍只見眾多單純的旁觀者。但是凱瑟琳的警告徒增我的憂慮，我被迫思考一種可能性，一個充滿暴戾之氣的男人，正針對我存心對其亡父所造的孽而尋求賠償。

這萌生的可能性不禁令我憶起小時候，母親曾帶著我通行倫敦塔橋，來自法國的她，不管看到什麼，無不驚恐地發出高聲、令人尷尬的驚聲尖叫。塔橋裡巨大的樓梯，特別讓我印象深刻。此刻，正是這座樓梯在呼喚我，不是因為其特有的指標性景點，而是出於自我保護。薩勒特幼兒園沒有教我們如何自衛。雖然曾教過多種殺人方法，有些是無聲的，有些則不那麼安靜，但是課表上並沒有多少自我防衛課程。我唯一確定的是，面對打鬥，我必須讓對手的重量在我之上，再加上地心引力的一臂之力。他是受過監獄特訓的打手，比我多出四十磅的骨骼與肌肉。我必須利用他的重量來對抗他，再也沒有比陡峭的階梯更合適的地方了；我這身老骨頭大可站在比他低幾級的階梯上，任由他自行加速前進。此外，我也做了一些無濟於事的準備：把身上所有零錢放到右邊的口袋裡，以做為近距離的散彈；左手中指則穿過我的鑰匙圈，湊合著做為手指虎。成功，是留給準備好的人，對吧，小伙子？是，長官，成功，是留給準備好的人。

我們正排隊準備下船。克里斯多夫在我後頭十二呎之處，映在玻璃門上的神情極為漠然。凱瑟琳說

14　拉斯塔法派（Rasta）：意指拉斯特法里（Rastafarians）宗教，一九三〇年代興起於中美洲的黑人基督教運動。其教義相信黑人為上帝的選民，非洲伊索比亞是聖地。

過他一頭灰髮，現在我看得出是為什麼：德式氈帽底下一頭奔放的怒髮，灰色、粗硬且不受控制，和艾列克一樣，中央的亂髮綁成一束馬尾，隨意垂落在深色大衣後。為什麼凱瑟琳沒有提到馬尾？也許他塞進大衣裡。也許她不認為馬尾有多重要。我們排成縱隊，費勁地登上斜坡。塔橋的橋面已經放下。綠燈亮起，示意行人通過。快到巨大樓梯的入口處時，我旋即轉頭直直望向他。我是在告訴他：如果你想好好聊聊，就在這裡，就在這些行人旁。他也停下來了，但我從他臉上、眼裡看到的，唯有足球場觀眾席上那無情的眼神。往下的階梯上空間足夠，僅有些許正要離開的人，我於是快步走下十餘階。我需要一處中繼點。我要讓他經過我之後，有足夠的空間向下跌落好幾層，因為我不希望他又折回來。

階梯上的人多了起來。兩個咯咯笑的女孩手牽手輕跳而過。幾個黃袍僧侶熱切地和一個乞丐討論起哲學。克里斯多夫站在樓梯頂端，眼前只見大衣和帽子的輪廓。一步接著一步，他謹慎步下階梯，手臂向兩邊半張，兩腳張開，是摔角選手的步態。你走太慢了，我在心中催促，快點下來我這邊，我需要你的衝力。未料他竟在我上面幾階停住，然後我第一次聽見他成年後的聲音，德國口音的美式英語，語調尖銳，著實令我震驚。

「嗨！彼特，嗨，皮爾。是我，克里斯多夫。艾列克的孩子，記得嗎？看到我不開心嗎？不想跟我握個手？」

我放開口袋中的零錢，對他伸出右手。他緊握我的手，至少足以讓我感覺到他的力道，儘管他的手濕濕黏黏。

「克里斯多夫，有什麼我能效勞的？」對我的提問，克里斯多夫的回答是和艾列克如出一轍的戲謔笑聲，而當他過度刻意表現自我時，語氣中不免平添一股愛爾蘭腔調：

「呵，老兄，不如幫我買杯喝的先！」

•

這間餐廳位於一棟自詡為老屋的一樓，屋梁上有刻意的蛀蟲痕跡，從斜窗可瞥見倫敦塔。女侍戴著繫帶帽、穿著圍裙，若我們點全餐，會為我們帶位。克里斯多夫巨大的身軀重重沉入椅子，並壓低帽檐。女侍送來他方才點的啤酒。他啜飲一口，面色一皺，便把酒推到一旁。他的指甲汙黑且修剪不齊。左手每根手指上都帶著戒指。反觀右手，卻只有中間兩根手指有戒指。臉上的線條輪廓和艾列克一個樣，只是一逕沉著臉，傷痛也曾在此留下線條。同樣好鬥的下巴。當他們關心你時，棕色的眼眸便閃耀著未達目的、絕不罷休的魅力。

「那麼，克里斯多夫，最近在忙什麼？」我問他，對此他想了一會兒。

「最近？」

「嗯。」

「嗯，我想，最簡單的回答應該是——**這個**。」他回答，並送我一記大大的微笑。

「**這個**到底是指什麼？我想我還沒搞清楚這整件事。」

他卻只是搖搖頭，一副這不重要的樣子，唯有在女侍端來牛排和薯條時，他才稍微挺直身子。

「你在布列塔尼那塊地方真不錯啊。」他邊吃邊提這件事。「有幾畝啊？」

「五十幾。有什麼問題嗎？」

「你自己的？」

「克里斯多夫，你想說什麼？你為什麼來找我？」

他又塞滿一整口，偏著頭對我笑，意味著我說到重點了。

「我為什麼來找你？這三十年來，我一心一意只想發財。整個世界都跑遍了。我做過鑽石。做過黃金、做過毒品、碰過一些槍枝。坐過牢。太多了。我發財了嗎？去他媽的。然後我回到小歐洲老家，找到了你。我的金礦。我爸最好的朋友。他最好的同志。而你對你最好的同志做了什麼？你送他去死。老兄啊，這是錢。這才是**如假包換**的錢。」

「我沒有送你父親去死。」

「老兄，讀一下檔案吧。讀一下史塔西的檔案。簡直是炸彈。你和喬治・史邁利殺了我父親。史邁利根本是罪魁禍首，你就像他的頭號跑腿。你們陷害我爸、殺了他。直接或間接，這就是你們幹的好事。你甚至把伊麗莎白・金德小姐也拖下水。這些都在他媽的檔案上！這個你夢想中的惡毒大陰謀，結果燒到你自己，害死所有人。你對我爸**說謊**！你還有你的老大喬治。你對我老爹說謊，派他去送死。根本是蓄意。去問律師啊。我告訴你，愛國主義已**死**，老兄。愛國主義是**騙小孩的把戲**。這案子要是放到國際上，拿愛國主義當藉口是沒用的。想拿愛國主義減輕罪刑早就**沒輒了**。精英也一樣。你們都一樣。」他加上這最後一句，正要喝口啤酒潤潤喉，忽而改變主意在深色大衣口袋裡摸索，儘管室內很熱，他仍穿著大衣。他從一個破舊的錫盒裡倒出一些白色粉末在手腕上，用另一隻手壓住一邊鼻孔，在眾目睽睽下用力一吸，其中幾個客人還當真直盯著瞧。

「那麼，你在這裡做什麼？」我問。

「拯救你他媽的老命啊，老兄。」他回答，並伸出兩手，用一種真正忠誠的姿勢攫住我的手腕。

「那麼，條件是這樣的。你夢寐以求的解套。好嗎？是我給你的私人提議。你一生中最完美的提議。因為你是我朋友，懂嗎？」

「你說了算。」

我已經掙開他的手，他卻仍滿臉期待地注視著我。

「你沒有其他朋友了。檯面上也沒有其他提議。這是僅此一次的提議，不損及權益。不能討價還價。」他舉起啤酒杯，一飲而盡，示意女侍再來一杯。「一百萬歐元。給我個人的。不涉及任何第三方。收到一百萬歐元，當天律師就會撤告，我再也不會跟你聯絡。沒有律師，不提人權，不提狗屁。一次付款全部搞定。你為什麼盯著我瞧？有什麼問題嗎？」

「沒有問題。只是這價錢似乎太划算。我聽說你的律師已經拒絕了比這更高的價錢。」

「你沒有認真聽。我可是降價優惠你。這就是我要強調的。我給你特價，一次付清，單獨付給我，一百萬歐元。」

「那麗姿．金德的女兒凱倫呢？——她也會開心吧，我猜？」

「凱倫？你聽好，我了解她。我只要去找她、哄哄她，我就是這麼辦，跟她說起我的靈魂，也許抹一點淚，跟她說我終究無法繼續下去，我太痛苦，想起我爸，讓死者安息之類的。我很清楚這些話帶來的效果。凱倫可是很感性的。我沒騙你。」

我沒有表現出信任的樣子，於是他繼續說：

「聽好。那個天殺的女孩是我找出來的。她欠我的。麻煩事都是在我做，我付錢給一些人，拿到那些檔案。我去找她，跟她說這個好消息，跟她說去哪兒找她母親的墳。我們去找律師。她的律師。**義務的**，最爛的那種。她是從哪裡找到這些律師的？特赦組織之類的。一些人權組織。那些**義務**律師就去找你的政府，對他們淨說些大道理。你的政府否認一切責任，卻走後門，只在你耳邊說，卻要求我們別公開，接著提出一百萬英鎊，**在不損及權益的情況下**。一百萬！這還是最基本的價格，還有協商空間。我個人現在是不碰英鎊的，但那是另一個故事。結果，凱倫的律師呢？又搬出一套大道理。他們說，我們**不要**這一百萬英鎊。我們是高尚的人，我們要你們去吃屎。要是你們不去吃屎，我們就法庭上見，必要的話，可以一路上訴到史特拉斯堡的歐洲他媽的人權法院。你的政府就說，好吧，那就**兩百萬**，沒想到，她的義務律師不想玩。他們和凱倫一樣。是聖人。很純潔的。」

一陣金屬碰撞聲響引得餐廳裡的每個人轉過頭來。克里斯多夫戴滿戒指的髒汙左手砰地一掌落在我面前的桌子上。他身體往前傾，臉上汗如雨下。一扇標示「員工專用」的門打開，一名受到驚嚇的員工探出頭來，一見克里斯多夫，便立刻消失。

「你會需要我的銀行帳戶，對吧，老兄？給你。你去跟你的政府說：我們撤告的當天，一百萬歐元，否則就讓你們吃不完兜著走。」

他抬起手，出示一張對折的橫紋便條紙，盯著我塞進錢包裡。

「鬱金香是誰？」他用同樣威脅的語調質問我。

「你說什麼？」

「就是桃樂絲．甘的代號。史塔西的女人。有個小孩。」

他一聲不吭便離開。我一味地堅稱桃樂絲——鬱金香，我聽都沒聽過。一個勇敢的女侍連忙拿著帳單趕了過來，無奈他已經步下一半階梯了。等我來到街上時，只見他坐在計程車後座上的巨大陰影，他空手伸出窗外，懶洋洋地揮手道別。

我知道自己是一路走回海豚廣場的。途中，我必定是想起了那張寫著他的帳號的紙條，於是丟進垃圾桶裡，但我無論如何也說不出到底是哪一個垃圾桶。

8

一陣暴雨驅走了昨日的和煦，如子彈掃射在皮姆利科街上。我抵達畜舍赴約時已經遲到，只見邦尼獨自撐著傘站在門階上。

「我們還以為你跑了呢。」他一臉尷尬地笑道。

「要是我真跑了呢？」

「就算這樣，你也跑不遠的。」他依舊一臉笑意，同時交給我一只棕色信封，上面的紅色字樣印著：效忠女王[15]。「恭喜你，我們的主子誠摯邀請你。跨黨派調查委員會想找你聊聊。日期另行通知。」

「也想找你聊聊吧，我想。」

「多多少少。但我們可不是重點，對吧？」

一輛黑色標緻車停住，他坐上後座。標緻車隨即駛離。

「準備開始了嗎，彼特？」佩西問。她已經安坐在圖書室裡的王座上。「看來今天會是很沉重的一天。」

15 On Her Majesty's Service，英國政府公函的印記。

她指的是桌上那疊等著我的厚重泛黃檔案：我未出版的大作，整整四十頁。

•

「彼得，我要你就此事草擬一份正式報告。」史邁利對我說。

此刻凌晨三點，在紐佛瑞斯特一處公有社會住宅裡，我們面對面坐在前廳。

「我認為你是負責這份報告的理想人選。」他以如常謹慎的客觀語氣說下去，「一份明確的報告，拜託了！冗長、充滿不相關的細節，省略世上但願只有你、我以及另外四人知道的資訊。多寫一些可以滿足貪得無饜的聯合督導、並讓總部事後檢討時——我是這麼形容的——如墜五里霧的內容，這是絕對必要的。一開始就載明由我一人核批草擬，麻煩你。僅限我本人過目。你願意嗎？你可以嗎？艾爾莎會隨侍在側，這是當然。」

艾爾莎，祕密情報單位耀眼的語言專家：拘謹、一絲不苟的艾爾莎，自她優雅的指尖流洩出德語、捷克語、塞爾維亞—克羅埃西亞語、波蘭語；她和母親兩人住在漢普斯特，每週六傍晚吹奏長笛。艾爾莎會隨侍在側，修正我對德文錄音檔的翻譯。我們會一起嘲笑我犯下的小錯誤、討論適當的措辭或說法、一起訂外送三明治。我們也會同時傾身向打字機，偶然不小心碰到對方的頭，互說道歉。五點半一到，艾爾莎就會準時下班，回到有母親、有長笛的漢普斯特住處。

次線人鬱金香的叛逃與撤退

草擬報告整理：彼．貴蘭姆、馬里波恩祕密情報主管助理

致聯合督導主管比爾．海頓及財務部主管奧利佛．拉孔

供祕密情報主管核批。

第一跡象顯示，五月花及其上線利馬斯（保羅）於一月十六日早晨大約七點半，在西柏林安全屋K2（法桑能街）例行密會時，發現次線人鬱金香有曝光之虞。

五月花以費德里希．賴巴赫的身分，騎著自行車（注一）和東柏林工人「晨騎兵」一起穿越區邊界。利馬斯準備了一頓豐盛的英式早餐，包括炒蛋、培根和燉豆，這已然成為例行密會的傳統，而密會的時間不定，視任務需要及五月花的職務需求而定。一如既往，會議程序始於例行匯報及聯絡網內的各項事件：

次線人水仙花舊疾復發，但他堅持完成分內任務，持續接收、傳遞「難得的書籍、傳單及私人信件」。

次線人紫羅蘭針對蘇聯駐捷克邊界的報告，受到白廳客戶的肯定。紫羅蘭將獲得她要求的紅利。

次線人花瓣交了新男友。對方是個二十二歲的紅軍信號兵下士，出身明斯克的解碼專家，最近剛

派駐到她的單位。他熱愛集郵，花瓣告訴他，她有個年邁的阿姨，手邊一批革命前的俄羅斯郵票已經看膩了，若出個好價，阿姨願意割愛。她意在床上和他議價，而所謂好價指的是一本密碼冊。根據利馬斯的建議，五月花向她保證，倫敦方面將提供一套合適的郵票。

這時，話鋒才轉向鬱金香。逐字紀錄如下：

利馬斯：那桃樂絲這邊呢？她還在活動嗎？

五月花：唉，保羅啊，我真的不知道，也無從判斷。桃樂絲的情況，每天都在變。

利馬斯：卡爾，你可是她的生命線啊。

五月花：她認定她老公奎恩茲先生，這陣子太過注意她。

利馬斯：他媽的會不會太遲了。但怎麼說？

五月花：他在懷疑她。她不知道是在懷疑什麼。老是問她要去哪裡、跟誰見面、去了哪裡。無論她是下廚、打扮、打理日常瑣事，他都直盯著她瞧。

利馬斯：也許桃樂絲終於如願得到一個善妒的老公。

五月花：她否認。她說，奎恩茲只會嫉妒他自己、嫉妒他光明的前途以及內心的自尊。但是關於桃樂絲，一切都很難說。

利馬斯：她在辦公室的情況呢？

五月花：她說，拉普不敢懷疑她，因為他自己違反紀律。她還說，要是內安懷疑她，她早就坐在拘留所的牢裡。

利馬斯：內安？

五月花：史塔西內部安全部門。她每天早上要到拉普的辦公室，都得經過內安的門口。

當天午時，出於例行公事，利馬斯指示狄炯再次確認次線人鬱金香撤退的現有應變措施。狄炯確認，由東方經布拉格撤退的逃脫文件及資源即時可用。等到傍晚工人下班時間，五月花便騎著自行車返回東柏林。

注一：五月花接受情報局徵召後，當局便決定，他以原身分前往西柏林的次數必須減到最低。由此，柏林工作站提供他一個身分：費德里希．賴巴赫，是住在東柏林里西騰伯格的建築工人。五月花在那兒自行取得一處花園小屋，用以放置他的自行車及工作服。

佩西是個坐不住的人，不時從她的王座上起身，無所事事地在圖書室裡閒晃，或是站在我後頭越過我的肩膀偷看。我想像鬱金香也同樣地坐立不安，一下子在霍賀絢豪森區的家中，一下子在位於瑪格達列能街史塔西三號樓、和艾曼紐爾．拉普相鄰的辦公室裡。

第二個跡象來自一通醫生之間的電話。在西柏林警察的協助下，我方設立了一套緊急聯絡系統。如果五月花自（東柏林）夏麗特醫院致電（西柏林）克里尼庫醫院，並要求和他抽象上的同僚弗萊西曼醫生通話，那麼電話就會立刻轉接至柏林工作站。一月二十一日的早上九點二十分，五月花和利馬斯在此醫療掩護下的轉接通聯紀錄如下：

逐字紀錄：

五月花（東柏林夏麗特醫院來電）：弗萊西曼醫生？

利馬斯：請說。

五月花：我是瑞梅克醫生。關於你的病人——麗姿．桑默（注二）女士。

利馬斯：她怎麼了？

五月花：昨天晚上她到我所屬的急診單位掛號，宣稱她為幻覺所擾。我們讓她服鎮定劑，她卻在夜裡自行離開。

利馬斯：什麼樣的幻覺？

五月花：她幻想她的丈夫懷疑她通敵，把國家祕密洩露給法西斯反共單位。

利馬斯：謝謝。我記下了。抱歉我現在必須到手術室[16]去了。

五月花：了解。

注二：鬱金香的代號。

兩個小時過去，期間五月花取出藏匿的「劇院」（注三）設備，依照建議的規範調整後，終於收到微弱的訊號。接下來的對話內容，音質斷斷續續的。主要內容如下：

這天早上，鬱金香難得地透過第三方電話（此案例中為公共電話）打了通緊急電話到五月花的診療室，並在送話口上敲出一系列雙方約定的點碼。五月花也回以暗號同意她來電：點兩下、停頓、點三下。

緊急會面地點選在克佩尼克外圍一處樹林：幸運的是，這裡也是五月花先前藏匿「劇院」設備的所在。雙方先後騎自行車抵達。根據五月花表示，鬱金香一開始顯得「得意揚揚」。她說奎恩茲已經失勢，他跟死了沒什麼兩樣，五月花應該和她一起感到開心。老天爺是站在她這邊的。然後是以下敘述：

奎恩茲昨晚深夜下班一回到家，便抓起掛在前門後頭的澤尼特相機，打開背蓋，咕噥了一會兒，咔嗒一聲又蓋上，放回掛勾上。接著他要求檢查鬱金香的手提包。鬱金香一口回絕，於是他把她丟進房間另一頭，逕自檢查她的手提包。古斯塔夫連忙跑過來保護母親，奎恩茲立刻揍他的臉，導致他的鼻子及嘴巴流血。奎恩茲在提包裡顯然毫無斬獲，便在廚房的櫥櫃及抽屜裡隨處翻找，發狂似地拍打沙發、坐墊等膨鬆的家具，接著狂掃鬱金香的衣物，最後連古斯塔夫的玩具櫃也不放過，同樣一無所獲。

16　Theatre，在醫院語境下指手術室，與下文中的「劇院」設備是同一個字。

當著古斯塔夫的面，他攤開手指一一列舉問題，高聲要求鬱金香做出解釋：第一，為什麼家用澤尼特相機裡沒有底片；第二，為什麼相機盒裡只有一卷新底片，上星期明明有兩卷；第三，上個星期日才裝進相機裡，只拍過兩張照片的底片，為什麼不見了。

接著奎恩茲又連帶問起，她用剩餘的八張底片**拍了什麼**？底片拿到**哪裡**沖洗？洗出來的**照片呢**？那卷沒用過的底片又去哪了？難不成——他很肯定的是——她**翻拍**了他私自帶回家的機密文件，再轉賣給西方間諜？

真相如下所述，鬱金香可是心知肚明：由於鬱金香把米諾克斯相機藏匿在三號大樓辦公室走道旁的女廁地板下，原則上，她的米克諾斯既不在手提包的扣環上，也不在家裡。倘使奎恩茲從德意志民主共和國外交部帶回重要文件，鬱金香會等他睡著，或專注在男性友人身上時，乘機以家用澤尼特翻拍。上星期日，她拍了兩張古斯塔夫在遊樂園鞦韆上的照片。同一天傍晚，奎恩茲和朋友在家裡喝酒，她便用剩下的底片翻拍他公事包裡的文件。之後她從澤尼特相機裡取出底片，埋在一個花盆裡，等到下次和五月花密會時再取出，卻一時疏忽，忘了在相機裡填裝新底片，更遑論把手指擋在鏡頭前，拍幾張照，權充拍攝古斯塔夫時的失敗作。儘管如此，鬱金香還是卯足全力以犀利的攻勢反擊。她告訴奎恩茲，如果他還不知道的話，許多史塔西成員始終懷疑他，因為他那令人作嘔的父親以及他自身的同性戀傳聞。史塔西裡，沒人相信他那對黨忠貞不二的誇張行徑；還有，沒錯，她確實拍下從他的公事包裡取得的所有資料，卻**不是**為了要賣給西方或是什麼人，而是為了在古斯塔夫的監護權之爭中用以威脅他，她認為此事已迫在眉捷。她對他說，有一件事是可以肯定的：一旦奎恩茲將機密文件帶回家、而且在下班時間研讀的消息走露，他想當上東德外交官的美夢就會粉碎。

注三：「劇院」是美國短距高頻通訊系統的原型，專為東、西柏林城市範圍內的祕密通訊所開發。利馬斯在給技術部門主管的半正式信函中，曾形容這套系統笨重、他媽的複雜難用、過度生產的典型美國貨。之後就棄之不用。

回到通聯紀錄：

利馬斯問五月花：所以現在狀況如何？

五月花回利馬斯：她很確定她已經讓他不敢聲張。今天早上他如常去上班，態度沉著，甚至顯得親熱。

利馬斯：她現在人在哪？

五月花：在家，等艾曼紐爾．拉普。中午他會準時來接她，一起前往德勒斯登參加蘇聯國安大會。拉普答應過她，這次會讓她以助理的身分出席會議。對她來說是份榮譽。

（十五秒停頓）

利馬斯：好。那麼，接下來請她這麼做。請她致電拉普的辦公室，說她整晚病得嚴重，體溫高得不像話，實在太虛恐怕沒辦法遠行，她真的很難過。然後她就撤。她很清楚流程。要她到緊急會面地點，然後等候。

緊接著，利馬斯緊急發電報通知總部，次線人鬱金香的緊急撤退需求已從黃色升級為紅色，同時由於鬱金香對線人五月花完全知悉，意味著整個五月花網絡應視同危險警戒。撤退計畫有賴布拉格及巴黎工作站的配合，因此聯合督導的資源十分必要。他也當即要求上級允許他「親自」承接撤退任務，他十分清楚，在圓場現行規範下，持高度敏感資訊的現役官員欲在無外交保護的情況下進入非邦交領域，必須先取得上級辦事處的書面同意——在此案例中，為聯合督導。十分鐘後，他收到回覆：「否決要求。請回覆確認。聯督」。此外，這封電報並未依據「聯督主管」（海頓）所規範的，共同決議時必須具簽章。同一時間，訊號情報單位回報，所有史塔西通訊波段大量湧現，同時在波茨坦的英國軍事單位也注意到，沿著東西德邊境，所有通往西柏林的通關安全防衛全部升級。格林威治標準時間下午三點零五分，東德廣播公司發布消息，將進行全國性的搜索行動，對象為一未具名的女性法西斯帝國主義走狗，符合以下描述云云。而根據描述，正是鬱金香。

同一時間，利馬斯擅自採取相應措施，完全藐視聯合督導的指示。對此他並未表示歉意，逕自宣稱他就是無法「坐等鬱金香以及整個五月花網絡灰飛煙滅」。當聯督敦促，至少五月花本人應當立即撤退，利馬斯堅不讓步並反駁道：「他隨時可以撤退，但他不肯。他寧願像他父親一樣面對審判。」至於工作站內近日晉升為助理人員的史塔．狄炯以及警衛兼司機班．波特，在事件中扮演的角色則較不明確。

班・波特（柏林工作站警衛）致彼・貴證詞

逐字紀錄：

艾列克坐在桌邊，用安全線路和聯合督導聯繫。我站在門邊。他放下話筒，轉頭對我說：「班，箭在弦上。這件事分秒必爭。去把那台路華開出來，告訴史塔，我要他五分鐘之後全副武裝就緒，在中庭集合。」利馬斯先生對我說出他從未對我說過的話：「班，我必須告訴你，我們這麼做直接違反了總部的指示。」

史塔・狄炯（隸屬總部培訓生）致彼・貴證詞

我問工作站主管：「艾列克，確定總部支持我們這麼做？」對此，他回答說：「史塔，相信我。」於是我依此行事。

他們的無辜聲明實際上出自我的手，而非他們自身。我不懷疑史邁利曾鼓動利馬斯親自處理鬱金香撤退的任務，所以我細心地為波特及狄炯提供了免罪聲明，以防派西・艾勒林或他的黨羽要求他們兩人提出說明。

三天後。故事由艾列克接續下去。那是晚上十點，艾列克一個小時前抵達英國駐布拉格大使館，此時正坐在其中一間安全室的合板木桌旁，剛做完匯報。眼下他正對著錄音機說話，桌子另一頭則坐著布拉格工作站主管，名叫傑瑞．奧蒙德的男子、強悍莎麗的另一半，莎麗可是工作站的第二把交椅，兩人是圓場伙伴關係中的夫妻檔。若根據我所聽取的情報想像，同一張桌子上，還有一瓶蘇格蘭威士忌，僅一只杯子——艾列克的——傑瑞不時斟酒。從艾列克了無生氣的聲調可以想見，他一定疲憊至極，但是就奧蒙德在意的事而言，卻是樂見其成，因為身為聽取者的職責，便是在聽取對象的記憶還來不及編纂之前，記下所有。同樣出自我的想像，艾列克沒有刮鬍子，獲准沖澡後，他倉促梳洗一輪，穿上借來的浴袍。愛爾蘭性格不時脫口而出。

那麼，我，彼得．貴蘭姆，此時又在何處？不是和艾列克在布拉格，雖說我本來很有可能也在那裡。我坐在馬里波恩祕密情報總部樓上的一間房裡，聽取一卷由皇家空軍急送倫敦的錄音帶，心裡想著：**下一個就輪到我了**。

亞．利：八點整，我們在奧林匹克運動場的台階上，刺骨的東風挾帶細雪吹掠，路面都結冰了。我暗自認定，惡劣的天氣很好。惡劣的天氣是脫逃的天氣。路華車已備妥，班坐在駕駛座上。史塔．狄炯身穿全套軍隊戰鬥裝備，大步走下階梯，他把自己六呎三吋的大個頭連同身上的軍靴等裝備，硬擠進底盤的空間後，我和班便放下遮罩蓋住他。我坐進副駕駛座。我戴著軍官帽，身穿軍大衣，上有三顆肩章，大衣下則是東德工人服裝。破舊的肩袋放在座位底下，裡面裝有相關資料。我的行事準則是，文件放置他處，以利隨時跳車。早上九點二十分，我們將通過費德里希大街上軍方人員專用的通關，透過緊閉的窗口向東德人民警察出示證件，不要讓那些混球碰到你的證件，這是外交官告訴我們的現行應對方式。我們一通關，一如既往，便有人尾隨在後：一輛雪鐵龍裡坐著兩個人民警察。這是如常的一天。他們有必要知道，我們不過是普通的英國軍方車輛，正依據四方協議主張我們的權利，這也是我們急欲向他們表達的。我們通過腓特列斯海因區，我祈禱此時鬱金香已經上路，因為若非如此，她必然是死了，或是更糟，整個聯絡網亦隨之淪陷。我們向北駛向潘科區，直到蘇聯軍事區邊界，接著右轉。同一輛雪鐵龍依舊尾隨，我們樂見其成。我們不需要新一批監視者、不需要另一雙銳利的眼。我帶著他們四處轉了一下，這正是他們預料之內的：倏地急轉彎、原路折返、龜速前進、猛地加速前進。我們往南駛向馬燦區，雖然仍地處柏林市區，但眼前只見森林、渺無人煙的道路、紛飛的大雪。我們行經舊納粹廣播站，這是我們的第一個指標。雪鐵龍在我們後方一百碼處，顯然對結冰的路面深感棘手。我們開進一處低窪地，便加速前進。前方有處往左的急轉彎，一根白色的工廠煙囪自樹木間挺直而出，這是我們的第二個指標：舊鋸木場。我們急速左轉、穩住方向盤，接近鋸木廠時急踩煞車幾近停車。接著，我褪去軍大衣，連同肩袋滾出車。此時史塔從藏身處出來，輪到他上陣，他坐上前座，佯裝是我。我平躺在溝裡，全身淨是白雪，顯然滾了一、兩碼遠。我抬頭一看，路華車正奮力爬上低窪處另一頭的斜坡，雪鐵龍則使勁地緊追在後，試圖趕上前方車輛。

（暫停，傳來玻璃杯碰撞以及豪飲的聲音）

亞．利（接著說）：在舊鋸木場後有一處廢棄的貨車停車場以及堆滿鋸木屑的錫皮屋棚。鋸木屑後頭有一輛棕藍配色的拖笨車[17]，一車子的鋼管捆綁在一起，幾近天花板高。雖然里程表顯示九萬哩，還散發著一股老鼠屎臭味，但油箱是滿的，後車廂還有幾瓶備用汽油，輪胎的胎紋甚至清晰可見。這輛車一直由五月花一個信任的病患維護，對方不願透露姓名。唯一的問題是，小拖討厭冷。我花了一個小時才暖好車上路，期間不停在想：鬱金香，妳在哪裡，他們抓到妳，而妳全盤托出了嗎？妳一旦開口，我們就真他媽的完了。

傑．奧（傑瑞．奧蒙德）：你的身分是？

亞．利：鈞特．許茂斯。來自薩克森邦的焊接工。我有足夠的理由成為薩克森人。我母親是肯尼茲[18]人，父親則是柯克郡[19]人。

傑．奧：那鬱金香呢？你和她碰面時，她又會是什麼身分？

亞．利：是我親愛的老婆——奧古斯汀娜。

傑．奧：當時她人在哪？都還好嗎？

亞．利：在會面地點，德勒斯登北邊，很鄉下。儘管天氣這麼差，她堅持騎自行車，一段時間過後，她丟掉車，因為他們知道她騎自行車。接著她搭區間火車，然後或步行或搭便車，一路抵達會面地點，安頓下來後，該待多久就待多久。

傑．奧：那從東柏林到東德怎麼過去？你有什麼打算？

亞．利：隨機應變。沒檢查哨，但有巡邏。看走不走運。

傑．奧：你走運嗎？

亞．利：不礙事。頂多兩輛警車。他們攔下你的車，把你嚇得屁滾尿流，要你下車，再威脅你。但如果你的證件沒問題，就會放你走。

傑．奧：你的證件沒問題吧？

亞．利：要是有問題的話，我會在這裡嗎？

（更換錄音帶，四十五秒的長度損壞。再度開始。利馬斯正在描述從柏林到科特布斯之間的車程。）

亞．利：東德的交通最令人讚賞的一點便是，基本上沒什麼車。只有幾輛馬車。自行車、輕型機車、三輪摩托車、任意改裝過的破舊貨車。時而高速公路，時而一般道路，隨時交替行駛。萬一一般道路被雪封住，立刻折返回到高速公路。但是無論如何要避開溫斯村，那裡有個該死的超大納粹營，後來蘇聯全數接管：三個坦克師、關鍵的火箭技術、超大規模的監聽站。我們徹底監看這裡幾個月了。為了安全，我索性繞道北邊，不走高速公路，只是一般的平坦鄉村道路。一場大雪迎面而來，兩旁成排光禿禿的樹上爬滿槲寄生，我暗忖，總有一天我會回來，整區砍下，運到倫敦中心區的廣場叫賣。忽然間——我是在做夢嗎？——我居然身在一狗票蘇聯軍隊之間，方向也錯了。軍用卡車上載滿士兵，低裝載車上載著T－34坦克車、六到八門大砲，而我和我的雙色拖笨車在他們之間閃躲，試圖擺

17 拖笨車（Trabant）：東德生產的小型車。
18 肯尼茲（Chemnitz）：薩克森邦西部城市。
19 柯克郡（County Cork）：愛爾蘭最南邊的郡。

脫這條天殺的路，而他們連看都不看，接連逕直向前。我甚至沒有時間記下他們的號碼！

（笑聲，奧蒙德也一起笑。暫停。放慢速度繼續說下去。）

亞．利：下午四點，我在科特布斯西邊五公里處，尋找一處廢棄的車體工廠。那是會面地點，會有一只嬰兒用無指手套塞在一小段圍欄裡，那是安全信號，表示鬱金香人在裡面。就在那裡。那個手套。粉紅色。突兀地出現在那個鳥不生蛋的地方就像他媽的一面旗子。我莫名地恐慌了起來。因為那手套。真是太他媽的引人注意了。也許在破屋裡的不是鬱金香，而是史塔西的人。又或者是鬱金香**以及**史塔西的人。所以我停下車，仔細衡量一番。在我還沒下定決心時，倉庫門打開了，她出現了，她兀自站在門口，還牽著一個滿臉笑意的六歲男孩。

（停頓二十秒。）

亞．利：老天有眼，我根本他媽沒見過那個女人！鬱金香是替五月花工作的。這是約定好的。我只從照片上看過她，就這麼多了。所以我就說：**桃樂絲，妳好嗎，我叫鈞特，是妳這趟旅程的丈夫，這個見鬼的又是誰**？儘管我他媽的很清楚他是誰。她說，這是我兒子古斯塔夫，他和我一起走。我說，他和妳一起走才有鬼，我們的身分是一對沒有小孩的夫妻，我們抵達捷克邊境時也不可能把他藏在毛毯底下。到時我們該怎麼辦？她說，這樣的話她就不走了，那男孩也在一旁嘰嘰喳喳說他也不走。所以我要古斯塔夫進去屋裡，然後拉著她的手臂帶她到屋後，告訴她她明知道卻不想聽的事：我們沒有小孩的身分證明，他們會逮捕我們，仔細盤查；如果我們帶著他，妳完了，我也完了，好醫生瑞梅克也完了；因為一旦他們逮到妳和古斯塔夫，不到五分鐘就會從妳嘴裡逼出他的名字。沉默以對，天色越來越黑，又下起雪來。所以我們回到屋裡，裡面大的像他媽的飛機庫，隨處是廢棄的機械。古斯塔夫，說來你可能不信，那個小混蛋居然擺好了晚餐：他挖出她事前準備的食物，擺放在地板上：香腸、麵包、裝有熱可可的保溫瓶、可當成座位的箱子，一起來場派對吧！於是我們圍成一圈坐下，享用我們的家庭野餐，古斯塔夫為我們獻唱一首愛國歌曲。接著他們兩人躺了下來，蓋上大衣以及其他他們能夠取得的保暖衣物，我則坐在一處角落抽菸，抽了近半支菸，我便將他們趕進拖笨車裡，往回開向我前一天晚上經過的小鎮，因為我看見那裡有個公車站。老天垂憐，有兩個老蠢蛋穿著黑斗篷和白裙站在公車站，揹著裝了小黃瓜的籃子，老天保佑，他們是索布人。

傑・奧：索布人？什麼鬼……

亞・利（一陣爆怒）：索布人！老天爺啊！你總該他媽的聽過索布人吧？他媽的總共有六萬人。受保護的人種，連在東德都是。斯拉夫少數民族，散布在施普雷河沿岸，在那裡已經好幾世紀了，種他媽的小黃瓜。試著招募一個吧。老天！

（停頓十秒。冷靜下來。）

亞・利：我停下車，叫鬱金香和古斯塔夫待在車子裡。不要動。我下車，第一個蠢蛋看著我，另一個根本懶得理人。我施展魅力。請問她說德文嗎：這是基本的尊重。她說，她會說德文但更喜歡索布語。她開玩笑的。我問她要去哪。搭公車去呂貝瑙，然後搭火車去柏林東站，販售那些小黃瓜。柏林的價格比較好。我跟她鬼扯一段古斯塔夫的故事：破碎的家庭、心煩意亂的母親、必須回柏林找父親的男孩，你們可以帶他去嗎？她向朋友轉述這個提議，她們便用索布語爭論了起來。而我心裡盤旋著的，是公車很可能馬上就要越過山丘過來了，到時她們可能還沒做出決定。接著第一個人說：我們可以帶這個男孩去，只要你買我們的小黃瓜。我說，什麼，全部嗎？她說，沒錯，全部。然後我說，要是我全買了，妳去柏林就沒什麼屁黃瓜好賣了，那妳還去柏林幹麼？聽了這話，她們用索布語大笑了好一陣。我塞了一疊現金到她手裡，這些是小黃瓜的錢，但是黃瓜也請留著；這些是那個男孩的車錢，還有這些是他接下來前往霍賀絢豪森的錢。公車快來了，我去帶那個男孩過來。我回到車旁，要古斯塔夫下車，他媽媽卻只是坐在車上一動也不動，雙手遮住雙眼，男孩因此也定在原處。所以，我**命令**他下車，對他大吼，他只能遵從。我告訴他，你跟著我到公車站，這兩個好心的同志會陪你到東站。你再從東站回霍賀絢豪森的家，等你父親回來。這是命令，同志。接著他問我，他母親要去哪，為什麼他不能跟她一起去，所以我跟他說，你母親在德勒斯登有重要的祕密工作要做，你身為共產主義好士兵的職責，就是回到你父親身邊，繼續奮鬥。於是他走了。（沉默五秒。）哎，他還能怎樣？他是黨的孩子，有個屬於黨的父親，不過六歲大，去他媽的！

傑．奧：那時鬱金香呢？

亞．利：坐在他媽的拖笨車裡茫然地望著擋風玻璃外頭。我上車，開了一公里後停車，將她拖了出來。頭上一架直升機嗡嗡作響。他媽的！他真知道自己在幹麼。他媽的哪來的直升機？是跟俄國人借的嗎？我告訴她，聽好，妳他媽的給我聽好，因為我們需要彼此。送妳兒子回柏林並沒有解決所有問題。還引出了新問題。從現在起兩個小時之後，整個史塔西都會知道桃樂絲．甘．奎恩茲，最後一次被看見是在科特布斯附近，和她的男性友人朝向東邊前進。他們會得到這輛車、這一切的詳盡描述。

所以別想再開著這台狗屎、用假證件去捷克了，因為從現在起，每個史塔西、KGB以及從加里寧格勒到敖德薩的每一個邊境哨，都會留意一輛上面坐著一對法西斯間諜的雙色拖笨車。她總算認清現實，我對此相當讚賞。她不再神經兮兮，直接了當地問我有什麼退路，我回答：我手邊有一張過時的偷渡地圖，是我臨時想到帶著的，這張圖再加上運氣、禱告，也許能讓我們徒步越過邊界。於是她認真考慮了這個方法，然後問我——像是決定性因素一樣——「如果我跟你走，我何時可以再見到我兒子？」這在我聽來，她是認真的考慮為了兒子而去自首。我猛地攫住她的肩膀，對她鄭重強調，就算是死，我也一定會以間諜交換的方式換回她兒子。我心裡就和你一樣清楚，**這事**發生的機率……

（停頓三秒）……媽的！

•

不知是否只是單純為了省事，在接下來的錄音謄本，也就是我此時正在閱讀的文件中，我捨棄艾列克當時說話的用字遣詞，改以較為——該說是客觀嗎？——的方式轉述。將古斯塔夫託付給索布人後，只要沒有下雪，艾列克都堅持走小路。他解釋說，他的問題在於，他對於他們正在穿越的領域有多危險「再清楚不過」。這整個地區布滿軍方情報人員及KBG監聽站，他對這些地方了然於胸。他說他們穿過空蕩蕩、筆直的小路，腳下踩著深達六吋的積雪，他只能仰賴路樹指引；好不容易抵達森林入口處、正要鬆一口氣之際，鬱金香卻驚叫一聲。她發現前納粹的狩獵小屋，東德精英階級總會帶參訪的要人來這裡獵鹿和野豬，並喝個爛醉。他們趕忙繞道，卻失去了方向，及至看到遠處一戶農家有燈亮著。利馬斯重重地敲門。一個農婦忐忑地來應門，手上緊抓著一把刀。向她確認方向後，他又說服她賣給他一些麵包、香腸和一瓶李子白蘭地。在折返取回拖笨車時，他不慎被一條垂落的電話線絆倒，他猜想是用來啟動火災警報的。總之，他立刻切斷電線。

天色漸黑，積雪越來越厚，雙色拖笨車正在做最後的垂死掙扎：離合器陣亡，暖氣陣亡、變速箱陣亡，引擎蓋下冒出煙來。他估計距離巴特尚道大約十公里，距離偷渡地圖上的X記號處大約十五公里。他用指南針盡可能地確定所在位置，然後選擇了一條往東的木棧道，一路往前開到被一堆風吹雪擋住為止。天寒地凍中，他們依偎在拖笨車裡，吃了麵包和香腸，喝了李子白蘭地，全身凍僵地望著鹿從旁經過，與此同時，昏昏欲睡的鬱金香頭枕在艾列克肩膀上，意興闌珊地描述起她和古斯塔夫在英格蘭展開新生活的希望和夢想。

她不希望古斯塔夫就讀伊頓公學。她聽說英國的住宿學校都是像他父親那樣的同性戀在管理的。她寧願選擇無產階級的公立學校，有女孩就讀、很多運動課程，比較不嚴格。古斯塔夫從抵達英國的那天起，就要開始學英語。她保證。等到他生日，她會買一台英國自行車送他。她聽說蘇格蘭很美。他們可以一起到蘇格蘭騎自行車。

她在半夢半醒間，持續絮語著這般無用的話，此時艾列克注意到四道無聲的男性暗影，持卡拉什尼科夫槍，像哨兵一樣站在車子四周。他要鬱金香留在原處不動，他打開車門，在那些人的注視下緩緩下車。他暗想，他們沒有一個超過十七歲，而且看起來跟他一樣害怕。他抓住發球權，盤問他們知不知道自己在做什麼，竟然偷偷摸摸跟蹤一對愛侶。一開始沒有人回應。而後，其中最勇敢的解釋說，他們是盜獵者，只是想偷一些鮮肉。於是艾列克回答說，要是你們不說出去，我們也不會說出去。他們彼此握手表示達成協議，四人隨之悄然不見蹤影。

天色破曉，雪不再下了。不久後，蒼白的太陽照耀。他們合力把雙色拖笨車推下一處斜坡，再用雪及樹枝覆蓋其上。從這裡開始就要走路了。鬱金香只穿著及膝、鞋底平滑的軟皮靴。艾列克的工人靴稍好一點。他們出發，一遇到滑坡或不慎失足，兩人便緊抓著彼此的手。他們所在的「薩克森的瑞士」是一處可見陡峭、起伏雪地及森林的夢幻之地。在山坡上，老房子傾頹，或是改建成夏季孤兒院。如果這份地圖可靠的話，眼下他們正走在和邊界平行的路線上。他們攜手奮力爬上一道斜坡，沿著一座冰凍的池塘邊緣走。而後來到一處小木屋群聚的山間村落。

亞・利：如果地圖是正確的，我們不是死了，就是在捷克了。

（玻璃杯碰撞。倒酒的聲音。）

但是故事才正要開始：由所附的圓場電報可以看出。而藉由聽了艾列克的錄音帶之後，此際凌晨時分，我仍坐在馬里波恩祕密情報總部頂樓，等著隨時被召喚到總部這件事，也清楚表明這只不過是序幕。

莎麗．奧蒙德是布拉格工作站副主管，也是主管傑瑞的老婆，出身上層階級、行事幹練，也是圓場盲目欣賞的女性類型：徹騰姆女子學院畢業、父親在戰時隸屬特別行動局，幾個姑姑或阿姨曾待過布萊切利[20]，據稱和喬治還有姻親關係，在我看來，喬治是太過高尚才承受此虛名。

報告人：布拉格工作站副主管莎麗．奧蒙德致祕密情報主管（史邁利）。

私人不公開。級別：緊急

工作站收到祕密情報單位命令，預計接收、支援、安置一名隱藏身分的情報官員艾列克．利馬斯，以及一名女性情報人員，持東德相關文件、搭乘一輛東德註冊的拖笨車出逃，註冊資料已提供，預計於凌晨的暗夜中抵達。

然而，工作站**並未**被告知，這次行動其實違反了聯合督導的指示。我們只能推測，利馬斯擅自主張的事被發現後，總部仍決定給予行動上的支援。

柏林工作站（狄炯）曾事先告知，一旦進入捷克境內，利馬斯會立即發送安全抵達信號：在不透露姓名之下，撥打電話至大使館簽證部門，詢問英國簽證是否在北愛爾蘭也有效等事宜。布拉格工作站則是開啟語音系統，建議他上班時間再來電以為回應。這意味著，確認訊息已收到。

之後利馬斯和鬱金香會用盡各種可能的方式，前往布拉格市區與機場之間的道路某處，而後將車停在一處外牆旁，謹附地圖供參。

根據本工作站提出的計畫，且經祕密情報單位主管同意，兩人之後會棄車，然後一名來自布拉格GODIVA情報網絡的人身兼象徵性的司機，並徵用大使館經常用來接送使館人員往返機場的接駁車（掛外交車牌，兩側窗戶顏色加深）。司機會到雙方約定好的地點接走兩人。車子後座會有正式的西式服裝，由布拉格工作站提供。利馬斯和鬱金香將喬裝成英國大使官方晚宴的賓客，由此瞞天過海進入向來有捷克警衛監控的領事館。

上午十點四十分，在大使館裡的安全室舉行了一場緊急會議，會中大使女士閣下（以下簡稱閣下）慷慨同意這項計畫。然而，到了英國時間下午四點鐘，進一步諮詢過外交部後，以該名在逃女士在此期間，已被列為國家級要犯、並廣泛出現在東德媒體上為由，認定對外交可能造成的負面影響遠勝稍早的考量。閣下因此不但收回這項決定，甚至未表示歉意。

基於大使閣下聲明的立場，在這次逃脫計畫中，使館方面將不會布署任何人員或車輛。我因而切斷簽證部門的語音回覆系統，並希望利馬斯可以藉此發覺將無法得到支援。

我重新戴上耳機，再次回到艾列克身邊，不是在布拉格那金碧輝煌且舒適的英國大使館裡，而是和

20 布萊切利（Bletchley）：即布萊切利園，第二次世界大戰期間，英國負責解碼的單位，電腦之父圖靈便是在此破解德國海軍密碼。

鬱金香困在寒冷的馬路邊，沒有支援，沒有車來接應，就像艾列克會說的，連個屁都沒有。我想起打從我認識他起，他便不時諄諄教悔：當你在計畫一次行動時，務必考量到所有當局可能扯你後腿的方法，而後等著親眼見證有哪一種方法是你沒想到，但當局卻想到了。我猜，這正是他此時心中所想的。

亞（逐字紀錄）：沒有接駁車出現，簽證部門也沒有好消息，我一心想著：他媽的，這就是倫敦對待你的方式，眼下只能順其自然了。我們是路邊一對困窘的東德夫妻，我的妻子病懨懨的，好心人，幫幫我們吧。我叫桃樂絲坐在人行道上，裝成一副慘絕人寰的樣子，完美呈現她的現況。一輛滿載磚塊的貨車適時停了下來，司機探出頭來。老天有眼，司機是德國萊比錫人，他想知道我是不是在為坐在人行道上的那可人兒拉皮條。於是我說，抱歉了老兄，她是我老婆，她生病了。他說，好吧，上車，然後載我們到市中心的醫院。我有一本應急用的英國護照縫在肩袋裡，名字是米勒。我拆下護照，塞進口袋裡。然後我對她說：桃樂絲，妳真的很不舒服，妳懷孕了，而且越來越不舒服。所以拜託幫我一個忙，裝出大腹便便的樣子，表現出和妳的感覺一樣糟的樣子。於是，醫院開門，我們走了進去。我真是愧對她啊。

傑．奧：這不是全部的故事，對吧？（倒酒的聲音。）

亞．利：天啊。那好吧。我們來到你外頭的卵石小徑。我們抵達你尊貴的大門前，門上可見極具品味的金色彩繪女皇紋章。三個身穿制服的捷克暴徒在外頭閒晃，刻意地無所事事。也許你從未注意到他們。桃樂絲此時的演技就連莎拉．伯恩哈特[21]本人也會對她投以關注的眼神。我對他們揮舞我的英國護照：快點讓我們進去。那些混球也想看她的護照。我用我最優雅的英語對他們說：給我聽好，給我按下牆上那他媽的按鈕，告訴裡頭的人，我老婆快要流產了，趕快去給我請個要命的醫生來。要是我老婆在大街上流產了，我會一併算在你們頭上。難道你們沒有媽媽嗎？八成沒有吧——或是意思大致如此之類的話。可以了嗎？然後，叭啦叭啦叭，大門打開了。下一刻，我們便站在大使館的中庭裡。鬱金香雙手合十，感謝她的守護神將我們帶離邪惡。而你還有你親愛的夫人則對我們一再說抱歉，總部又一次搞了個超級大烏龍。所以感謝你們的殷勤致歉及不吝接受我們。不介意的話，我他媽的想好好睡一覺。

接著莎麗・奧蒙德取回發話權。

布拉格工作站副主管：莎麗・奧蒙德簡述，手寫非正式公務私函，致祕密情報單位主管（史邁利），圓場郵件送達。級別：緊急

是沒錯，我們讓可憐的鬱金香和艾列克進到使館區，此時**真正的**好戲才正要上場。我真心認為，大使及外交部會更樂見我們二話不說、直接把她交給東德。一開始，大使**根本**不願讓鬱金香進來「她

21 莎拉・伯恩哈特（Sarah Bernhardt, 1844-1923），法國知名舞台劇及電影演員

的家」，就算那在法律上根本沒有任何差別。她甚至堅持要兩名工友搬進主樓，只為了讓可憐的鬱金香得以進入僕人區。就嚴格的維安考量來看，僕人區確實比主樓好辦事。但這**根本就不是**她考量的理由，一如我們四人——大使女士閣下及她**非常**私人的祕書亞瑟．蘭斯多內，還有我親愛的丈夫和我本人——一進入大使館狹小的安全室，她便對此表達得**再清楚不過**。艾列克當然也不是閣下歡迎的人物，這一點後來至少讓身在僕人區的鬱金香感覺好過一點。

附帶一提：喬治，可以的話，借我說個幾句。

大使館的安全室很不通風，而且隨時可能**危及健康**，我親自向總部行政單位再三回報，根本是白費力氣。那個蹩腳的空調系統根本就壞了。在應該**送風**的時候卻在**抽風**，只是根據巴克（行政部的頭號寄生蟲）的說法，過去兩年來都沒有備用零件。加上外交部找不到適當人選為我們更換新系統，以致使用這個空間的人簡直是在做蒸氣浴，幾乎快被悶死。上星期，可憐的傑瑞真的差點悶死，可惜他個性太好，未做任何反映。我已經提議上百萬次要由圓場管理安全室，但這顯然侵犯到**外交部領土主權**！

如果你可以在未歸咎任何人的情況下，催促一下行政部（我建議不要找巴克！）我們會深深感激。傑瑞和我隨信附上愛與忠誠，一如既往，尤其是對安。

莎

最高機密最速件電報內容，英國駐布拉格大使私人致外交部東歐部門主管艾爾溫・惠瑟斯爵士，副本呈圓場（聯合督導）。大使館內安全室於晚間九點召開緊急會議之紀錄。出席者：大使閣下（瑪格麗特・倫佛德）、閣下私人祕書亞瑟・蘭斯多內、傑瑞・奧蒙德（工作站主管）、莎麗・奧蒙德（工作站副主管）。

會議主旨：使館臨時住客的管理及處置。級別：緊急

親愛的艾爾溫：

今早透過保密電話，關於我們的未受邀訪客（未邀客）接下來的行程，以下事項業已經你我同意：

1. 我們的「朋友」對我們保證，未邀客前往下一個目的地時，將持有效的非英國護照。此舉可防堵日後捷克當局指控我使館濫發護照給任何企圖躲避東德／捷克審判的張三李四各國人士。

2. 未邀客啟程期間，不會有使館內人員（包括外交或非外交的）協助、陪同或接送。掛有英國外交部車牌的車輛不會用來協助她撤離。也不會發給她偽造的英國文件。

3. 只要未邀客一聲稱自己受到英國使館保護，使館將毫不遲疑地立即且強烈否認，無論是駐地或倫敦皆然。

4. 未邀客將在三個上班日內自使館區離開，否則將考慮以其他方式令其離開，包括將未邀客引渡

給捷克當局。

我的電話響起，紅燈一閃一滅。是該死的托比・艾斯特海斯，派西・艾勒林和比爾・海頓的跑腿。他用濃濃的匈牙利口音對著我吼叫，要我以兩倍快的速度挪動我的美臀趕往總部去。我建議他最好注意一下用詞，一邊跳上在前門等著我的摩托車。

緊急會議紀錄。地點：劍橋圓場聯合督導安全室。主持：比爾・海頓（聯督主管）。出席：艾第安・賈布羅什上校（法國駐倫敦大使館武官兼法國情報系統主管）、朱爾斯・普迪（聯督法國負責人）、吉姆・普里多（聯督巴爾幹區負責人）、喬治・史邁利（祕密情報處主管）、彼得・貴蘭姆（代號賈克）。

會議指定紀錄人：托・艾斯特海思。錄音存檔，部分逐字紀錄。副本立即傳送布拉格站主管。

現在是早上五點。命令下來了。我騎摩托車從馬里波恩抵達。喬治直接從財務部過來。他未刮鬍子，看起來比平時更顯憂心忡忡。

「彼得，你隨時都可以**拒絕**。」他連著兩次向我保證。他形容過這次的行動是「不必要地繁複」，但更讓他憂心的是，即便他試著隱瞞，這次的行動計畫還是變成聯督的集體成果。在圓場的安全室裡，我們六人坐在合板長桌邊。

賈布羅什：比爾，我親愛的朋友。我在法國的主事者們想確定，你們的這位賈克先生可以在小型農場經營的相關事務上獨當一面。

海頓：你告訴他，賈克。

貴蘭姆：我不擔心這些，上校。

賈布羅什：就算是和專家同行也不擔心嗎？

貴蘭姆：我在布列塔尼的小農場裡長大的。

海頓：布列塔尼是法國嗎？賈克，你讓我好驚訝啊。

（笑聲）

賈布羅什：比爾。請容我以法語和賈克交換意見。

賈布羅什上校切換至法語模式和貴蘭姆展開一場生動的討論，內容是關於法國農業，特別針對法國西北部。

賈布羅什：比爾，我很滿意。他通過了。他說起話來還真像布列塔尼人，真可憐。

（更多笑聲）

海頓：可是行得通嗎，艾第安？你真的可以把他弄進去？

賈布羅什：進去是沒問題。可是出來就要靠賈克先生以及他的好女士自求多福了。你們時間不多。法國出席代表的名單馬上就要截止，雖然我們已經延後截止時間。我建議，賈克先生出現在研討會上的時間越短越好。我們會將他列入出席代表名單，他走團體簽證流程，然後因病延誤行程，但他鐵了心要出席閉幕式。他身為三百名各國與會代表之一，不會太過顯眼。你會說芬蘭語嗎，賈克先生？

貴蘭姆：不太會，上校。

賈布羅什：我還以為布列塔尼人都會呢！（笑聲）這次事件中的那位女士不會說法語是嗎？

貴蘭姆：就我們所知，她會德語，在學校時學過俄語，但不會法語。

賈布羅什：但是她舉止優雅、充滿自信，你說呢？親切、有活力。天生的衣架子。

史邁利：賈克，你見過她。

我知道她是天生的衣架子，我甚至見過一絲不掛的她。我選擇著力在舉止優雅、充滿自信上：

貴蘭姆：我們只有擦肩而過。但她確實令人印象深刻。諜報技術高明，能夠當機立斷。有創意。積極又有自信。

海頓：老天啊，**有創意**。誰需要她的創意啊？女人只要他媽的閉上嘴聽命行事就好，不是嗎？到底要不要參與，賈克？

貴蘭姆：喬治說可以，我就可以。

海頓：喬治，你怎麼說？

史邁利：既然聯督和上校會提供必要的實務協助，我們單位也已準備好接受風險。

海頓：呃，我得說，這聽起來有點拐彎抹角的。那就是要參與嘍。艾第安，我想你會提供賈克先生他的法國護照及旅行文件吧？或者，你要我們這邊來處理？

賈布羅什：我們處理會比較好。（笑聲）還有務必記得，比爾，要是事情亂了套，我方政府可是會感到萬分震驚，你們這個背信忘義的英國祕密情報局，居然鼓勵旗下特務偽裝成法國公民。

海頓：而我們則會極力否認這般指控，並深表遺憾。（對著普里多）吉姆小子。有意見嗎？你安靜得出奇。捷克是你的地盤。你樂見我們侵門踏戶嗎？

普里多：我不反對，如果你是問這個的話。

海頓：你有什麼想補充或排除的嗎？

普里多：一時之間沒有。

海頓：那好吧，各位。謝謝大家。那就決定執行，我們著手進行吧。賈克，我們的心與你同在。艾第安，我跟你私下說句話。

後續的發展卻證實了喬治並沒有這麼輕易放下他的疑慮。時間緊迫，六小時後，我就要出發前往布拉格了。

彼・貴致祕密情報主管：

喬治：

之前談過的。你要求我記下我在希斯洛機場第三航廈內的現場調度辦公室——目前在聯督指揮下——的所見所聞。表面上，場調室不過是機場裡又一間位在無人打掃的走道盡頭的陳舊辦公室。一扇鑲玻璃的門上標示著「互聯貨運」，透過對講機才得以進入。一走進去，立刻感受到周圍沉悶的氣氛：幾個疲憊的送貨員在玩牌，有個女人用西班牙語對著電話怒吼，僅一個助理卻值兩班，因為她的同事請病假。菸霧瀰漫、菸灰缸滿滿的，只有一個隔間，另一個隔間用的布簾還沒送來。

令我驚訝的是，竟有一場歡迎會正等著我來：艾勒林、博朗德、艾斯特海斯。要是比爾・海頓也來的話，就湊成葫蘆[22]了。表面看來，他們是來為我送行，祝我一路順風。艾勒林一如往常早一步製作好我的法國護照及研討會識別證，承蒙賈布羅什的大力協助。艾斯特海斯依舊負責我的行李和備品：在雷恩市購置的衣物、農業手冊、一本關於法國如何建造蘇伊士運河的歷史書，做為消遣閱讀之用等。羅伊・博朗德則扮演大哥的角色，暗自問我，萬一我外出的時間比預期的歸期還要多出幾年，是不是需要特別通知誰。

但是他們來此真正的用意再清楚不過。他們想打探一些有關鬱金香的事：她來自哪裡、她為我們工作多久了、誰是她的負責人？而最詭異一刻莫過於，在我好不容易閃躲過他們這些問題後，我站在隔間著裝時，托比．艾自布簾後探出頭，說比爾有個私人訊息要給我：「要是你對喬治叔叔感到厭倦了，不妨考慮一下巴黎工作站的主管大位。」我以沒有表態做為回覆。

彼得

下一步，就來見識一下由喬治擔綱演出的終極行動老學究一角，如何致力彌補每一個因聯合督導眾所周知的草率造成的漏洞。

來自祕密情報主管（史邁利）的訊息，致布拉格工作站主管（奧蒙德）

最高機密五月花。級別：緊急

一、給次線人鬱金香的芬蘭護照將於明天隨郵件抵達，護照上的全名是維妮亞．列西夫，出生於赫爾辛基，營養學專家，配偶姓名：亞德里安．列西夫。護照上有捷克入境簽證戳章，入境

22　葫蘆（full hand 或 full house）：在「梭哈」這種撲克牌遊戲中，當拿到三張同一點數，另二張同一點數的牌時，便稱為葫蘆。

日期與法國共產黨贊助的研討會「和平之境」舉行的日期一致。

二、彼得・貴蘭姆明天將乘坐法國航空四一二班機，並於當地時間早上十點四十分抵達布拉格機場，全名為亞德里安・列西夫，持法國護照，身分是雷恩大學農業經濟系訪問學者。入境捷克的簽證有效期也與研討會日期一致。在名義上，列西夫因病而延遲出席研討會。目前列西夫伉儷皆名列研討會與會者名單上，一是與會者（延遲），一是其配偶。

三、明天同一批郵件裡，同時附有兩張要給亞德里安及維妮亞的法國航空機票，布拉格—巴黎勒布爾熱機場，一月二十八日早上六點起飛。法國航空的紀錄會證實，這對夫妻在不同日期飛往布拉格（參見入境戳章），但會和其他學者一同回到巴黎。

四、法國代表團的下榻處為巴爾幹旅館，列西夫教授及夫人亦將在此住宿一晚，並於隔天清早出發，搭機前往巴黎勒布爾熱。

回覆者是莎麗・奧蒙德，她沒忘記藉機歌功頌德一番：

莎麗・奧蒙德致喬治・史邁利的第二封私人信件摘錄，僅限本人親啟，私人信件不列入官方紀錄。

收到你清楚明白的指示，隨信附上萬分感謝，而我和傑瑞決定，由我出面為鬱金香準備離開大使館各項事宜，以及即將到來的嚴峻考驗。我穿過中庭，及時來到安置鬱金香的邊間套房：臨街的一側安裝雙層窗簾，臥室外的通道上有單人行軍床，加派額外的使館警衛在樓下站崗，以防有不受歡迎的訪客。

眼前的她，正坐在床上，艾列克的手臂環著她肩膀，但她似乎沒感覺到他，逕自不時地抽泣。

儘管如此，我堅持依計畫行事，先讓艾列克出去透透氣，和傑瑞到河邊散步、進行一場男人們的對話。我的德文大概卡在第二級，一開始沒辦法完全理解她的意思，但我覺得，這根本無關緊要，因為她絕少開口，更遑論聽別人說話。她對我低語了幾次「古斯塔夫」，一陣比手畫腳之後，我總算明白，古斯塔夫不是她的男人，而是兒子。

但我想辦法讓她了解，明天她就得離開大使館，飛往英國，但不是直接前往倫敦，而是先加入一個以學者及農業專家為主的法國旅行團裡，當然了，她的第一個反應是她怎麼可能參加這個旅行團，如果她連一句法文都不會？我告訴她，沒有關係，因為她是芬蘭人——法國團裡沒有人會說芬蘭語，對吧？——她接下來的反應則是：**這身打扮嗎**？此時我適時拆開巴黎工作站在沒有任何通知的情況下，為我們蒐集並送到這裡來的好貨：從巴黎的春天百貨買來的華麗麥色針織套裝、好看又合腳的鞋子，性感睡衣及內衣、真的是斷手也要的化妝品——巴黎工作站想必花了一**大筆錢**——正是她夢想了二十年的一切，即便她根本從未聽聞，而來自圖爾[23]的精緻標籤更是讓這場幻夢相形完整。還有一枚十分精緻的訂婚戒指，我不介意據為己有，**以及**一枚大方的純金婚戒，和她手上的鍍錫戒指有天壤之

23 **圖爾**（Tours）：位於法國中西部的城市，為法國重要的文化古城。

別——這些只要一落地都必須歸還，但我心想，不必現在就告訴她吧！

此時她總算進入狀況。她內在的諜報專業人士甦醒了。她仔細查看她的新護照（不是全新的），表示相當完美。接著我告訴她，有位體面的法國人將會在此行中陪伴她，佯裝是她的丈夫，她說聽起來是很合理的安排，並詢問他長什麼樣子？

所以我依照命令，向她出示彼得·貴的照片，她面無表情地瞥了一眼，我說真的，就一個臨時丈夫而言，彼·貴是遠在水準之上的。最後她問我：他是法國人還是英國人？我說：「兩者皆是，而妳是法國人也是芬蘭人。」我的老天啊，她聽了高聲笑了起來！

不久，艾列克和傑瑞散步回來，而我和鬱金香也破了冰，於是立刻開始嚴肅的行前匯報，她既仔細又冷靜地聽著。

匯報告一段落之際，我感覺到她對這整個計畫躍躍欲試，甚至流露出些許玩樂心態。我心想，她有點對危險成癮了吧，也唯有在這方面，她和艾列克極為相像！

請保重，並一如既往致上我的愛給耀眼的安。

莎

•

不要有倉促或不自覺的肢體動作。手和肩膀維持不動，然後呼吸。佩西回到她的王座上了，她的目光離不開你，可惜那不是因為愛。

•

彼得．貴蘭姆報告：針對臨時加入祕密情報行動，參與次線人鬱金香二度撤退計畫，從布拉格到巴黎勒布爾熱機場，後續由皇家空軍戰鬥機接應至倫敦諾索爾特機場。一月二十七日，一九六〇年。

抵達布拉格機場時，已是當地時間上午十一點二十五分（班機誤點），身分為雷恩大學農業經濟系訪問學者。

感謝法國情治單位，據我了解，我因病導致延遲抵達一事，已正式通知研討會主辦單位，而我也已名列參加者名單，以供捷克當局盤查。

為了進一步證明我此行的善意，我還和法國大使館的文化部隨員見面，他利用他的外交證件加快機場通關程序，由他擔任我的口譯，出境過程相對輕鬆。

之後他用專屬公務車送我到法國大使館，並在前往會場前，先在訪客簿上簽名，隨後再搭法國大使館專車前往研討會現場，大會已為我預留一個後排的座位。

會議廳金碧輝煌、猶如歌劇院，原是為鐵路局職工總會而建，現場足以容納四百名與會者。安全措施草率。在樓梯中途的平台上，兩個只會捷克語、明顯過勞的女性坐在桌邊，確認來自不同國家的出席人員。會議採專題討論的形式，由一組坐在台上的專家主持，並精心安排與會者提問。我不需要提出任何問題。法國情治單位的老練著實令我印象深刻，一接到通知，他們立刻在捷克安全單位的監視下，證明我出席的正當性，而其中兩人顯然察覺到我的身分，便抽空來找我，並和我握手。

下午五點，宣布會議結束，法國代表由公車接送到巴爾幹旅館，那是一間小而老式的建築，整棟旅館空出來任我們使用。辦理入住時，我拿到八號房鑰匙，指定房型為家庭房，因為名義上我是帶著另一半出席的。巴爾幹旅館內有個供住客使用的餐廳，餐廳再往前還有間酒吧，中央有張桌子，我就坐在這裡，期待我名義上的妻子抵達。

我約略知道她會搭未執行公務的救護車自英國大使館撤退，接著被送到一處郊區安全屋，而後再以不知何種方式，抵達巴爾幹旅館。

因此，當我看著她搭乘法國外交專車、挽著在布拉格機場歡迎我的同一名文化隨員的手臂抵達時，我著實萬分感動。在此我希望能再次對法國情治單位之敏捷以及諜報技巧表達感謝之情。

鬱金香化名為維妮亞．列西夫，名列法國與會代表的配偶，但不出席會議。她出色的外表與時尚的打扮，在旅館內其他法國代表之間引起些微騷動；在會議現場和我熟稔地打過招呼的兩名男性代表團成員，此時再度對我表達支持之意，並以朋友之姿向鬱金香致意、擁抱。鬱金香僅以得體卻刻意的破德文接受對方恭維，而這破德文也是我們這對夫妻的共通語言，畢竟我的德文能力極其有限。

我們在兩名法國與會代表的陪同下享用晚餐，這兩名代表完美詮釋了他們的角色，餐後我們沒有和其他代表一起在酒吧裡流連，而是早早退回我們的房間休息。在房裡，我們彼此很有默契，對話僅限於和我們的喬裝身分一致的乏味內容——提供外國人住宿的旅館裡，幾乎可以確定有監聽設備，甚至攝影裝置。

幸運的是，我們的房間很寬敞，附有幾張單人床以及兩個洗手槽。一整夜大部分時間，我們被迫聆聽樓下代表的喧鬧，到了凌晨，他們甚至唱起歌來。

在我的印象中，鬱金香和我整夜未闔眼。凌晨四點，我們再次集合，搭乘接駁車到布拉格機場，如今看來相當不可思議的是，一整團人被帶到轉機休息室，並由此搭法國航空直抵勒布爾熱機場。再一次，我希望向法國情治單位致上無盡的謝意，感謝他們的協助。

下一個段落何以出現在我的報告中，一時之間讓我有些不解，直到我斷定，我當時一定是刻意補充，用以分散注意力。

手寫私人機密公函。布拉格站主管傑瑞・奧蒙德致喬治・史邁利。不存檔。

親愛的喬治：

鳥兒確實飛走了，你可以想見，此地是大大鬆了一口氣。眼下鳥兒即便不是開開心心，想必也是安安穩穩地安置在英國某處的鬱金香莊園裡。她的航程，就兩種意義而言，可說相當順利，儘管約拿那個小混球在最後一分鐘要求在薪水外另加五百元津貼，才願意用他的救護車載鬱金香到會面地點。但我寫這封信不是要說鬱金香的事，更不是約拿的事。而是關於艾列克。

正如你之前常說的，身為與祕密為伍的專業人士，我們有責任關懷，不分你我。這意味我們應該彼此關照，若是我們當中有人在壓力之下顯現出已承受不住的跡象、而本人又未察覺時，那麼，我們便有責任保護他不受自身傷害，這同時也是在保護當局。

你我心知肚明，艾列克絕對是最優秀的第一線情報員。他精明得像鬼一樣，全心投入，深諳街頭法則，具備一切技能。他剛成功完成一個最乾淨俐落、千鈞一髮的行動，而我有幸親眼見證，即便沒有聯合督導、高貴的大使及白廳大人們的同意。所以即使他闖了進來，一口氣喝掉四分之三瓶蘇格蘭威士忌，又對他正好看不順眼的使館警衛找碴，我們至少能體諒一些。

但是，我們一起散步，就只有我和艾列克。沿著河邊走了一小時，然後往上走向城堡，再回到大使館。散步差不多兩個小時，以他自己的標準來說，他相當清醒。整整兩個小時，他繞著同一個話題：圓場被滲透了。而且主事者絕非什麼揹房貸的郵務人員，而是聯督高層，真正有實權的。他可不只是說說而已，是真的滿腦子都是這麼回事。這不太妥當，毫無事實根據，而且老實說根本是妄想。再加上他深切痛恨美國的一切，這讓人更難跟他溝通，至少可以這麼說，而且也更讓人擔憂。依照你本人明訂的專業規範，同時出於職責及尊敬，我必須適時向你報告我的憂慮。

如舊，
傑瑞

附言：請代我向安致上敬意及愛。一如既往。傑。

而羅拉的玫瑰花則命令我在此停下。

•

「讀得順利嗎？」

「還可以，謝謝關心，邦尼。」

「老天，我說，是你寫的，不是嗎？過了這麼久了，有沒有給你一點提醒啊？」

此刻近傍晚，他帶了一名男性友人一同前來：金髮、笑臉迎人、年輕、容光煥發，不留一絲歲月的痕跡。

「彼得，這位是**李奧納德**。」邦尼鄭重介紹，一副我應該知道李奧納德是誰似的。「萬一我們這些小事上了法庭，李奧納德會是當局的辯護人，當然我們誠摯希望事不至此。在下週跨黨部聽證會上，他也會陪同出席。而你，已經被指定出席了。」他咧嘴一笑。「李奧納德，這是彼得。」

我們握手。李奧納德的手柔軟得像小孩子的手。

「如果李奧納德代表當局，為什麼要來這裡？」我質問道。

「認識一下彼此啊。」邦尼一副緩和的語氣說道。「李奧納德是專攻勒索的律師，」他見我不住挑眉質疑，便補充說，「這**不僅**代表著他精通字裡行間每一處合法的密技，連沒在書裡的也精通。把我這種普通的律師都給逼到角落去了。」

「你少來。」李奧納德說。

「還有，彼得，雖然你沒問，但羅拉今天沒來是因為我和李奧納德，我們都覺得這樣對彼此都好，包括你在內，我們來場男人間的對話。」

「那又是什麼意思？」

「首先是老生常談的磨合。我們尊重你的個人隱私。**以及**是不是有那麼一點可能，我們就這麼一次從你口中得知真相。」他露出頑皮的笑容。「由此，李奧納德便可大致上確認要如何進行。這麼說明，公允嗎，李奧納德？還是太過？」

「噢，我想是相當公允。」李奧納德說。

「當然也要談談更細部的事項，也就是你個人的法律代表是否最符合你的個人利益。」邦尼繼續說下去。「舉例來說，最不樂見的結果是，跨黨派委員悄悄退下——就我們所知，這也不是沒有先例——隨後將你，還有我們，交給正義女神。」

「不妨再來一條黑布條[24]？」我提議道。

我的妙語並未引起注意。又或者確實被人注意到了，而這無疑是我今天特別坐立不安的鐵證。

「在這樣的狀況下，圓場有一串合乎標準的候選名單——也就是我們可以接受的名單吧——而李奧納德，我想你說過，到時你願意為彼得指點迷津——但我們真心希望、也祈禱事不至此。」他說著，並諂媚地對李奧納德面露心照不宣的微笑。

「當然了，邦尼。問題是，到目前為止，在我們之中，並沒有那麼多人對這件事一清二楚。我真心認為，哈利知之甚詳，你知道的。」李奧納德說。「他受雇於王室，法官都超愛他的。就我個人的意見，希望不致影響你們做決定——去找哈利。他是男人，他們喜歡男人為男人辯護。他們自己或許沒發現，但確實如此。」

「那誰來付錢？不論對方是男是女？」我問道。

李奧納德只是看著雙手微笑。邦尼則開口回答：

「嗯，我想，大體上來說，彼得，很大一部分要取決於聽證會的過程——或許應該這麼說，取決於你個人的態度、你的責任感，以及你對老東家當局的忠誠。」

但是李奧納德一個字也沒聽進去，我從他一逕地盯著雙手微笑便可看出端倪。

「那麼，彼得，」邦尼說，彷彿接下來要談的部分沒什麼大不了。「回答有或沒有。」他一臉促狹。「男人間的對話。你上了鬱金香，有或沒有？」

「沒有。」

24 上文正義女神的原文為 Blind Justice，意指正義女神蒙上眼，不帶任何主觀，對所有人一視同仁。而 blind 也有眼盲之意，彼得刻意這麼說，只是想表現一些幽默。

「絕對沒有？」

「絕對。」

「此時此地，在五星級證人的見證下，絕不撤回否定嗎？」

「邦尼，請見諒，」李奧納德舉起手，善意地指謫他，「我想你一時忘記你應遵守的法條了。基於我對法庭的義務，以及我身為客戶辯護人的義務，我是絕對不能擔任證人的。」

「好吧，重來一次。麻煩你了，彼得。我，彼得・貴蘭姆，在鬱金香撤離到英國的前一天晚上，在布拉格的巴爾幹旅館裡，絕對沒有跟她上床。以上是否為真？」

「是的。」

「這對我們來說真是鬆了一口氣，我相信你應該想像得到。尤其是你似乎跟視線範圍內的每個人都上過床。」

「超大一口氣。」李奧納德深表同意。

「更麻煩的是，由於當局對第一線情報官員並沒有太多規範，只除了天字第一號規則，那就是絕對、千萬不要跟自己的『樂子』上床，你們是這麼稱呼的，即便是出於禮貌也不行。而若是出於任務上的需要，和其他人的樂子上床，沒錯，則不在此限。只是絕對不可以搞上自己的樂子。你知道這項規定吧？」

「知道。」

「你當時也知道這項規定嗎？」

「是的。」

「我們知道你沒有上她，但若你上了她，這不僅構成嚴重違反當局紀律的行為，更清楚證明你是個自制力薄弱的登徒子，全然漠視一個深陷道德危機的流亡母親，她甚至不久前才被迫和獨子分離。你同意嗎？對這個說法，你同意嗎？」

「我同意這個說法。」

「李奧納德，你有問題要問嗎？」

李奧納德用指尖輕撫他優雅的下唇，蹙起毫無皺紋的眉頭。

「你知道嗎，邦尼，聽起來相當失禮，但我**真的不認為**我有問題要問。」他坦言，同時面露不安的笑。「剛才那個問題之外，就沒有其他問題了。我想，目前我們能做的都做了。此外，」他以保密的語氣對我說，「彼得，我會給你那份候選名單。你也從來沒聽我提起過哈利。或者我暗中交給邦尼比較好？以免有共謀之嫌。」他解釋，再賞我一記體己的笑容，隨後拿起他的黑色公事包，意味著我一開始預期會很冗長的會議已然結束。「但我還是認為找個男人比較好。」他對著邦尼而不是對著我說，一副補充說明似的。「遇到一些難言之隱的問題時，男人在這類案件上向來略勝一籌。不會那麼拘謹。跨黨派慶典上見了，彼得。再見。」

•

我上她了嗎？沒有，我他媽的並沒有。我和她在漆黑中無聲瘋狂地做愛，持續了足以改變人生的六個小時，那是兩副從出生起便彼此渴望、卻只有一個夜晚可以活的軀體之間，急迫和欲望的爆發。

難道我要跟他們說這些嗎？我躺在海豚廣場的監獄中，無法成眠，逕自對著暗夜尋求解答。

我，打從搖籃起，便被教導要否認、否認、一再否認——這麼教導我的正是當局，如今竟也是這個當局，伺機要我吐出真話？

•

「睡得好嗎，皮爾？開心嗎？你發表隆重致辭了嗎？你今天會回來嗎？」

我肯定是打電話給她了。

「伊莎貝爾好嗎？」我問。

「她很漂亮。她很想你。」

「那個人還有再來嗎？我那個沒禮貌的朋友？」

「沒有，皮爾，你那個恐怖份子朋友沒再來了。你和他一起去看足球了嗎？」

「再也不可能了。」

9

我沒看到有任何檔案，記錄我在布列塔尼度過的那些永恆的日與夜——感謝老天，確實也沒什麼特別的事——而在此之前，一個霧氣籠罩的冬日早上七點，我在勒布爾熱機場把鬱金香交給巴黎工作站的主管喬伊．豪克斯伯里。當我們的飛機降落，傳來呼叫列西夫教授及其夫人的廣播，當下我感到無以名狀的安心。我們並肩走下活動舷梯，一見到豪克斯伯里坐在下方一輛掛有外交車牌的黑色路華裡，協同一名巴黎工作站的年輕女助理在後座，我的心竟不住地下沉。

「我的古斯塔夫呢？」桃樂絲忍不住攫住我的手臂質問我。

「沒問題的。他會來的。」我回答，聽得出自己如鸚鵡學舌般地重複艾列克空洞的承諾。

「什麼時候？」

「他們會盡快。他們都是好人。妳等著。我愛妳。」

豪克斯伯里的女助理正托住後車門。她聽見了嗎？我一時衝動的荒唐告白，由我心裡另一個人脫口而出？也不管她是否聽得懂德語。不論哪個白痴都知道 Ich liebe Dich[25]。我哄著桃樂絲繼續往前，她踉

25 德語「我愛妳」。

踉了一下，遲疑地坐進後座。那女孩旋而鑽進車裡，砰地關上車門。我接著坐進豪克斯伯里旁邊的副駕駛座。

「航程順利嗎？」他問道，我們正加速前進，尾隨在一輛閃著燈的吉普車之後。

我們駛進飛機棚廠。前方的幽暗之間，停著一架雙引擎皇家空軍飛機，推進器正緩緩轉動。那女孩蹦出車外。桃樂絲卻是文風不動，僅以德語喃喃自語，我聽不出她說什麼。我的瘋言瘋語似乎沒有影響到她。也許她沒聽見。也許我根本沒說出口。那女孩連哄帶騙地要她下車，但她不肯妥協。我坐進她身旁，握住她的手。她的頭靠上我的肩膀，豪克斯伯里則透過後照鏡望著我們。

「**我辦不到**。」她低聲說道。

「**妳必須**，沒事的。**我說真的**。不騙妳。」

「**你不一起來嗎**？」[26]

「晚一點。妳跟他們談完之後。」

我下車，並伸出手。她卻全然忽視，自顧自地下車。她一定沒有聽到我說的話。她不可能聽到。一名身穿制服的空軍女兵拿著文件板邁步朝我們而來。空軍女兵以及豪克斯伯里的助理分別在桃樂絲兩旁，她則任憑自己被帶向飛機。走到活動舷梯口時，她停下來，朝上看，彷彿下定決心般，雙手扶著爬了上去。我等著她回望。機艙門關上了。

「大功告成。」豪克斯伯里語調輕快地說道，依舊未正眼看我。「高層會說，太棒了，幹得好，現在回布列塔尼的家，好好充電，靜候通知。到蒙帕納斯車站行嗎？」

「到蒙帕納斯車站就可以了，謝謝。」

豪克斯伯里老兄，你或許是聯合督導的甜心，卻也阻止不了比爾．海頓想把你的位子交給我。

•

即便到了今天，我還是難以描述回到農莊之後，不禁盤旋在我心中洶湧的矛盾情緒，不論是在駕駛拖拉機，或在田裡施肥，或是用其他方式盡力讓我像個年輕農場主人般存在。我會一時間沉浸在那一夜的感受裡，太過深刻，以至於無法定義；下一刻卻又迷失在荒唐不負責任的恐懼中，那些我所犯下的難以自抑、輕率行為，以及我說過或未曾說過的隻字片語。

是寧靜的黑夜引燃，我們因而擁抱彼此，於是我試著說服自己，我們做愛，是精神上的，是出於唯恐捷克國安單位隨時破門而入的幻想。但是只要看一眼她留在我身上的指痕印記，便足以說明我是在欺騙自己。

而在我腦海揮之不去的是，在黎明的第一道曙光中，我們仍舊未開口交談，她便一步一步地依序包裹起全身。一開始她全身赤裸、直挺挺地站在我面前，一如在保加利亞的海灘上，然後一件接著一件，將法式外衣穿戴在自己身上，直到不留一絲欲望的痕跡，只除了一身實穿的日常裙裝以及直扣到頸項的

26　粗體字部分原為德文。

黑色上衣：然而，我竟比以往更加渴望她。

而她著裝後，臉上流露出的勝利，或說是渴望的光芒淡去。任憑她的意思，我們變得疏離，最初是在前往布拉格機場的巴士上，她拒絕牽我的手，另一次則是在飛往巴黎的飛機上，出於我不清楚的緣由，我們未被安排坐在一起——直到飛機落地，我們起身，依序準備下機，我們的手才再度找到彼此，卻是為了分別。

前往洛里昂鎮艱辛的鐵路行程中——當時尚未有高速鐵路——橫生了一段插曲，如今回想起來，一陣恐怖將至的感覺油然而生。出巴黎不過一小時，在沒有任何原因下，火車突然停了下來。一聲不明的尖叫後——我始終不知道是男是女——自外面傳來一陣模糊的喧鬧。我們按捺著繼續等待。幾名乘客彼此對看。其他人則斷然專注在書和報紙中。一個身穿制服的警衛出現在車廂出入口，是個不超過二十歲的男孩。我清楚記得，他開口要說出準備好的說辭前的那一段靜默，然後他深吸一口氣，以令人讚賞的沉穩語氣傳達道：

「各位女士、先生，容我向各位說明，很抱歉，原訂行程因人為介入而有所延誤。火車幾分鐘之後會繼續行駛。」

不是我，反而是坐在我身旁、穿著硬挺白領上衣、如學者般的老紳士不期然舉起手來，毫不顧忌地問道：

「是什麼樣的人為介入？」

對此，男孩只能以遺憾的語氣回道：

「是自殺，先生。」

「什麼人自殺？」

「一名男性。據信是男性。」

抵達德埃格利塞不過幾個小時，我便來到海灣：**我的**海灣，我尋求慰藉的所在。先沿著長滿草的斜坡崎嶇而下，來到我的農場邊緣，然後再沿著崖邊小徑前行，可見下方一小片沙灘，兩旁橫躺著低矮的岩石，彷彿瞌睡中的鱷魚。這就是我在年少時期沉思的地方。這就是我這些年來，帶著我的女人到此一遊的地方——我全心付出的愛，付出一半的愛，或只付出四分之一的愛。但我唯一渴望的女人是桃樂絲。一想到我們之間的對話都是在偽裝的身分下進行的，我按捺不住嘲笑自己。但我不是足足有一整年的時間，和她一起共度偽裝身分下，她生命中的日日夜夜、分分秒秒嗎？難道我沒有回應她每一次的一時衝動、每一次因純潔、渴望、反抗、報復而起的驚險行動嗎？告訴我，有哪個女人在我跟她上床之前，就認識得這麼久、這麼深的。

她引爆我的欲望。因為她，我不再是以前的我。這些年來，不止一個女人告訴我——好意地、坦白地或直接表示失望地——我在性事上毫無天分，我無法豁出一切地予取予求，太過笨拙、克制，我缺少真正本能的欲火。

可是，早在我們擁抱之前，桃樂絲便對這一切**了然於心**。她從我們擦肩而過的瞬間就知道了，她全身赤裸擁我入懷，在迎向我、接納我、向我展示的那一刻，她便深知這一切；而後圍繞著我，形塑她自己，直到我們變成摯友，然後成為徹徹底底的戀人，最終成為勝利的反抗者，從所有意圖控制我們各自人生的事物中掙脫。

Ich liebe Dich。我是真心的。我永遠都是真心的。一回到英國，我會對她再說一次，我也會向喬治坦言我曾這麼對她說，而且對他直言，我為當局付出一段時日了，甚至超過服務年限，即便我必須辭去現職才能和桃樂絲結婚、必須打一仗才能把古斯塔夫接來，我也會義不容辭。我絕不讓步，就算喬治極力好言相勸，也無法說服我。

未料就在我做了這個沒有退路的重大決定瞬間，桃樂絲有案在身的放蕩紀錄也在我心中縈繞不去。那才是真正的她嗎？跟她的每個男人做愛，盡皆一視同仁、無差別的慷慨獻身？我幾乎說服了自己，艾列克甚至在我之前：天啊，他們共度了整整兩夜！好吧，就算第一天，有古斯塔夫這個拖油瓶。那麼第二天晚上，兩人擠在拖笨車裡，互相依偎取暖——她的頭枕在他肩上，這可是他自己說的！——她對他袒露心事——不管她還袒露了些什麼——反觀我，這個匿名信差，與桃樂絲之間這一生說過的話，幾乎是屈指可數。

但就算我召喚出這個虛構的背叛幽靈，我還是很清楚我不過是在自欺欺人，由此更是深感愧疚、羞恥。艾列克不是這種人。若不是我，而是艾列克和桃樂絲在巴爾幹旅館共度一夜，他會在一處角落默默地抽菸，一如他在科特布斯的那個夜晚，而桃樂絲懷裡抱著的，不是艾列克，而是古斯塔夫。

我依舊凝神望向大海，徒勞地反覆思考這些事情，卻突然意識到，我並非隻身一人。我一味沉浸在自己的思緒中，居然沒有發現被人跟蹤了。更糟糕的是，跟蹤我的，還是我們這個社區裡最遭人唾棄的人——毒矮人奧諾瑞，買賣糞肥、二手車胎以及其他更破爛的東西。他長得一副小精靈模樣，而且是陰險的那種：矮胖、寬肩、法國水手帽下只見邪惡面孔、一襲罩衫，兩腿岔開站在懸崖邊，往下窺視。

我出聲叫他，而且帶著一定程度的蔑視問他，有什麼我可以幫忙的。而我真正的意思，是要他走開，讓我一個人靜一靜。沒想到，他的答覆竟是一個勁兒地跳下崖邊小徑，至多只是對我瞥了一眼，便駐足在靠近海的一塊岩石上。天色越來越暗。海灣另一頭的洛里昂鎮，燈光亮了起來。過了一會兒，他抬起頭來打量我，一副有問題要問的樣子。我沒有任何反應，只見他從罩衫深處掏出一只瓶子，隨後從另一個口袋裡取出兩個紙杯倒滿酒，示意我一起喝。出於禮貌，我欣然接受了。

「在想死亡的事嗎？」他隨意開口問道。

「沒特別想。」

「女人？另一個女人？」

我當作沒聽到。他不可思議地有禮讓我備受打擊，我沒來由地看不起我自己。他是最近才變這樣的嗎？或是我以前根本沒注意到？他舉起紙杯，我也回敬他。在諾曼地，他們稱這酒為卡爾瓦多斯，但對我們布列塔尼人來說，這是朗必格。而奧諾瑞的說法是，他們把這東西塗在馬蹄上，讓馬蹄更結實。

「敬你成聖的父親。」他對著大海說。「偉大的法國抵抗運動英雄。殺了好多德國蠻族。」

「他們是這麼說的。」我極其慎重地回答。

「還有勳章。」

「是有幾個。」

「他們折磨他。然後殺了他。當了兩次英雄，了不起。」他說，又喝了一口酒，依然面向大海。「我父親也是英雄。」他繼續說。「**大**英雄。超大。比你的父親還高兩公尺。」

「他做了什麼？」

「暗中勾結德國蠻族。他們承諾他，一旦他們打了勝戰，就會讓布列塔尼獨立。那個窩囊廢信了。戰爭結束了，法國反抗組織的英雄們把他吊在鎮上廣場，不然還能怎麼樣。到處擠滿了人。大聲拍手叫好。整個鎮上都聽得到。」

他也聽見了嗎？也許。雙手摀住耳朵、蜷縮在某個好心人的地下室裡？我有種感覺，或許真是如此。

「所以別人的屁話，你最好買帳，不然搞不好他們也會把你吊起來。」

他等著我說些什麼，我卻是無言以對，於是他再次斟滿紙杯，我們繼續遠眺大海。

•

那個年代，農夫還會在村裡的廣場上玩法式滾球，醉酒微酣之際高唱布列塔尼歌曲。一旦決心認定自己同為一般人，我跟著他們喝蘋果酒、聆聽被視為鄉野八卦的恐怖劇場：郵局那對夫婦把自己鎖在樓上的房裡不出來，因為他們的兒子自殺了；區收稅員的老婆離家出走，因為他的老父患失智症，會在凌晨兩點一身正式打扮，下樓來享用早餐；隔壁村莊的酪農因為跟自己的女兒上床，被抓去關了。對於這些，我盡可能在適當時機點頭附和即可，畢竟提出問題並不會讓我更融入其中。

我的天啊，這整個過程，實在太順利、太不自然！

為什麼每件事的進展都這麼順利？在我之前參與過的任何一次行動，即便最終勉強成功，也從未見過過程如此順利的！

這可是一名史塔西女性員工出逃到鄰近四處充滿眼線的警察國家！捷克國安單位不是向來以高效率、冷酷無情而臭名遠播嗎？我們卻完全未被盤查、跟蹤、監聽，甚至審問，還好端端地被請出大門？

還有，你倒是說說看，從何時起，法國情報機關辦事這麼完美？我更常聽到的，是他們因內部鬥爭而搞得四分五裂。徹頭徹尾的無能、由上到下完全被滲透，聽起來是不是很耳熟？而這次，他們卻忽然成了詭計界的大師——果真如此嗎？

還有，要是這些不過是我的懷疑——但也確實是——卻迅速在我腦中轟然乍響，我該如何是好？在我決定退出、離開這份工作之前，也要對史邁利坦誠我的想法嗎？

即便此時，就我所知，桃樂絲和聽取匯報的人正在某個鄉間要塞與世隔絕。她會告訴他們，我們是多麼激情地做愛嗎？在關於心性這件事情上，自我克制從來不是她的強項。

萬一聽取匯報的人也和我一樣，開始懷疑她從東德、捷克出逃的過程，竟被安排得如此順利因而顯得刻意，他們又會歸納出什麼結論？

懷疑這一切都是設計好的？懷疑她是誘餌、雙面間諜、屬於一場高端詭計的一部分？而彼得·貴蘭姆，十足的蠢蛋，竟然跟敵人上床？——正當這個想法在我腦中漸漸成形之際，奧利佛・曼德爾清晨五點來電，以喬治的名義命令我即刻啟程，抄近路前往索爾茲伯里市。沒有「彼得，你好嗎？」也沒有「很抱歉，一大清吵醒你。」只有「小子，喬治要你以兩倍快的速度移駕前往四號營。」

四號營——聯合督導位於紐佛瑞斯特的安全藏身處。

•

我邊擠進來自勒圖凱鎮機場的輕型飛機裡最後一個座位，邊想像正等著我的簡易法庭。桃樂絲承認自己是雙面間諜，而且利用我們的激情之夜來轉移注意力。

接著，另一種想法長驅直入。真是夠了，她還是同一個桃樂絲！你愛她。你告訴她，你愛她，至少你覺得自己說了，無論如何，那都是千真萬確的。不要只是因為你自己即將接受審判，便急著斷定他人！

降落在里德鎮時，一切毫無頭緒。火車一停靠在索爾茲伯里市，我依舊茫然，但我至少有餘裕好好思索選擇四號營當作聽取桃樂絲匯報地點的理由。依照圓場的標準，四號營並不是一系列安全藏身處中最隱密的一處，也不是最安全的。就書面資料來看，該處應有盡有：地處紐佛瑞斯特中心地帶的小莊園，從馬路上看不見，低矮的二層樓建築物、以圍牆區隔開的獨立花園、小溪、一座小湖、十英畝的地，其中一部分是樹林；整座莊園以六呎高的鐵絲圍籬圈住，圍籬上長滿茂密的灌木。

但是用來聽取一個被懸賞追緝的情報員匯報，更遑論是幾天前才從雇用她的史塔西虎口裡搶救出來的？確實有失顏面，也沒達到喬治希望的隱密標準。若不是聯合督導掌控這次行動，這種狀況絕不會發生。

在索爾茲伯里車站，我在剝頭皮部門時代就認識的圓場駕駛赫伯特正舉著牌子，上面寫著「巴勒克拉夫的客人」，這是喬治的化名之一。豈料當我想稍微和他聊一下時，赫伯特卻說，他未授權可以和我交談。

我們進入漫長而坑坑洞洞的車道。擅闖者會被起訴。酸橙及楓樹低垂的枝枒掃過廂形車車頂。陰影中隱約浮現一個出乎意料的身影，是范恩，我不知道他的名字，之前在薩勒特擔任非武裝戰鬥的指導者，偶爾也替祕密情報處擔任打手。但是在這麼多人中，為什麼偏偏是范恩在這裡？四號營不是一向以自己的安全警衛自豪嗎？那對人人稱羨、深受所有學員喜愛的同性伴侶梅瑟斯．哈普與羅威。緊接著我想了起來，史邁利相當看重范恩的專業，並在幾次棘手的任務中指派他出馬。

駕駛靠邊停下。范恩一臉漠然地往車內盯著我瞧，隨後頭一偏示意我們往前。車道進入上坡。對開的實木大門打開，又在我們後頭關上。主屋出現在我們右手邊，仿都鐸風格，原是為一名釀酒人而建造。左手邊是教練所、幾座半圓形鐵皮屋，還有一座被稱為體育場的超大中世紀茅草屋頂穀倉。三輛福特T型車以及一輛黑色福特廂型車停在院子裡。這些車子前面出現一道人影，是奧利佛．曼德爾，退休員警、現任督察，也是喬治的長期盟友，他拿著對講機貼在耳際上。

我迅速爬出車外，拽著我的後背包，高喊：「嗨，奧利佛！我趕來啦！」沒想到奧利佛．曼德爾全然不為所動，一逕地看著我走向他，並對著對講機悄聲說話。我再次開口向他問候，盡量往好的方面想。

奧利佛低語，說了句：「了解，喬治。」隨即切斷通話。

「彼得，我們的朋友不巧正好有事。」他嚴肅說道。「這邊發生了個意外小插曲。不介意的話，我們兩個先沿著這一區散散步。」

我懂了。桃樂絲已經和盤托出，從頭到尾，包括那句我愛妳。我們的朋友喬治正好有事，意味著他現在既反感、憤怒，而且深惡痛絕，因為他挑選的弟子太令他失望。他無法忍受跟我說話，索性指派唯一信任的督察奧利佛．曼德爾前來，給小彼得一場此生難忘的訓誡，也許順便要他走人。但為什麼范恩在這裡？還有，為什麼營裡散發著一種被匆匆遺棄的氛圍？

我們爬上一片綿延的草地，彼此前後交錯地站著，我毫不懷疑這是曼德爾的有意為之。我們的目光並未聚焦在前方不遠處的特定對象：或許是那兩株銀樺樹，也或許是那座舊鴿舍。

「彼得，我要跟你說個壞消息。」

來了。

「很遺憾，我必須告訴你，次線人鬱金香，也就是你成功從捷克協助撤離的那位女士，今早確認死亡。」

•

從來沒有人知道，在這樣的時刻該說些什麼，我也不例外。我不允許自己有哭的權利，不論是出於痛苦、驚恐或是震驚到無法置信。我只知道眼前的景物不再清晰，銀樺樹和鴿舍盡皆模糊了。我知道陽光普照，以這個季節來說天氣很是溫暖。我知道我很想吐，但是出於壓抑的天性，我忍住了。我知道自己跟著曼德爾來到那間傾頹的避暑小屋，位在這處莊園的最南端，和主屋之間隔著一片茂密低矮的馬拉巴栗樹林。當我們坐在鬆動的陽臺上時，眼前是一片雜草叢生的槌球草坪，因為我記得，生鏽的球門從草叢間冒了出來。

「恐怕是上吊致死。」曼德爾神情空洞地說出與這場死刑相關的字眼。「自我了結。就在這道斜坡對面，在一根較低的枝幹上，人行橋邊。地圖標示二一七。早上八點，艾許利．梅鐸斯醫師宣告死亡。」艾許．梅鐸斯，時尚的哈雷街精神科醫師，令人難以相信他是喬治的朋友。圓場臨時派遣單位的員工，專事神經症叛逃者領域。

「艾許在這裡？」

「在她身邊。」

我慢慢消化這些訊息。桃樂絲死了。艾許跟她在一起。一名醫生在死者身邊守著。

「有留下字條或其他的嗎？她曾告訴過任何人她的想法嗎？」

「就是上吊自殺，小子。幾段尼龍登山繩連接起來的長繩，好像是她在這處營地找到的。九呎長。可能是某次訓練課程留下的。算是人為疏忽吧，我個人認為。」

「有人跟艾列克說了嗎？」我問，心裡想著的，竟是她的頭枕在他肩上。

曼德爾又是他那種警察的官腔官調，說：「當他有必要知道時，喬治會告訴你的朋友艾列克．利馬斯他需要知道的事，不會提早的，小子。喬治會找個適當時機。懂嗎？」

我懂了，艾列克至今還以為他成功將鬱金香送到安全的地方。

「他在哪？我不是說亞力克，是喬治。」我愚蠢問道。

「事實上，他正在跟一個意料之外的瑞士男士談話。那可憐的傢伙，被困在草地上的陷阱裡；如今看來，不像是用來捕捉動物，反倒像是用來捕捉人的，我們只能推測，那是沒人性的盜獵者設下的陷阱，只為了貪圖一些野生鹿肉。據說都生鏽了，淹沒在未修剪的雜草中。可能已經放在那裡很久了。不過彈簧沒有壞。而且，聽說上面的利牙簡直可以直接切斷他的腿。所以他算幸運了。」我一直未開口，他便如閒聊般說下去：「這個當事人是個業餘鳥類愛好者，這一點我很尊敬，我個人多少也算是。當時他在賞鳥。他並非有意擅闖這裡，但事實如此，他覺得很抱歉。我也這麼覺得。我們私底下說，最讓我驚訝的是，哈普和羅威巡邏園區的時候，居然沒有碰到陷阱。我只能說，他們運氣很好，沒有踩到。」

「那為什麼喬治現在要跟他談？」——我想我的意思是，**在這非常時刻**？

「那個瑞士人嗎？嗯，他是重要證人，不是嗎？那個瑞士人。不論他是否樂意。他當時人在那裡——就算是一時失足，就我同樣身為賞鳥人來說，不時會遇上這種事——但剛好就同一個時間點，算他倒霉。喬治自然想知道，這位先生有沒有看到或是聽到什麼有用的，可以為這起事件帶來一絲線索。也許鬱金香以某種方式告訴他。仔細一想，這情況很微妙。我們在一個高度警戒的地方，而鬱金香並非透過正式管道落腳英國，所以這位瑞士先生可說是一失足便跌入我們所謂的馬蜂窩。再怎麼說，都必須多加留意。」

我知道他在說話，卻聽而不聞。「我要見她，奧利佛。」我說。

對此，他的回答不出所料：「在這裡等著，小子，等我向上面報告，無論如何，在這裡等著。」說完，他邁步走進那座廢棄槌球場的蔓草中，再度用對講機低聲說話。接著他對我示意，我跟著他來到體育場的大門前。他叩門，然後稍往後退。一會兒之後，門喀啦一聲打開，門裡站著的是艾許・梅鐸斯本人，五十歲的前英式橄欖球員，身穿法蘭絨格紋襯衫搭配紅色吊帶，叼著他慣用的菸斗。

「很遺憾，老小子。」他說道，稍往後站為我讓路。於是我說，我也很遺憾。

在這座巨大穀倉中央的乒乓球桌上，躺著一具纖細的女性人形，裝在拉鏈拉起的屍袋裡。她仰躺，腳趾朝上。

「可憐的女孩，來到這裡之後，才知道她被喚作鬱金香。」艾許以一種在死者面前才有的雲淡風輕口吻回憶道。「知道自己叫鬱金香之後，她便不准任何人稱她別的。你確定要看嗎？」

他的意思是：我是不是已準備好讓他拉下屍袋的拉鏈。我準備好了。

從我認識她以來，她的臉第一次面無表情。紅褐色頭髮用綠色的緞帶紮成辮子，而辮子便攤在她的臉旁。雙眼緊閉。這也是我第一次見到她睡著的樣子。脖子上只見藍色及灰色的傷痕。

「好了嗎，彼得？」

總之，他拉上了拉鏈。

我跟著曼德爾走到外頭。在我面前，草地如山丘般一路攀升，連接至一片栗樹林。從高處望，視野遼闊：主屋、一片松林、周圍的田野。只是我才剛開始爬坡，曼德爾便隻手擋住我的去路。

「如果你不介意的話，小子，我們就留在低處。犯不著引人注意。」他說。

我猜，他並不意外我沒想到要質問他這麼做的理由。

然後有好一陣子——我未細算時間——我們似乎只是漫無目的地走著。接著，他告訴我他養蜂的事。又提到搜救犬潑皮，米白色的拉布拉多，他老婆超愛牠。潑皮，我記得好像是公狗，而不是母狗。我也記得我暗自吃了一驚，因為我從不知道奧利佛．曼德爾有老婆。

一點一滴地，我開始回答他。當他問起布列塔尼如何、農作物的狀況、我們養了幾頭牛，我給了他精準又清楚的回答，而這顯然就是他要的，因為當我們走到經過體育場通往訓練所的石子路時，他離開我走到一旁，對著對講機簡短地說了些什麼。他走回我身邊時，已不再是那個健談的人了，他又恢復警察口吻：

「現在，小子，你聽好。你即將得知故事的另一面。你將親眼目睹一切，但你不會有任何反應，而且之後你會對你目睹到的一切，保持絕對沉默。這不是我的命令。是喬治的命令，他私人給你的命令。還有，小子，如果你把那位可憐女士的死歸咎在自己頭上，**立刻**放下。聽懂了嗎？這不是喬治說的，而是我說的。你會說瑞士語嗎？」

他露出微笑，而我驚訝的是，我也在微笑。漫不經心的散步轉而朝向令人不寒而慄的目的。我剛一時半刻將那位瑞士先生拋到九霄雲外。我本以為曼德爾是好心和我話家常。然而，此時此刻，那名擅自誤闖此地的謎樣賞鳥人全速回到我的意識中。在小徑另一頭的終點處，范恩逕自站在那裡。在他後頭有石階往上延伸，通往一處橄欖綠色的入口，上面標示著：危險勿近。

我們沿著石階往上走。范恩在前領路。我們來到一座乾草棚。發霉的馬鞍掛在老舊的鉤子上。我們從成綑的腐爛乾草之間走過，一直走到「潛水艇」，一處特別建造的獨立房，用來傳授學員抗拒或掌控嚴酷審問的萬惡技巧。我參加過的每一次進修訓練課程，無不包含類似體驗，密閉的隔音牆、手拷腳鐐，以及令人頭痛欲裂的聲音干擾。門是碳化鋼製，有個滑動窺孔可以往裡看，卻不能往外看。

范恩在門前停下，保持特定距離。曼德爾則往前走向潛水艇，傾身向前，滑開窺孔，然後又推回，對我點頭：換你了。他連忙悄聲說道：

「她絕不是上吊自殺，對吧，小子？我們這位賞鳥專家助了她一臂之力。」

在我受訓的期間，潛水艇內從來沒有家具，你只能坐臥在石砌地板上，或是在伸手不見五指的漆黑中來回踱步，同時間擴音器會對著你發出尖銳刺耳的聲音，直到你再也無法忍受為止，或是直到指導員認為夠了。但是，眼前這兩名不應出現在潛水艇的意外人士，竟奢侈地享有紅色粗呢牌桌，以及兩張相當體面的椅子。

其中一張椅子上坐著喬治．史邁利，臉上流露出唯有他在主導審問時才有的神情：有點困擾、有點苦惱，好似人生對他來說，不過是一連串的不安，沒有人能讓他寬慰一些，只除了你以外。

而喬治對面的另一張椅子上，坐著一個和我年齡相當、孔武有力的金髮男性，眼睛四周的淤青還很明顯，一條赤裸的腿用繃帶包紮著，固定在他身前；他的手上戴著手銬，掌心朝上放在桌上，如同乞丐。

他一轉頭，我看到我期待已久的印記：如刀劃過的舊傷疤，劃過他整個右臉。

雖然我只看得到他眼睛周圍的淤傷，但我知道他有一雙藍眼，因為三年前我替喬治・史邁利偷來的犯罪紀錄上是這麼寫的，在那之前，喬治差點被坐在眼前的這個人棒打致死。

是審問——或是談判？眼前這名囚犯的全名——我怎麼可能忘記——是漢斯狄特・穆恩特。他是前任高門區東德鋼鐵代表團成員，該組織享有官方待遇，卻無外交地位。

穆恩特來訪倫敦期間，做掉了一名東倫敦的汽車經銷商，因為穆恩特認為，此人知道太多。而他企圖解決喬治，也是出於同樣的理由。

此時坐在潛水艇裡的，正是這個穆恩特，他是KGB訓練有素的史塔西殺手，佯裝成來自瑞士的鳥類學家，誤踩獵鹿陷阱，而一心只想被人稱為鬱金香的桃樂絲則橫死在距離他不到五十呎的地方。曼德爾扯著我的手臂。彼得，我們要去的地方開車一下子就到了。喬治等會兒就來。

「哈普和羅威怎麼了？」在車上坐定後，我開口問他。這是我當時唯一想到的話題。

「梅鐸斯送哈普去醫院，處理臉部的傷口。羅威陪著他。這麼說好了，我們把那位鳥類學家從他踩進的陷阱裡弄出來的時候，他不是太安分。他需要多方協助，你等會兒將親眼見證。」

•

「彼得，這裡有兩張紙要給你。」史邁利邊說，邊遞給我第一張。

現在是凌晨兩點。我們在紐佛瑞斯特邊際某處、一間半獨立的警察宿舍前廳裡，只有我們兩人。招待我們的，是曼德爾的老朋友，他替我們升起爐火、準備了一盤糖霜餅乾及熱茶，便上樓和他老婆上床休息。無論茶或餅乾，我們連碰都沒碰。第一張紙是普通的白色英國明信片，未貼郵票。上面有刮痕，看起來像是曾被塞進某個縫隙，也許是門縫。地址欄位空白。而書寫的那一面上，則有藍黑色墨水書寫體的德文訊息，都是大寫。

我是妳來自的瑞士好友，可以帶妳去找古斯塔夫。凌晨一點在人行橋和我碰面。一切都會安排就緒。因為我們是基督徒。（沒有簽名）

「為什麼要等到她人到了英國才動手？」長長一段時間過後，我好不容易擠出話來問喬治。「為什麼不在德國就殺了她？」

「顯然，是為了保護他們的線人。」對於我的後知後覺，喬治語帶指責地答道。「通風報信的是莫斯科中心的人，他們理所當然會堅持要慎重其事。不能是車禍或其他人為事件。自尋死路才是上上策，足以在敵方陣營裡造成最大程度的恐慌。在我看來非常合理，你不覺得嗎？你怎麼看，彼得？」

憤怒，隱藏在他鋼鐵般自制、一貫溫和的聲音中，隱藏在向來隨和、耿直的神情裡。他因自我厭惡而憤怒。因他有必要為之的醜陋而憤怒，這些無不公然違反他所有高尚本性。

「『引導』是穆恩特的措辭。」他繼續說下去，既不等我回答也不期待我回答。「我們『引導』她到布拉格，我們『引導』她到英國，我們『引導』她到四號營。接著我們勒死她、把她吊起來。沒有『我』，而是一貫的集合名詞『我們』。我對他說，在我看來，他簡直卑鄙可恥。我希望他聽進去了。」接著他一副差點忘了似地說：「噢！另一張是給你的。」——同時交給我一張折起來的巴西里頓．邦德牌信紙，上面潦草地寫著大大的「亞德里安」，是鉛筆字跡。而信件內容的字跡顯得工整、煞費苦心。沒有不必要的詞藻。是一個真誠的德國女學生寫給英國筆友的信。

親愛的亞德里安，我的尚．富蘭索瓦。
你是我唯一愛的男人。願上帝也愛你。
鬱金香

「我剛剛問你，是要留作紀念或是燒掉？」史邁利以一逕惱怒的口氣不斷對著茫然的我說道。「我建議後者。米莉．麥克格雷格發現的。就夾在鬱金香的化妝鏡裡。」

接著，他面無表情地看著我跪在爐火前，宛如供奉般地將依然折得好好的信紙放在炭火上。各種激盪情緒在我內心翻攪之際，我突然意識到，在失敗的愛情這方面，喬治．史邁利和我竟是超乎我們所想像地親近。我表現拙劣，而喬治，從他那出軌的妻子看來，無異於拒絕表現。而我依舊不發一語。

「我和穆恩特先生剛達成的協議裡，包括幾項有利的連帶條件。」他沒完沒了地繼續下去。「例如說，我們之間談話的錄音帶，我們都同意，他在莫斯科及柏林的主子不會聽到。我們也同意，他替我們工作，巧妙地委身兩邊，有助於他在史塔西的傑出表現。他會以英雄的身分回到同志身邊。高層的權貴們會對他很滿意。莫斯科中心也會對他很滿意。艾曼紐·拉普的空缺沒人敢要。就讓他去爭取吧。他跟我保證他會去。隨著他在柏林及莫斯科的時運高漲，他接觸到的管道也越來越多；那麼也許有一天，他可以告訴我們是誰背叛了鬱金香，以及其他早夭的我方情報人員。我們還有很多事必須向前看，你和我，不是嗎？」

就我記憶所及，我還是沒有開口。而史邁利的談話也來到尾聲，他有很重要的事要交待。

「彼得，眼下只有你、我，還有非常少數的人知道這個極機密情報。到目前為止，就聯合督導以及當局裡多數人而言，我們都太貪心了，我們匆促地把鬱金香帶到這裡，沒有顧及她內心的感受，結果導致她上吊自殺。我們必須向總部及其他外部工作站大肆渲染這個說法。任何受聯督支配的單位都不例外。而其中，恐怕也無可避免地包括我們的朋友艾列克·利馬斯。」

•

我們以鬱金香·布朗之名將她火化，一個出生俄羅斯、信仰虔誠的女性，逃離共產黨迫害，在英國定居，過著獨身生活。為鬱金香安排入殮事宜的祕密情報處女士們找來退休的東正教神父，並向他解釋，鬱金香最終選擇布朗這個姓氏是出於對報復的恐懼。這名神父，也是臨時派遣單位的資深員工，什麼也沒多問。我們一行六人，包括艾許·梅鐸斯、米莉·麥克格雷格、從情報單位來的珍妮特·亞方和殷格博格．路格，以及艾列克．利馬斯和我。喬治公務在身，人在他處。儀式結束後，女人紛紛離去，我們三個男人則動身找了酒吧。

「他媽的，那個蠢貨到底是想怎樣？」我們拿著威士忌坐下來之後，艾列克整個頭埋在手裡，不禁抱怨道。「也不想想我們挺過多少麻煩。」他用一味嘲弄般的憤慨語氣說：「早知道她這麼盤算，我他媽的絕對不會這麼多事。」

「我也不會。」我不覺附和道，又走到吧台點了三杯同樣的酒。

「自殺，某部分的人會在很年輕時便痛下決心。」我走回來時，梅鐸斯醫生正大放厥詞。「他們自己也許**沒有察覺**，但是這個念頭已經**在**他們心裡，艾列克。然後有一天，發生某件事觸動這個念頭。可以是微不足道的小事，例如錢包丟在公車上。也可以是很嚴重的事，像是好友過世。總之，那個**意念**早就在那裡了。結果都一樣。」

我們喝酒。又是一陣沉默。這次打破沉默的是艾列克：

「也許所有樂子都有自殺傾向。有些人腦袋就是轉不過來。可憐的混蛋。」接著他說，「無論如何，誰要去跟那個男孩說？」

男孩？當然了。他說的是古斯塔夫。

「喬治說，就交給對方善後。」我回答道。艾列克一聽，難以扼抑地怒吼道：「老天！什麼世界！」隨後，又喝起威士忌。

10

我不再直盯著圖書室的牆壁瞧：和佩西交班的尼爾森對我的心不在焉想必會備感困擾。我盡責地再次專注在眼前的資料，那是我在悲痛、自責之下，唯有聽命於喬治，方才順利彙整而出、僅極少數人才知道的祕密，而且不放過任何枝微末節，卻又無關緊要。

次線人鬱金香。聽取匯報及自殺。

匯報由般格博格．路格（祕密情報處）及珍妮特．亞方（祕密情報處）主導。定期參與：艾許利．梅鐸斯醫師，祕密情報處臨時派遣。

起草、彙整：彼．貴呈馬里波恩祕密情報處主管核批。

呈遞財務部監督委員會。

副本呈聯合督導首長指示。

亞方及路格都是出色的匯報聽取人，中年、來自中歐，具多年實務經驗。

一、接收鬱金香並轉至四號營。

鬱金香乘坐皇家空軍抵達北霍爾特機場時，未循官方手續入境，由此非屬正式入境英國。梅鐸斯醫生向她自我介紹，自稱是「受到以您為榮的當局所指派」，並在轉機區的貴賓室裡進行簡短的歡迎致辭，向她獻上一束英國玫瑰，而這似乎深深打動她，因為整個過程中，只見她靜靜地捧在面前。

接著，她搭上密閉廂型車直接前往四號營。由於身為執照護士的亞方（化名安娜）擅長打交道，便和鬱金香一起待在後座聊天，藉以緩和情緒。路格（化名路易莎）及梅鐸斯醫師（化名為法蘭克）則坐在駕駛座旁，因為感覺上，如果只有鬱金香和亞方獨自在後座，兩人比較容易發展友誼。我們三人的德語流利，達六級程度。

途中，鬱金香間或打盹，間或興奮地指向車外特別的風景，說她的兒子古斯塔夫一旦抵達英國，目睹這些景象一定會很興奮，而她似乎認為一切指日可待。她同時滿心期待地說，她想在哪些小徑和區域騎乘自行車，當然也是和古斯塔夫。她兩次問起「亞德里安」，一聽到我們不知道有亞德里安這個人，便又改口探問「尚．富蘭索瓦」。於是梅鐸斯醫師告訴她，信差尚．富蘭索瓦被派去執行緊急任務，但是，到時理所當然一定會出現。

四號營的訪客住宿設施包含一間主臥、一間客廳、簡易廚房及日光室，後者為十九世紀完工增建，主要為木造和玻璃，於此可眺望戶外（非溫水）游泳池。所有空間，包括日光室及泳池在內，皆配置隱藏麥克風及特殊設備。

在游泳池的正後方有一小片針葉林，其中有些樹（但不是全部）的低枝已被修剪掉。不時可見黏鹿，常可以看到牠們在游泳池裡嬉戲。由於園區四周圍著鐵絲網，所以牠們無疑是豢養在這塊地產上的鹿群，因此也為四號營增添了一股寧靜氛圍及田園魅力。

一開始，我們把鬱金香介紹給米莉·麥克格雷格（化名艾拉），在祕密情報處主管的要求下，她在這一天接受任命，在此擔任安全屋管理人。在單位主管要求下，麥克風被安裝在一些主要的位置上，而之前任務留下來，且仍使用中的麥克風則被切斷。

四號營安全屋管理人的個人空間位於客房正後方、一條不長的走道最底部。兩間住房以內線相互聯繫，客人可在夜間任何時刻提出需求。在麥克格雷格的建議下，亞方和路格使用主屋的臥室，藉此提供鬱金香一處純粹女性的生活空間。

四號營的常駐警衛哈普和羅威，同住在教練所的宿舍裡。兩人皆熱中於園藝。哈普更是領有執照的獵場管理人，負責控制園區內野生動物的數量。教練所裡多出一間臥室，梅鐸斯醫師目前暫住在這裡。

二、**聽取匯報，第一至五天**。

初步聽取匯報預計為期二至三週，再加上沒有具體期限的後續追蹤，但這些並未事先知會鬱金香。我們當下的任務是讓她適應環境，並向她保證，我們都是她的朋友，她大可自在地談論未來（和古斯塔夫），而第一個晚上結束時，我們都覺得多少有所進展。她被告知梅鐸斯醫師（法蘭克）是有特殊利害關係的幾名面談者之一，之後還會有其他人和法蘭克一樣，在這段期間內來來去去。她更進一步被告知，主事先生（祕密情報處主管）缺席，是因為參與和瑞梅克醫師（五月花）及其他聯絡網成員有關的緊急事務，但他非常期待回來後，能有榮幸與她握手寒暄。

就一般規則來說，聽取匯報理應在主題正「熱」時著手進行。隔天早上九點整，組員便在主屋客廳再度集合。中間雖有幾度休息，但匯報仍持續到晚間九點零五分。錄音的工作由米莉．麥克格雷格在她的房間裡操控，她也乘此機會徹底搜查鬱金香的房間以及個人物品。依照匯報摘要，由路格（路易莎）提出問題，有時由亞方（安娜）補充提問，一有機會深掘鬱金香的心思及動機時，梅鐸斯醫師便會適時插話。

儘管意欲以看似單純的提問隱藏法蘭克的企圖，鬱金香很快便發現這些問題未脫心理學本質，並且在得知他是醫師之後，當下嘲弄他不過是「那個大騙子、妖言惑眾的西格蒙德．佛洛伊德」的弟子。盛怒之下，她斷然宣稱，她這輩子只認定一個醫生，他叫卡爾．瑞梅克，法蘭克不過是個混蛋，「要是你（梅鐸斯醫師）真想幫我的話，就把我的兒子帶來！」梅鐸斯醫師不希望自己的出現帶來負面效果，因此認為，合理的作法是先回倫敦待命，必要時，他隨時可以過來。

接下來兩天，儘管時有這類情緒爆發，至少聽取匯報的過程是在相對平和的氣氛下有效率地進行，而每一段錄音都會在當夜即時送往馬里波恩。

祕密情報處主管最感興趣的，無非是蘇聯以英國為目標的情報資訊流通，儘管這類情報只有少量會從莫斯科經拉普辦公室。即便我們再再認同鬱金香成功拍攝到的這些文件，是極為少見的重要情報，但她是否曾讀過、或不經意聽見任何關於莫斯科在英國活動的線人，只是她忘了或認為不值一提？比方說，有沒有任何暗示或任何人吹噓，已在英國政治或情報機構內，安排了高階、而且目前仍在活躍的線人？或提及英國的密碼、暗號已被滲透等事？

儘管我們以各種不同的形式包裝這些問題，她也因而越來越顯煩躁，我們卻也沒有得到正面的回應。然而，鬱金香完成的任務，我們仍列為「高至非常高」等級的評價，而且不能忽略的是，她每一次報告，無不嚴重受到情勢阻礙。而她執行任務期間，唯一的呈報對象是五月花，她從未直接向柏林工作站報告，我們也從未向鬱金香傳達任何潛在性的敏感問題，原因在於，萬一她不慎在受審問時洩露口風，這無異於揭露我們自身情報屏障上的缺失。而如今，這些敏感性問題不再是禁忌：例如，打探其他潛在或活動中的次線人的可信度；在史塔西控制下，駐外使節及政界人士的身分；她在拉普桌上拍攝到的、顯示祕密資金流向的文件，卻未見進一步的處置，她是否有任何可能的解釋；她陪同拉普一起參觀過的祕密信號設施的相關位置及外觀，其配置、進入該設施的程序、其型號、形狀、天線方向，以及是否有任何證據顯示，該地點有蘇聯或其他非德國人在場；大體上，其他情報工作直到現在仍被視為是一種浪費，因為和五月花密會時，時間總是不夠充分、兩人之間太多毫無實質內容的對話，以及溝通方式隱蔽帶來的種種限制等。

雖然鬱金香不時表現出沮喪情緒，並且以辱罵字眼發洩，但她似乎也很享受成為眾人焦點，甚至語帶輕佻地和四號營的兩名警衛談笑，她尤其偏愛較為年輕的哈普。而每當夜晚將至，她的心情便迅速墜入絕望的罪惡中，主要是因為她的兒子古斯塔夫，也因為姊姊蘿德。她認定，自己的叛逃毀了姊姊的一生。

安全屋管理人米莉．麥克格雷格夜裡時不時陪著她。意外發現彼此的基督信仰後，兩人便經常一起禱告，鬱金香心中的聖人是聖．尼古拉斯，也是聖．尼古拉斯的聖像陪著她一路撤離。彼此分享了騎單車的興趣後，更讓兩人之間有了更多的共同點。而在鬱金香的催促下，麥克格雷格（艾拉）取得一本兒童自行車目錄。一得知麥克格雷格是蘇格蘭人，鬱金香相當興奮，立刻索要蘇格蘭高地的地圖，好讓兩人一起討論單車路線。隔天，總部便送來一張全國地形測量圖。只可惜，她的情緒依舊易怒、陰晴不定。在她的要求下，麥克格雷格讓她服用鎮靜劑和安眠藥，但似乎未見明顯改善。

聽取匯報的過程中，鬱金香隨時都會要求確認交換古斯塔夫的日期，甚至問及他是否已被交換出來。對此，我們向她保證，依匯報的內容來看，這件事已由最高層的主事先生進行協商中，只是無法一夜之間便達到目的。

三、鬱金香的休閒需求

自抵達英國的那天起，鬱金香便明確表示她需要體能運動。皇家空軍戰鬥機機艙太過狹窄，而前來四號營的車程讓她覺得像個囚犯，並表示任何形式的禁閉都會讓她喘不過氣等。由於四號營營內的小徑不適合自行車，於是她選擇跑步。一確認她的鞋子尺寸，哈普當下前往索爾茲伯里市買來一雙帆布鞋，接連三天的早上，鬱金香和熱中運動的亞方（安娜）便於早餐前在營區的環區小徑上一起慢跑。跑步時，鬱金香會肩揹輕便背包，用來放置古斯塔夫可能會有興趣的化石及稀有石頭。她借用蘇聯的行話，稱之為她的「機會包」。營區裡還有一處小型健身房，當其他方式也無益於紓緩情緒時，鬱金香大可在此暫時發洩她明顯感受到的壓力。而不論何時，只要她前往健身房，米莉一定陪在她左右。

鬱金香習慣在早上六點著裝後，站在客廳落地窗前等待亞方。但是這天早上，鬱金香沒有站在窗前。於是亞方從花園這頭進入客房，同時出聲叫喊她的名字，焦急拍打浴室門；在未得到任何回應之下，她乾脆打開浴室門，卻不見人影。亞方接著透過內線詢問麥克格雷格鬱金香的去向，但是麥克格雷格也不知道。這下子事態緊急，亞方當下出發，飛快沿著環區小徑尋找。同時為以防萬一，麥克格雷格緊急通知哈普和羅威，我們的客人「跑不見了」，兩名警衛立刻在園區內展開搜索。

四、發現鬱金香。珍妮特．亞方單方陳述。

從東側進入營區的環區小徑，會先遇到約二十碼的上坡路段，而後是約四分之一哩的平坦高地，之後北轉並沿著下坡路段來到一處沼澤低谷，一座木造行人橋橫跨低谷，同時引領人們登上一段九階的木階梯，只是上方階梯有部分被一株枝葉伸展的栗樹擋住。

我沿著小徑北轉，準備走向下坡路段時，便看到鬱金香上吊在栗樹較低的樹枝上，雙眼睜開，雙手下垂在身旁。我記得，她的腳距離最近的階梯不到十二吋。套在她脖子上的繩索很細，因此乍看之下，她好像是飄蕩在稀薄的空氣中一樣。

我是個四十二歲的女人。我必須強調，我記下的這些景象至今依然烙印在我腦海中。我受過專業執勤訓練，也有應對緊急狀況的實務經驗。因此我必須承認，我相當慚愧，一看見鬱金香上吊在樹上，我當下的念頭竟是盡快跑回屋裡尋求協助，而不是切斷繩索搶救。我對這樣的行動失誤感到深深的懊悔，雖說現在我得知，在我發現她時，鬱金香已經死亡至少六小時，這對我來說如釋重負。此外，當時我身上沒有帶刀，更是勾不到繩索。

補充報告。報告人：四號營安全屋管理人米莉·麥克格雷格，二級官員職等，關於次線人鬱金香的照護、生活起居以及自殺等情事。副本呈祕密情報處主管喬治·史邁利（僅此一份）。

我記得當時的米莉：虔誠的自由長老教會牧師之女，終身奉獻給當局。她攀登凱恩戈姆山脈、騎馬打獵，過去經常出入危險之地。因為戰爭，她失去了弟弟，父親死於癌症，至於她自己，傳言心屬一名已婚、較她年長的男性，然而他愛榮譽更勝於愛她。有人嚼舌根說，這名男性就是喬治，但他們兩人之間的互動從未讓我有這方面的懷疑。不過我們這些年輕小夥子若想碰她一根寒毛，可就要倒大楣了，因為米莉根本不買我們的帳。

一、**鬱金香的失蹤**。

早上六點十分一接獲珍妮特·亞方通知，鬱金香自行出門跑步，我立刻要求警衛（哈普和羅威）對營區展開搜尋，尤其是環區小徑，因為我從亞方口中得知，那是鬱金香最喜歡的跑步路線。為防萬一，我接著著手檢查客房，同時確定她的運動服和跑步鞋都還在衣櫃裡；反之，則未見她在布拉格拿到的法式外出服及貼身衣物。雖然她身上沒有身分證明文件也沒有錢，但她的手提包也不見了，先前我曾確認過，裡面只有個人必需品。

事況已超出祕密情報處的權責範圍，再加上單位主管人在柏林執行緊急任務，因此我依職務下了決定，致電聯合督導的值班官員，要求他和警方聯繫，稱一名符合鬱金香特徵的精神病患在逃，應該還在附近地區。該病患非暴力分子、不會說英語且正在接受精神治療。一旦發現她，請將她送回本機構。

接著，我致電梅鐸斯醫生位於哈利街的諮商室，並留話請他的祕書轉達，請他盡速回到四號營；而我被告知，他已接獲總部通知，人在路上了。

二、**在四號營區發現未授權侵入者**。

我才剛打完這些電話，就收到哈普透過四號營內部通訊系統傳來消息，告訴我，搜尋鬱金香途中，在靠近營區東側環區小徑的叢林地帶，發現一名傷者，男性，顯然是擅自闖入，他成功繞過靠近路邊一個新挖的坑洞，卻一腳踩進並啟動半被草遮住的老舊陷阱，據推測，應是在圓場持有這塊地產之前的年代，盜獵者所留下的。

前述陷阱實屬非法且古老的裝置，上有生鏽的鋼牙，但彈簧仍可作用。根據哈普的說法，闖入者的左腳被機關夾住，由於試圖掙脫反而陷得更深。對方一口流利英語，但聽得出外國口音，並堅持說他是在籬笆上看到這邊地上有洞，才攀爬過來解決生理需求。他也進一步解釋，他是熱愛賞鳥的人。

等到羅威也到場，兩人合力為闖入者鬆開陷阱，闖入者趁人不備，一拳擊中羅威的腹部，並用頭頂撞哈普的臉。歷經一番掙扎，兩人好不容易安撫了闖入者，並將他送到占地利之便的體育場。他現在被關在拘留室（潛水艇）中，左腿已暫時包紮處理。基於危安程序，哈普已經向總部內部安全部門及祕密情報處主管呈報這起事件，並盡可能提供詳盡敘述。單位主管目前正從柏林前來。當我問哈普，期間他本人或羅威是否見到失蹤的鬱金香，他回答說，他們的搜索因為發現闖入者而中斷，他們會馬上再次展開搜索。

三、**鬱金香死訊**。

大約是在這個時間點，珍妮特．亞方不安地出現在主屋門廊，通報她看見鬱金香在一棵樹上上吊，據推測應該已經死亡，地點在營區地圖標示二一七的位置。我當下通知哈普及羅威，一確認他們所說的闖入者已被限制行動，我便指示他們全速前往二一七，並提供必要的協助。

我隨後發出紅色警報，要求所有營地支援人手立刻前來主屋集合，包括兩名廚師、一名司機、一名技師、兩名清潔人員及兩名洗衣人員：名單詳見附件一。我告訴他們，營區內發現一具屍體，並要求他們全數留在主屋內等候進一步通知。我不認為有必要告訴他們，營區內發現一個未經授權的闖入者。

所幸在這緊要關頭，梅鐸斯醫師出現了，他駕駛賓利車高速前來。我和他即刻出發，沿著環區小徑東側前往二一七位置。我們抵達時，繩索已割斷，眼前的鬱金香顯然已經斷氣，躺在地上的她，脖子上仍套著繩圈，而哈普和羅威則站在一旁守衛。哈普臉上流著血，闖入者用頭頂撞他，他傾向找警方介入處理，羅威則想叫救護車。最後，我建議，單位主管正在前來四號營的路上，在沒有他的允許下，不應該驚動警方或是救護車。梅鐸斯醫師在初步相驗屍體後，也持同樣意見。

因此我指示哈普和羅威先行回到體育場，不要與任何人聯繫，等候進一步的指示，而且無論如何絕不可主動和關押者交談。他們離開現場後，梅鐸斯醫生這才向我透露，發現鬱金香時，她已經斷氣好幾個小時。

梅鐸斯醫師繼續相驗這名女性死者時，我注意到她的衣著，包括法式針織套裝、百褶裙及低跟鞋。上衣外套口袋是空的，除了兩張用過的面紙。鬱金香曾抱怨受到輕微的風寒。而她的「機會包」裡則塞滿其他貼身衣物。

這時，我們收到總部直接傳達到四號營內線的指示，旋即將屍體移到體育場。因此我招來哈普及羅威權充擔架人員，雖然哈普鮮血滿面，仍及時完成這項任務。

接著，我和梅鐸斯醫師一同回到主屋。亞方的表現值得讚賞，她非但已恢復鎮定，還為工作人員備好熱茶及餅乾，同時鼓舞大家的士氣。祕密情報處主管轄下的總部緊急應變小組預計將在當天下午抵達。期間，除了哈普及羅威以外，所有人一律留在主屋內，而梅鐸斯醫師則清理哈普臉上的傷口，並照料受傷、同時被關押在潛水艇的闖入者。

與此同時，被困在主屋內的眾人討論了起來。珍妮特．亞方不斷堅持自己是最該為鬱金香的自殺負責的人，我則嚴加駁斥這番說法。鬱金香經診斷確認處於極度沮喪的情緒中，她對古斯塔夫的罪惡感以及過度期待已讓她不堪負荷，再加上她毀了姊姊蘿德的人生。也許在她抵達布拉格時，便已萌生自殺的念頭，更不用說抵達四號營之後。她自己做出選擇，付出了終極的代價。

接下來喬治出現了，同時帶來假消息。

四、祕密情報處主管（史邁利）及曼德爾督察抵達。

祕密情報處主管（史邁利）在臨時派遣單位督察奧利佛．曼德爾（退役）的陪同下，於下午三點五十五分抵達。我和梅鐸斯醫師立刻隨同前往體育場。

之後我回到主屋，殷格伯格．路格和珍妮特．亞芳持續在此安撫召集而來的工作人員不安的情緒。又過了兩個小時，史邁利先生和曼德爾督察才從體育場返回。召集所有人之後，史邁利先生表達了他個人的哀悼之意，同時強調鬱金香的死，除了怪罪於她自己之外，四號營裡的任何人都沒有理由責怪自己。

時間來到傍晚。接駁巴士已在前院等候，多數工作人員也急著回到他們在索爾茲伯里的家，史邁利先生針對他們或許聽聞的「神祕闖入者」事件，花了一些時間安撫眾人的情緒。曼德爾督察在一旁禁不住露出會心的一笑，史邁利先生索性坦誠，他要向在場所有人洩露一個本來不可以說的祕密，但就目前這個情況來看，他認為他們有權知道真相。

他解釋道，這個神祕闖入者一點也不神祕。他其實是我們姊妹單位軍情五處一個精英、鮮為人知的單位的重要一員，其任務便是以各種合法及不合法的方式，潛入我們國家最敏感、隱密的國安設施內。剛好，此人不但和曼德爾督察曾共事，也有私交。大笑聲。這類的實地演練自然不會預先知會目標單位，豈料這次演練就發生在鬱金香選擇自我了斷的同一天，按照史邁利的用詞，純屬「飛來橫禍」。而禍不單行則引領這名闖入者一腳踩進獵鹿陷阱。大笑聲。哈普和羅威從而感到釋懷。兩人都聽過這類說辭，也只能無奈接受，即使他們覺得「這位朋友的反應未免也太過激動了」，這也是可以理解的——祕密情報處主管一說完，引來更多笑聲。

然後，是更進一步的不實消息。

主管進一步對工作人員透露，這名闖入者事實上並非外國人，而是虔誠信仰上帝、出身克拉珀姆區的英國人，他已經在前往索爾茲伯里醫院的路上，屆時會接受破傷風注射、處理傷口。曼德爾督察很快就會去探望這個老朋友，並送上威士忌以及來自四號營的問候。掌聲響起。

•

又到了邦尼與羅拉秀時間。沒有李奧納德。邦尼領銜主演。羅拉在一旁滿是猜疑地聽著。

「所以你就彙整了這份報告。容我說一句，冗長且繁瑣。你用上所有手邊的證據，而且還不只如此。

你先是送了一份副本給聯合督導，然後又從圓場檔案庫**偷走同一份副本**。這麼總結對嗎？」

「不是這樣。」

「那麼，為什麼你的報告會在畜舍？跟其他一大堆**確實是**你偷走的檔案放在一起？」

「因為這份檔案從來沒有上呈。」

「沒有交給任何人？」

「沒有交給任何人。」

「報告內容沒有其他人知道？連精簡版也沒有？」

「財務部委員會決定不召開會議。」

「我認為，你說的，是所謂的『三智者委員會』吧？圓場理應怕得要死的那個？」

「主席是奧利佛．拉孔。深切檢討過後，拉孔斷定，僅就一份報告，無助於達到任何目的。就連精簡版也一樣。」

「理由是？」

「不值得花納稅人的錢，去調查一個自殺的女人，更何況她從未踏上英國國土。」

「有沒有可能，拉孔是受到喬治．史邁利的慫恿而做出這個決定？」

「我怎麼會知道？」

「很簡單啊，我就會這麼想。其他就先不提，要是史邁利是為了保護你——舉例來說，純粹只是隨便假設——假設鬱金香是因為你才自殺的。而在這份報告中，會不會有某一部分或特定片斷，讓史邁利認定，敏感的財務部將備感困擾？」

「真可能的話，敏感的應是聯督，而不是財務部。聯督已經太過深入五月花行動，這讓喬治很感冒。他也許是認為深入調查只會讓這扇門更開。因而對拉孔提出忠告。這只是我的揣測。」

「你不覺得，之所以封箱不調查，真正的原因是，鬱金香根本不像報告中所粉飾的——至少是你那份拍馬屁的報告中所言——是個言聽計從的叛逃者，因此付出代價？」

「什麼代價？你到底在說什麼？」

「她是個很有決心的女人。這我們都很清楚。她也可以是個潑婦，只要她願意。她一心只想要她的兒子。我的推測是，她拒絕和審問團隊合作，除非她的兒子回到她身邊。而審問團隊對此相當不積極，而他們的報告——也就是你的報告——根本是在史邁利授意下胡拼亂湊的假話。至於四號營，自從廢棄後，如我們所知，便自詡設有特別監禁室，用以關押她這種人，還被封為潛水艇名號。那不過是用來進行今天我們稱之為加強審問的地方，還駐有幾個相當變態的警衛，這些人可不是以手段溫和著稱。我猜，她從他們的關注中，受益頗多。你看起來很震驚。我碰觸到你的傷心事了嗎？」

我花了好一會兒工夫才有辦法開口：

「我的老天啊，鬱金香並不是**被審問**！她當時正在進行匯報，過程不但溫和且得宜，而且，是由一群喜歡她、感謝她、充分理解叛逃者憤慨的專業人士來聽取她的匯報！」

「那就當作是在開玩笑吧。」邦尼說道。「萬一這個案子上法庭，我們可是還有另一張存證信函以及另一個當事人。有個叫古斯塔夫・奎恩茲的，也就是桃樂絲的兒子，不確定是不是受到克里斯多夫・

利馬斯的唆使，顯然他的名字也加進了那群想把當局告到屁滾尿流的人當中。我們當局，主要以你為首，先誘騙他母親、威脅她當我們的間諜、違反她的意願將她偷渡出境、把她嚴刑拷打得死去活來，最終導致她找了一棵最近的樹上吊。真的，還假的？

我以為他說完了，但他還沒。

「而且這些指控，隨時間越來越受到重視，且這些指控不得以嚴格的律法進行壓制，一如最近幾個性質類似的案件所適用的法規。因此極有可能，此次跨黨部調查委員會或者隨後的法律訴訟，將以此次案件為例，提供日後更相關的案件具備得以更進一步介入的法源依據。你看起來好像很開心。」

很開心。也許吧。我心裡想的是古斯塔夫。幹得好。你終究還是決定要來討債了，只可惜你找錯對象了。

•

我在強勁的雨勢中穿梭，騎著機車飛速橫越法國及德國。我站在艾列克的墳墓前。同一陣強勁雨勢襲擊著東德這處小墓園。我穿著騎士皮衣，出於對艾列克的尊重，我摘掉安全帽，任雨水直接打在我臉上，我們無聲地互訴陳年舊事。年老的墓園看守人或之類的人請我進他的小屋，並拿出追悼簿，在幾名悼念者的名字之間，我看見克里斯多夫的簽名。

也許這便是起點，也是觸動：一開始是對克里斯多夫，接著是紅髮、麥色臉龐滿是笑意地對著我、之後又對著艾列克高唱愛國歌曲的古斯塔夫：自他母親過世的那天起，我便暗自關心這個男孩，雖然只是概念上的，並兀自想像他一開始先是進入某個陰森的東德兒童矯正機構，那種專門收容那些令人蒙羞的小孩的單位，然後被丟進一個毫無溫情的世界裡。

偶爾，我恣意妄為，背地裡違逆圓場的規定，以假託的名義或對自己發誓為藉口——或者你也可以說是幻想——透過檔案追蹤他，有一天，若是情勢有了些許改變，我會把他找出來，而且出於對鬱金香的愛，視情況需要，以某種方式對他伸出援手。

大雨依然滂沱，我再次騎上車，不是向西往法國，而是往南朝向威瑪。我所知古斯塔夫可能的地址已經是十年前的：位於市區西郊的村落，房子登記在他父親洛瑟名下。兩小時的車程後，我已經站在一棟陰鬱、蘇維埃式石板屋門階上，房舍距離村裡的教堂僅十碼遠，全然反映出社會主義的掠奪行徑。石板漸次崩壞。有些窗戶自屋內用紙糊上。傾頽的門廊上裝飾著噴漆的納粹黨徽。奎恩茲的公寓門牌是8D。我按下門鈴卻是徒勞。好不容易有一扇門打開，一個多疑的老太太從頭到腳打量我。

「奎恩茲？」她重複道，語氣嫌惡。「洛瑟？早就死了。」

那古斯塔夫呢？我問。那個兒子？

「那個服務生？」她以鄙夷的口氣反問。

旅館名為大象旅館，威瑪歷史廣場在此一覽無遺。該旅館並非全新。事實上，這是希特勒最愛的旅館：那個老太太也是這麼跟我說的。但是旅館經過大幅度的整修後，光鮮的門面反而像是一座象徵西方國家繁榮的燈塔，強行面對相對貧窮卻美麗的鄰居。接待櫃檯裡一名穿著嶄新黑色套裝的女孩誤解了我的意思：我們沒有姓奎恩茲的入住客人。下一刻她便尷尬說道：「噢，你是指古斯塔夫。」並告訴我，員工不得接見訪客，我必須等到奎恩茲先生下班。

那會是什麼時候呢？下午六點。在這裡等，可以嗎？當然是在貨物出入口，不然呢？

雨勢未見減緩，天色漸漸暗了。我依指示站在貨物出入口等待。一個形容憔悴、冷漠、看起來有些老成的男子，邊從地下室的階梯走上來，邊穿上舊軍用連帽雨衣。一輛腳踏車鏈在欄杆上，他俯身解開掛鎖。

「奎恩茲先生？」我開口，「古斯塔夫？」

在忽明忽滅的街燈下站起身後，他抬起頭來。他的肩膀已經微駝。曾經的一頭紅髮如今卻是稀疏、轉灰。

「有事嗎？」

「我是你母親的朋友。」我說。「你也許還記得我。我們曾在保加利亞的海灘上見過面——很久以前了。你還唱歌給我聽。」我告訴他我的化名，就是我那天在海灘上跟他提過的名字，當時他母親正一絲不掛地站在他後頭。

「你是我母親的**朋友**？」他重複道，慢慢消化這個訊息。

「我的確是這麼說的。」

「法國人？」

「沒錯。」

「她死了。」

「我聽說了。我很遺憾。不知道我能為你做什麼。我剛好有你的地址。而我人又在威瑪。時機很巧。也許我們可以一起喝一杯。聊一聊。」

他直瞅著我。「你跟我母親上床了嗎？」

「我們是朋友。」

「那麼，你跟她上床了。」他開口道，猶如陳述一個史實，語調毫無跌宕。「我母親是個妓女。她背叛了祖國。她背叛了革命。背叛了黨。背叛了我父親。她把自己賣給英國人，然後上吊自殺。她是人民公敵。」他進一步解釋道。

接著，他跨上自行車，揚長離去。

11

「心肝，我認為我們首先要做的，」塔比莎以她那一貫怯生生的口吻說道，「你不介意我叫你心肝吧？我向來都叫我最好的客戶心肝，好提醒他們我也有顆心哪，跟他們沒什麼兩樣，雖然我的心在必要時會晾在一邊。所以我們的首要之務，就是列一張攻防清單，寫下所有對方控訴我們的那些不名譽事件，然後我們再一一擊潰。只要你還坐得住。還可以吧？很好。你聽見我說的嗎？我從來就搞不清楚這些東西是不是有用。那是國家健保卡嗎？」

「法國的。」

塔比莎，我所記得的，是小時候讀過的畢雅翠絲．波特[27]作品中，那個帶著三個不聽話的小孩、心煩意亂的忙碌母親。我禁不住苦笑，因為我發現，這個坐在我面前的女人，至少從外表上看來，和書裡的塔比莎有諸多相似之處：如慈母般，一臉親切，四十開外，體型圓潤，呼吸稍顯急促，看起來筋疲力竭。我知道，她也是我的辯護律師。李奧納德兌現承諾，交給邦尼一份名單，名單上的人選，無一不是

27 碧雅翠絲．波特（Beatrix Potter, 1866-1943），英國兒童文學作家，其最著名的作品為自一九〇二年起推出的《小兔彼得和他的朋友》系列。

邦尼高度讚賞的——彼得，他們會像羅威拿犬一樣為你奮戰到底——只除了其中兩人他有那麼一點疑慮，他私心認為，他們沒有足夠的實戰經驗，而其中一個——可別說是我說的，彼得，這完全是我們私下說說，你可別洩露出去啊——他壓根不想和對方有任何牽扯：不知適可而止，對法庭的運作更是毫無概念，法官們對她超級感冒。那個人就是塔比莎。

我回說，這人聽起來正適合我，並要求到她的律師事務所見她。邦尼說，她的事務所不夠安全，提議我使用他在堡壘中的總部。我則告訴他，他的總部在我看來，也談不上安全。於是，我們又回到這間圖書室，任由漢斯狄特．穆恩特以及他狡獪的競爭對手喬瑟夫．費德勒全身像睥睨我們。

•

此時此刻，距離我們火化鬱金香只過了一個無眠的夜，而塔比莎試著清醒過來並攫取的世界，卻是溯及既往地走了一步。

柏林圍牆矗立起來了。

五月花網絡裡的每個情報員以及次線人，不是失蹤，就是被逮捕、被處死，或是以上三者皆是。卡爾．瑞梅克，克佩尼克區英勇的醫師，也是意外促成這個聯絡網的人以及靈魂人物，也在騎乘那輛工人腳踏車企圖逃往西柏林途中，慘遭無情射殺。

對塔比莎而言，這些不過是史實。而對承受這些事件的我們來說，那是絕望、倉皇和挫敗的年代。

我們的情報員天賜，到底是我們的人，或是敵對陣營？就畜舍的角度看來，我們這幾個深信不疑，並且充滿敬畏的看著他一路在史塔西的位階中掘起，如今成為特勤單位的領導人。以天賜為名，我們接收、處理、散播了大量有關經濟、政治、戰略目標的高階情報，白廳的客戶無不喜極而泣。

雖然穆恩特有無可置疑的權力——或者正因為如此——他無法阻止、甚或只是減緩他的對手喬瑟夫．費德勒對祕密情報處的情報人員及次線人毫不留情地追殺。

在爭奪莫斯科中心的厚愛以及史塔西命令的嗜血鬥爭中，漢斯狄特．穆恩特，也就是線人天賜，宣稱他別無選擇，只能表現得比費德勒更熱中於清理德意志民主共和國這個烏托邦裡的間諜、破壞者、資產階級帝國主義走狗。

隨著忠誠的情報員一個接一個地落入穆恩特或他狡獪的敵手鬥爭的怒火中，天賜小組的士氣降到新低點。

其中最受衝擊的莫過於史邁利自己，一夜又一夜，他把自己鎖在中室裡，只有老總偶爾來訪，卻也只是讓他的意志更為消沉。

•

「為什麼我不能親自過目？」我問塔比莎，「那個存證信函或什麼的？」

「因為你之前服務的單位，好聰明地把所有通訊紀錄強制列為最高機密，理由是基於國家安全，而你沒有權限。他們不會得逞太久的，不過這麼一來，不但可以阻撓事態延燒，媒體報導也會暫時受限，這就是他們的目的。與此同時，我已經盡所能地幫你搜括到一些渣渣。要繼續嗎？」

「為什麼邦尼和羅拉不見人影？」

「恐怕他們認為已經得到他們想要的了。李奧納德也認同兩人的報告。這是我從置物櫃的另一頭偷瞄到的。不幸的是，可憐的桃樂絲·甘似乎是第一眼見到你，便對你充滿遐想，而且等不及就向她姊姊蘿德說了很多你的事。後來蘿德對史塔西的審問者掏心掏肺，把你的事全抖了出來。你**真的**和她在保加利亞沙灘上，伴著月光裸體追逐嗎？」

「沒有。」

「很好。還有在布拉格的旅館中，你們似乎就這麼順其自然地共度了充滿愛和歡笑的一夜。」

「並沒有這回事。」

「很好。再來是另外兩起死亡案例——我們的柏林人艾列克·利馬斯及伊麗莎白·金德。先聊聊伊麗莎白，她的女兒凱倫提出不利於你的陳述。內容宣稱，你本人曾親自聯絡她——不論是出於你個人主動，或是受到喬治·史邁利及其他不具名的共犯唆使——而後你以**哄騙**、**誘惑**或是**其他為達目的的手段**，讓她變成**人肉飼料**——對方令人不舒服的說法，不是我說的——企圖透過這些失敗、不實在又不周延的行動來暗中破壞史塔西的領導地位。這到底是誰想出來的行動，我實在無從想像。以上這些，都對嗎？」

「不對。」

「很好。你漸漸看出全貌了嗎？你是受雇於英國祕密情報局的專業登徒子，讓心思敏感的女孩落入圈套，導致她們在粗製濫造、完全失敗的行動中，淪為被蒙在鼓裡的共犯。是這樣嗎？」

「不是這樣。」

「當然不是這樣。你還有意撮合你的同事艾列克．利馬斯和伊麗莎白．金德，是嗎？」

「不是。」

「很好。同時你還跟伊麗莎白．金德上床，因為你就是這種人。又或者，就算你沒有跟她上床，也曾為了亞利克而幫她暖身。這些事你做過嗎？」

「沒有。」

「我從不覺得你會做這些事。據說，你的陰謀算計最終導致伊麗莎白．金德在柏林圍牆被射殺，而她的愛人艾列克．利馬斯試圖救她一命，或者只是單純地想和她一起共赴黃泉。總之，他雖竭盡所能，仍慘遭射殺，而這都是你的錯。休息一下，喝杯茶，或是繼續？好，繼續。接下來是克里斯多夫．利馬斯的指控，這就更有料了，因為他父親艾列克在事件發生之前便已是受害者。當時你不斷哄騙、遊說、賄賂、詐騙利馬斯，導致他淪為你擺布他人的天性下那不幸的玩物。他是個脆弱的人，連獨自過馬路都無能為力，你竟任他獨自面對一個心機算盡、錯綜複雜的詐騙行動，也就是：**佯裝**叛逃並投靠史塔西，實際上卻處在你邪惡的控制下。對嗎？」

「不對。」

「當然不對。那麼我的建議是，如果你同意，先喝一大口水，再把你銳利的目光聚焦在我今天凌晨偶然找到的你親愛的當局的歷史檔案，這可是我**好不容易**獲准會看一眼的一**小部分**資料。然後再想想問題一，這次事件，是否意味著你的朋友艾列克走下坡的開端？問題二，是的話，那是**真的**走下坡，或是**假裝**走下坡？換句話說，我們所看到的，是否只是第一階段中，艾列克先讓他所屬的當局忍無可忍，並引起莫斯科中心或史塔西獵人頭部門的注意？

•

圓場電報。柏林工作站主管（麥費迪恩）致聯合督導主管。副本致祕密情報處主管及人力資源主管。最急件，一九六〇年七月十日

主旨：基於違紀之由，即刻將艾列克．利馬斯調離柏林工作站

今天凌晨一點，在西柏林老桶夜店裡，柏林工作站代理主管艾列克．利馬斯和中情局柏林工作站副主管賽．阿伏隆兩人之間，爆發磨擦。雙方對所發生的事實沒有爭議。這兩人長期以來彼此深懷敵意，對此，如同之前表示過的，我認定主要錯在利馬斯。

利馬斯獨自進入這間夜店，朝「女士廊道」走去，那是一處特地獨立出來的吧台，好讓單身女性自在尋找酒伴。他已經喝了些酒，但他判斷自己並沒有醉。

阿伏隆和工作站的兩名女同事坐在一起，邊看表演邊享受閒適的品酒時光。

利馬斯一瞥見阿伏隆和他的同伴，便轉而走向他們，傾身向前，低聲對阿伏隆說了以下的話：

利馬斯：你再收買我的線人試試看，我他媽的扭斷你的脖子。

阿伏隆：唉，艾列克。有女士在座，可以的話，不要這樣吧。

利馬斯：一個月兩千美金，買他到手的第一手消息，然後再賣二手的給我們。你他媽的說這叫打仗？也許，還奉送這兩位可愛女士的舌吻？

阿伏隆一站起身抗議這公然的侮辱，利馬斯便用右手肘打中他的臉，導致他應聲倒地，然後又再補一腳在他的鼠蹊部。西柏林警區接獲報案後，接著請求美國軍警支援。阿伏隆隨即被送往美國軍醫院，目前在此休養。幸好目前尚未傳來骨折或危及生命的傷害。

我已經向阿伏隆個人以及他的工作站主管米爾頓．伯格致上最深的歉意。這是近期利馬斯涉入的一連串憾事中的最新一起。

我知道失去五月花網絡使得工作站及利馬斯個人陷入巨大的壓力中，但這絕不能當作辯解，他傷害了我們和最重要的盟友之間的關係。利馬斯一直以來明顯地反美。如今已到了令人無法接受的地步。不是他走，就是我走。

•

在老總清晰的潦草字跡之後，可見史邁利精心琢磨後的回覆：我已命令艾列克回倫敦。

「那麼，彼得，」塔比莎說，「假裝的？不是假裝的？我們看到的，是他走下坡的開始嗎？」

我真心懷疑，因而沒有正面回答，她便提出自己的觀點：

「老總顯然認為這就是開端。」她指著頁面下方手寫的潦草字跡。「看看他寫給你喬治叔叔的註記。**很有希望的開始**，簽名C[28]。沒有比這個更清楚的了，對吧？就算你們的世界再隱晦也一樣？」

對，塔比莎，再清楚不過。而且毫無疑問，是很隱晦。

•

那是場葬禮。是一次覺醒。是一群絕望的小偷在夜深人靜時的討論，地點正是這間房間，喬瑟夫·費德勒及漢斯狄特·穆恩特以一貫的哀傷往下凝視我們。我們是天賜六人組，剛加入的康妮·沙赫斯是新進人員：老總、史邁利、吉姆·普里多、康妮、我本人，以及幾乎不開口的成員米莉。吉姆·普里多甫從又一次的臥底行動歸來，這次地點是布達佩斯，他成功設法和我們最珍貴的資產天賜進行了一次難得的密會。而康妮·薩克斯在二十幾出頭便已是研究蘇聯及其衛星國家情報系統方面的翹楚，她最近憤而離開聯合督導，喬治竭誠歡迎她即刻加入。她身材嬌小豐滿卻意外靈巧，學識豐富，生來養尊處優，對腦子相對不靈光的人例如我深感不耐。

莊重、疏離、一頭烏黑秀髮的米莉·麥克格雷格在我們之間來回穿梭，猶如戰地醫院的細心護士，遞送咖啡和威士忌給這些老弱殘兵。老總要求一杯他常喝的噁心綠茶，一樣只啜了一口便擱下。吉姆·

普里多則是一根又一根地猛抽他習以為常的噁心俄羅斯菸。

那喬治呢？眼前的他如此寡言、難以親近，散發出一股內省的氛圍，如此拒人於千里之外，唯有膽子夠大的人才敢打斷他的思緒。

老總說話的時候，香菸熏黃的指尖總習慣劃過嘴唇，好似一一檢查是否有創傷。他容光煥發、很是精明，看不出年紀，而且據說沒什麼朋友。他好像有個妻子，八卦傳聞說，他的妻子以為他在英國煤炭理事會任職。當他站起身，佝僂的身軀總令人意外。你等著他把背打直，卻只是徒勞。打從久遠的年代起，他便在這個位子上了，但我也只跟他說過兩次話、聽他一次演講，也就是我從薩勒特結業的那天。他的嗓音一如其人薄得像刀——帶有鼻音、毫無抑揚頓挫、急躁得像被寵壞的小孩。即便有任何提問，語調也未見和緩，就連提問的是他自己也一樣。

「所以，我們是相信，或是不相信？」自輕撫嘴唇的指間傳來他的質問，「我們從見鬼的穆恩特先生那兒得到的，仍是最上等的情報？不是二手貨？也不是什麼小道消息？是熱騰騰的消息？他會不會引我們誤入歧途？喬治，你說呢？」

在老總面前，沒人在意化名，或內規。他才不在乎。說這些都被過度美化了。鐵鍬就是天殺的鋤頭，不是什麼聖物。

「老總，穆恩特提供的訊息，看起來還是跟以前一樣很有品質。」史邁利回答。

28　老總英文為 Control。

「那他沒事先向我們透露要蓋圍牆，真是太可惜了。還是他一時忘了？吉姆，你說呢？」

吉姆．普里多不情願地拿起叨著的菸，說：「穆恩特解釋說，莫斯科方面將他排除在外了。他們告訴了費德勒。而費德勒完全沒有透露。」

「是這隻豬殺了瑞梅克，對嗎？實在太不厚道。但是，為什麼？」

「他說，他只是剛好比費德勒早一、兩個小時到那裡。」普里多以他慣常的粗啞單調語氣回答道。

我們等著老總開口，而他就這麼讓我們等著。

「也就是說，我們不相信對手策動穆恩特反將我們一軍。」老總煩躁地低語道。「他還是我們的人。好吧，他最好還是。我們大可隨時把他丟去餵狼。他想權力想瘋了。他想當莫斯科中心的金童，也想當**我們的**金童。所以我們有共同的利益。無奈天殺的喬瑟夫．費德勒先生擋了他的去路。也擋了**我們的**去路。費德勒懷疑穆恩特是我們的人，他確實是。所以費德勒乾脆挺身而出揭發他，還歸功於己。大致如此是嗎，喬治？」

「看起來的確如此，老總。」

「**看起來**。每件事都是看起來。沒一件事可以說**確實是**。我以為這份工作處理的是事實。我只要是或否：喬瑟夫．費德勒先生——聽說他品德高尚，就史塔西的標準來說，真心相信理想，還是個猶太人——他認為，他那受人敬重的同僚漢斯狄特．穆恩特，那個不知悔改的納粹，是英國情報局的走狗。他其實也沒搞錯，對嗎？」

喬治瞥了一眼吉姆．普里多。吉姆揉揉下巴，逕直盯著磨損的地毯看。老總再度開口：

「所以，我們相信穆恩特先生嗎？還有另一個問題。他只是空口無憑，一如我們知道的多數情報員嗎？吉姆，你被他耍得團團轉吧？你們這些情報信差，一旦事關你們的樂子，個個都變成了軟柿子。就連穆恩特這種一級混蛋都可以從這些不確實的情報中獲益。」

但是老總也很清楚，吉姆．普里多大概就像打火石那樣軟。

「穆恩特在費德勒的陣營裡有人。他向我透露過他們的身分。他從他們口中得到消息。他知道費德勒想逮他正著。費德勒的心思簡直昭然若揭。費德勒在莫斯科中心也有盟友。穆恩特認為，他們很快就會採取行動。」

我們再度等老總開口。老總最終決定他還是需要啜飲一口冷綠茶；也需要我們在一旁觀賞。

「這樣問題就來了，對吧，喬治？」他不耐地抱怨道。「要是喬瑟夫．費德勒被發配邊疆——方法我們再議——那莫斯科方面會多愛穆恩特一點嗎？真如此的話，那麼我們總算可以知道，是哪個混球向莫斯科中心出賣我們的情報員嗎？」在場無人回答。「你說呢，貴蘭姆？年輕人對這個問題有答案嗎？我想比較看看。」

「恐怕沒有，老總。」

「可惜。是這樣的，我和喬治認為我們可能找到解決方式了。但是喬治無法接受。我可以。我已安排好明天要和你的朋友艾列克．利馬斯見上一面。試探他的意願。看看他覺得如何，反正穆恩特—費德勒射擊俱樂部已經把他整個網絡都毀了。任何人面對和他一樣的狀況，都會竭誠歡迎一個可以在職涯最後階段將功贖罪的機會。你不覺得嗎？」

我猜想，塔比莎是故意刺激我：

「我沒有針對性，但是你們這些間諜的問題在於對事實一無所知，以至於要為你們辯護實在很難。我會盡我最大的努力，聽著，我向來如此。」除了無言以對，我無法對她那一記甜甜的微笑有任何回應：「伊麗莎白．金德留下一本日記，這就是問題所在。而桃樂絲．甘對她的姊姊蘿德全盤托出。女人家就是這麼多事——互相交換八卦、寫日記、寄愚蠢的信。邦尼的好運來自於擅加利用這些資料。他們把你和現今警察的臥底線人相提並論，到處擄獲女性受害者的心，並讓她們懷孕。我瞥了一眼日期，想確認是不是你讓伊麗莎白．金德懷上凱倫，好險你絕對是清白的，真是鬆了一口氣。古斯塔夫也是，感謝上帝，他當時已經五歲，即便你看著他的眼神充滿愛。」

•

這是個宜人的秋日午後，也是老總宣稱要試探艾列克意願後的一個星期。我和喬治來到漢普斯特荒野公園北側的肯伍德府，坐在其中一座花園裡的露天餐桌旁。由於是週間，四周幾乎沒什麼人。其實我們大可約在畜舍見面，但是喬治設法讓我明白，這場對話極其隱密，最好到戶外。他戴著巴拿馬草帽，陰影遮住了眼睛，結果一如我了解的只是部分的祕密，我也只能了解部分的喬治。

我們寒暄了一會兒，或我自認為如此。我對工作還滿意嗎？滿意，謝謝你的關心。鬱金香的事，我釋懷了嗎？釋懷了，謝謝。奧利佛．拉孔把我那份草稿藏起來真是太好了；聯督太過在意四號營那個神祕的瑞士闖入者，簡直後患無窮。我說我也很慶幸，雖然那是我竭盡心思所完成的報告。

「彼得，我要你替我接近一**個女孩**。」史邁略顯嚴肅的蹙眉向我坦誠。隨後，他意識到我可能誤解他的請求，便補充說：「噢我的天啊，不是為了我個人的需要，我向你保證！完全是基於任務上的目的。你會願意嗎？原則上？為了我們的理想，想辦法贏得她的信任？」

「我們的理想，指的是天賜行動吧。」我語帶防備說道。

「沒錯，確實是，僅止於此。為了天賜行動後續的成果。這是個預防措施。一個必要且緊急的附加措施。」他回答。然後我們各自啜飲蘋果汁，看著人們在陽光下來來去去。「容我補充一下，這也是老總特別要求的。」他繼續說下去，不知是為了更進一步的勸誘我，或只是為了卸責。「其實是他推薦你的，**那個年輕的貴蘭姆小子**。單獨指名你。」

我應該將這視為讚美？或是個含蓄的警告？喬治，我懷疑他根本就不喜歡老總，而老總則不喜歡任何人。

「我相信，有很多管道可以遇到她。」他抱持樂觀地繼續說下去。「例如說，她是地區共產黨支部成員。每個週末負責銷售《工人報》，但我不認為你會想跟她買報紙，是吧？」

「如果你指的是，我只是一般的《工人報》讀者，特地前來買份報紙？」——不，我不認為我想這麼做。

「沒錯，而且務必不要輕易嘗試。無論如何，不要嘗試變成某個完全不一樣的人。一如往常，舉止像個親切的中產階級會好多了。」隨後他又補充道，「她會跑步。」

「跑步？」

「每天清晨，她習慣跑步。我覺得這樣很好，你不覺得嗎？為健身而跑。為健康而跑。」在當地的運動場上一圈又一圈地跑步。獨自一人。接著去富勒姆區的一處書籍經銷公司上班。不是一般書店，而是經銷商。但一樣都是和書有關。大量發書至中盤。在我們聽來可能很無趣，她卻認定這是她的志業。我們都必須要有書，尤其是大部頭套書。還有，當然她也會行軍。」

「就像習慣跑步那樣？」

「是為了和平而行軍，彼得。是特定的活動。從奧爾德馬斯頓區行軍至特拉法加廣場，然後再到海德公園角，一樣也是行軍。和平要是有這麼容易就好了。」

他期望我笑出來嗎？我盡力。

「當然了，我也不認為，你會想幫她舉標語，我真心不認為。你可是體面的布爾喬亞，已有所成就，處於她完全不熟悉的世界，也因此就更有趣。只要一雙適合的慢跑鞋加上你調皮的笑臉，你們一下子就可以結為朋友。再加上你法國人的身分，屆時便可優雅退出。一切也就大功告成。你可以忘掉她。她也會忘掉你。如此而已。」

「知道她的名字可能對我有幫助。」我提議道。

他考慮了一會兒——一副很痛苦、很為難的樣子：「好吧，是這樣的，他們是移民。一家人都是。

父母是第一代，她是第二代。安頓下來後，經過一番思考，他們決定採用金德這個姓。」他勉為其難地說出口，好像我硬逼著他把名字吐出來似的。「名字是伊麗莎白。朋友叫她麗姿。」

我依舊不慌不忙。我正在陽光和煦的午後，和一名戴巴拿馬草帽的矮胖紳士一起享用蘋果汁。沒有人趕時間。

「那麼，如你所說的，取得她的信任之後，我接下來要做什麼？」

「做什麼，當然是來向我報告啊。」他猛地喝斥，霎時不見適才的猶疑不定，只剩眼前怒氣沖沖的他。

•

我是個年輕的法國行商，名叫馬歇爾．拉馮坦，目前住在東倫敦哈克尼市一處印度人的居所，當然也有文件證明。第五天了。每天黎明一破曉，我便搭公車前往紀念公園跑步。多數清晨，都有六到七名跑者。我們跑步，然後氣喘吁吁來到體育館台階上，確認今天的跑步速度、相互較量成績。我們也會聊上幾句，然後分頭至淋浴間，之後彼此打氣、互道再見，明天也許還會再見面。這幾個跑友對我的法國名字多少覺得有趣，只是對於我沒有法國口音這件事略顯失落。我解釋說，因為我母親是英國人，她過世了。

執行偽裝任務時，一見鬆脫的線頭，就必須在事態延燒前斬草除根。

在三名較常出現的女性跑者中，麗姿（我們以名字互稱）是身材最高的，但絕不是跑最快的。事實上，她根本不擅長跑步。她跑步像是出於意志的行為，或是自律，或是為了自由。她很保守，顯然完全沒有意識到自己的美，渾身散發出一種男孩子氣。她腿長，一頭烏黑俐落短髮，長眉，一雙大而無辜的棕眼。就在昨天，我們第一次對彼此微笑。

「今天會很忙嗎？」我問。

「我們正在罷工。」她氣喘吁吁地回答。「八點必須前往支援遭解雇的人。」

「他們是哪裡來的？」

「我工作的地方。管理部門打算開除我們的工人代表。可能會持續好幾個星期。」

接著是再見、再見，下次見。

下次則是隔天，也就是星期六，顯然不用罷工站崗，今天大家需要的是逛街購物。我們在體育館的餐廳一起喝咖啡，她問起我的職業。我解釋說，我任職這家法國製藥公司，四處向當地醫院及診所兜售藥品。她說那一定很有趣。我說，呃，其實沒那麼有趣，因為我真正的興趣是學醫，但是我父親不這麼認為，因為我目前任職的這間公司是家族企業，他希望我從基層學起，以後掌管公司。我給她看我的名片。公司行號取自我虛構父親的名字。她蹙眉仔細審視名片，笑了一下，最後卻又是眉頭一皺，不滿問道：

「你覺得這是對的嗎？就一般認知上來說？家族裡的兒子繼承家族企業，只因為他是兒子？」

而我說不，我不但認為這是不對的，還備感困擾。我的未婚妻也很困擾，這也是我想要跟她一樣當醫生的原因，我欣賞我的未婚妻一如我愛她，我覺得，她真是人類的福音。

我讓自己有個未婚妻，是因為雖然麗姿散發出令我心神不寧的魅力，但在我有生之年，我決不再造就另一個鬱金香。也感謝這名虛構的未婚妻，我和麗姿才得以在運河邊散步，真誠地分享彼此的抱負，因為她知道，我深愛並崇拜著一名遠在法國的女醫生。

聊完彼此的希望及夢想後，我們便談及雙親，以及有部分外國血統的感覺如何。她問我是不是猶太人，我說不是。

在希臘餐廳喝下一壺紅酒後，她問我是不是共產黨員，我不再說我不是，反而開啟一個不著邊際的話題，說我無法下定決心要加入布爾什維克派或是孟什維克派[29]，可以請她提供建議嗎？之後，我們認真起來，或者她是認真的，並討論起柏林圍牆，它在我心中如此真實，我因此從未多加思考其存在的意義，在她心裡或許也一樣真實。

「我爸說，柏林圍牆是用來阻擋法西斯主義者的。」她說。

我說：「嗯，那也是一種看法吧，我想。」我因此惹惱她。

「那不然**你**覺得呢？」她質問道。

「我只是不認為，圍牆是用來阻擋別人。」我說。「比較像是用來把人關在裡面的。」

對此，我得到的是難以反駁且深思熟慮後的答覆：

29 布爾什維克派（Bolshevik）、孟什維克派（Menshevik），兩者為俄國社會民主工黨不同派別。

「馬歇爾，你知道嗎，我爸不這麼想。法西斯主義者殺了他的家人。對我爸來說，這就夠了。」

•

「彼得，小麗姿的日記裡滿滿都是關於你的事。」塔比莎露出她滿是同情、甜美的笑容說。「你真是個超有風度的法國紳士。你英文說得太好，她不自覺忘記你是法國人。世界上要是有多一些像你一樣的男人就好了。從黨的角度來看，你已經無可救藥，但你是人道主義者，你懂得愛的真義，只要稍微用點心，假以時日，你也許會有所領悟。她沒說要在你未婚妻的咖啡裡下砒霜，但她也不需要說出來。她還拍了一張你的照片，要是你忘記了的話。就是這張。她特別向她父親借拍立得。

照片中的我一身運動裝備，稍微靠在欄杆上，那是她要我擺的姿勢。接著她要我保持自然就好，不要微笑。

「恐怕這張照片也在他們的呈遞狀裡。可說是證物A。你果然是個手段高明的羅密歐，偷走了一個可憐女孩的心，帶她走上斷頭台。還真有一首歌是關於你的。」

•

「我們算朋友，」我對史邁利這麼說，這一次，可不是在陽光和煦的漢普斯特荒野公園裡喝著蘋果汁，而是回到畜舍，伴隨著樓上解碼機低沉的嗡嗡聲響，以及天賜行動姊妹們的打字機聲響為背景。

我還告訴他其他情報。她跟父母同住。沒有兄弟姊妹。沒有社交活動。父母會爭吵。父親遊走於猶太復國主義和共產主義之間。他從不會錯過猶太教徒聚會，也不會推辭同志的會議。母親則相當世俗。父親希望麗姿進入服飾業。母親則希望她接受教師訓練。但我總感覺，喬治早已知道這些，否則他一開始何必選她？

「但是我們納悶的是，伊麗莎白**自己**想要什麼？」他顯得若有所思。

「她想擺脫這一切，喬治。」我回答的語氣比我以為的更不耐煩。

「擺脫，總有個明確的方向吧？或只是為了擺脫而擺脫？」

要我說的話，最適合她的是圖書館。也許，一間馬克思主義圖書館。有一間位於高門區，她曾寫信自我推薦，可惜對方沒有回信。我跟喬治說，她在社區圖書館擔任志工，為仍在學習英語的移民小孩朗讀故事書。不過這些喬治應該早就知道了。

「那就要看看，我們能替她做什麼了，對吧？在你前往法國海邊消聲匿跡前，如果你能多陪在她身邊一陣子，那就太好了。你可以接受嗎？」

「不太能接受。」

我想，喬治對此也不太能接受。

•

又過了五天、兩次運河散步之後。一樣是晚上，在畜舍。

「你看一下她對這個會不會有興趣。」喬治建議道，同時遞給我一張從《超自然報導》季刊上撕下來的頁面。「你拜訪醫療院所時，偶然間在候診室看到的。薪水不怎麼樣，但我猜想她不會太介意。」貝斯瓦特靈異研究圖書館應徵助理圖書館員。意者請提供照片以及履歷，並向愛蓮諾拉・柯雷爾小姐提出申請。

•

「馬歇爾，我錄取了！」在運動俱樂部餐廳裡，麗姿邊揮舞著手中的信件，又哭又笑地對我說。「我錄取了，我錄取了！我爸說，我真該覺得羞愧，因為這是資產階級盲目崇拜下的走火入魔，而且肯定是反猶太的。我媽鼓勵我去，說這是爬上階梯的第一步。所以我就去了。下個月的第一個週一開始上班！」

她一放下手中的信，便不住地跳起來抱住我，說我是她最好的伙伴。這已經不是第一次，我多希望自己從未開口說我有個穩定的女友在法國等著我。我想，她也希望如此。

•

想惹惱我並不難，塔比莎也慢慢感受到了。

「所以，你一對她施展魔法魅力，便溜之大吉，去跟你的朋友艾列克說，你替他找到一個可愛又完美的共產黨女孩，他唯一要做的，是在同一間古怪的圖書館謀得一職，兩人很快就可以上床了。是這樣的嗎？」

「跟艾列克說任何事是不可能的。我和麗姿・金德的聯繫是天賜行動的一環。而艾列克不是天賜行動的知情者。麗姿爭取到圖書館那份工作後，她和艾列克之間發生的事都跟我無關，我也沒被告知。」

「那麼，你從喬治口中得到的命令，關心偽裝墮落的艾列克・利馬斯，直到他酗酒、崩潰、變節，**到底**是為了什麼？」

「要和他維持友誼，依事態發展隨機應變。要記住，隨著行動進展，我的行為也會和艾列克一樣受到對方嚴密監控。」

「所以，與此同時，老總給利馬斯下的指示，大致上如下，有任何錯誤，也請你指正：艾列克，我們知道你痛恨美國人，那你就去那邊，更變本加厲的憎恨他們。我們知道你海量，那就再多喝一點。我們也知道，酒過三巡，你會想大展身手。你不用覺得你必須有所節制，時候一到，你只需放手一搏，自甘墮落。大概是這樣？」

「艾列克必須用他認為最恰當的方式挑釁對方。他是這麼跟我說的。」

「**老總**這麼跟你說的？」

她是意有所指嗎？她是誰的人？一下子來到觸手可及的真相之處，一下子又倏地轉向，一副真相會灼傷她似的？

「都是史邁利告訴我的。」

•

利用午休時間，我和艾列克在距離圓場幾分鐘腳程的酒吧裡喝酒。老總給了他最後一次機會自我約束，安排他到出納部門的基層，指示他竊取所有他弄得到手的情報。雖然艾列克並未對我明說，而我也不確定他對我知情的程度了解多少。總之，我們下午一點碰面，眼下已經兩點半；要是你在基層，午餐時間就是一小時，絕不通融。

幾杯啤酒下肚，他又貪杯喝起蘇格蘭威士忌，而且午餐只有一包洋芋片沾辣醬。他大聲發起牢騷，抱怨如今圓場裡的一堆狗屁怪胎，戰時那些好人都到哪裡去了，現在高層也只關心怎麼拍美國人馬屁。我全神貫注聆聽，但並未開口多說什麼，因為我無法完全確定，眼前艾列克的一言一行真實成分有多少，又有多少是在演戲，也不確定他是否在演戲——的確應該如此。要不是我們走出酒吧、來到車流呼嘯而過的人行道上時，他忽地攫住我的手臂，否則，我真感覺不到真實。有一瞬間，我以為他會揍我。反之，他卻張開雙臂擁抱我，一如他正在扮演的愛爾蘭醉鬼一樣，而眼淚自他滿是鬍渣的臉頰上滑落。

「我愛你，聽見了嗎？皮爾洛。」

「我也愛你，艾列克。」我如虛應故事般地回答。

在他推開我之前，他說：「告訴我。只是參考一下。去他媽的天賜到底是什麼？」

「只是一個祕密情報處經營的線人。怎麼了？」

「有天那個拉皮條的海頓幾杯黃湯下肚後，跟我說的。祕密情報處有個了不起的新線人，為什麼沒人讓聯督也參一腳？你知道我怎麼回他的嗎？」

「你怎麼回？」

「我說，要是由我掌管祕密情報處，某個聯督的人跑來跟我說：你最重要的線人是誰？我會一腳踢在他的卵蛋上。」

「結果比爾回答什麼？」

「他叫我去死。你知道我又回了什麼嗎？」

「不知道。」

「你那雙玉手給我離喬治的老婆遠一點。」

•

深夜時分的畜舍裡。也總是深夜時分。畜舍是一棟活在夜裡的房舍、存在於無法預測的風浪中。前一刻，我們盡皆了無生趣地等待，下一刻，自前門傳來一陣沓雜，以及一聲吵嚷「開門做生意了！」然後，只見吉姆．普里多和天賜行動最新的一批珠玉寶器晃了進來。這些珠玉寶器以微點或是碳寫的方式抵達，可是吉姆親自從禁區內的祕密信箱中帶出來的，也是一次在布拉格某處窄巷裡，天賜在和吉姆短暫密會後，當面交給他的。倏地，我拿起電報，在樓梯間上上下下地忙碌奔跑，俯身桌前以內線通知白廳客戶，天賜姊妹們的打字機嗒嗒地響了起來，班的解碼機則穿透地板，傳來咕嘟聲響。接下來的十二個小時，我們會持續破解穆恩特的原始資料，而後和大量的假情報交叉散布出去——這裡發一些訊號情報，那裡傳一些電話監聽及電訊攔截等——維持這些真假情報在各方活躍，僅極少數異常高階且可靠的情報在其中，而這些便以魔法天賜為名，僅限忠誠的讀者閱覽。今晚是風暴之間的平靜。這一次，喬治全程隻身待在中室裡。

「幾天前，我碰巧遇見艾列克。」我開口道。

「彼得，我以為我們都同意，你和艾列克會漸形漸遠。」

「關於天賜行動，有些我不了解，但我認為我應該了解……」我直接切入準備好的說辭。

「**應該**？是誰的命令？彼得，我的老天啊。」

「不過是個簡單的問題，喬治。」

「我還真不知道我們處理的，是簡單的問題呢。」

「艾列克的任務到底是什麼？就這樣。」

「做他現在正在做的事，你很清楚。變成怒氣沖沖的生活失敗者。遭當局摒棄。表現出一副忿恨不平、懷恨在心、容易被誘惑、收買的樣子。」

「但**意圖**是什麼？最終想達到什麼目的？」

他越來越顯不耐煩。他正要開口，隨即又深吸了一口氣，而後才開始回答我的問題。

「你的朋友艾列克·利馬斯受命，大肆張揚他經過認證的性格缺陷。為了確保這一切能吸引對方的獵人頭部門注意，同時將他握有可觀的祕密情報這件事散播到市場上，這除了需要我們當中的某個叛徒或一群叛徒的舉手之勞之助，為此，我們甚至還加了一些錯誤訊息。」

「所以是個標準的雙面間諜假情報行動。」

「再加上一些刻意的安排。沒錯。是個標準的行動。」

「只是，他好像以為，他的任務是要做掉穆恩特。」

「嗯，那他也不算弄錯，不是嗎？」喬治當下回擊，語氣毫不遲疑、未流露一絲情緒。

眼下，他透過圓形眼鏡怒目瞪視著我。直到此時，我以為我們應該會坐下來，未想我們竟依然站著，我可是比喬治高出許多。然我卻震懾於他那毫無抑揚頓挫的語氣，我禁不住想起他和穆恩特訂下惡魔契約後不久，我們在警察宿舍的那一次會面。

「彼得，艾列克·利馬斯是專業的，和你一樣，也和我一樣。如果老總沒有讓艾列克一覽此次任務的細節，那對他更好，對我們也很好。他一步也不能錯，更不得背叛。倘使他的任務以非他所預期的方式成功了，他也不會覺得被蒙在鼓裡。他只會覺得，自己達到要求。」

「但是穆恩特是**我們的人**！他是我們的欒子——他就是天賜！」

「謝謝你提醒。漢斯狄特·穆恩特是當局的情報員。為此，必須不計任何代價地保護他，讓他免於被那些猜中他的身分，成天只夢想著陷他於絕境、要接掌他的工作的人所害。」

「那麗姿呢？」

「伊麗莎白・金德？」他一副忘了這個名字，或是我發音有問題似的。「隨事態發展，伊麗莎白・金德會自然而然做出最正確的反應：說實話，沒別的了，就只要說實話。你得到你想要的所有答案了嗎？」

「沒有。」

「真令人羨慕。」

12

又是另一個早晨，不同的是今天灰濛濛的，搭上公車之際，細雨飄落整個海豚廣場。出於偶然，我提早抵達畜舍，只見塔比莎已經安坐於此，等待我的到來，也因取得一綑政治部[30]監視報告而顯得心滿意足。她宣稱，這些資料無意間出現在她家門階上。當然，她不清楚這些資料是否可靠，也不知道是否派得上用場，但我無論如何不得向任何人吹噓她拿到這些資料。凡此種種，無不提醒我，她有個朋友在政治部，而這些報告就是名副其實的監視報告。

「我們開工吧，就這個。到底是誰要求政治部在艾列克身邊神出鬼沒的，一點暗示也沒有。只說是依照廂房指示——廂房，我猜，是當年警方對圓場的稱呼，對嗎？」

「對。」

「你有沒有概念，是廂房裡的**誰**對政治部提出這項要求？」

「聯督吧，或許。」

「聯督裡的誰？」

30 Special Branch，指處理國家安全情報的單位。

「誰都有可能。博朗德、艾勒林、艾斯特海斯。甚至海頓他本人。更有可能是海頓授權給他的手下，這樣他才不必親自介入。」

「而且是由政治部指揮監視行動，而不是你們在安全局的好朋友？這樣的程序是對的嗎？」

「完全沒錯。」

「因為？」

「因為安全局和情報局痛恨彼此。」

「那怎麼不直接找我們那些了不起的警察呢？」

「警方討厭安全局老是多管閒事，但也討厭圓場，因為我們盡是群目中無人的娘娘腔，人生的任務就是要違反紀律。」

對此她通盤想了好一會兒，接著一雙藍色哀傷的眼睛確確實實地審視我一番，同樣思考了好一會兒。

「有時候你會很有自信，讓人以為你知道得很多。這一點我們必須小心注意。我們為之抗辯的，是一名被捲入歷史事件急流裡的年輕官員，而不是一個想隱藏大祕密的人。」

•

政治部指揮官致廂房。最高機密／警戒

主旨：銀河行動

我手下的人員在就定位前，先針對目標雙人組目前的活動進行了詳實的背景考察，包括各自的就業模式、生活方式及同居關係。

兩人目前皆在貝斯瓦特研究圖書館擔負全職工作，這是一處私人機構，擔負管理之則的，是愛蓮諾拉．柯雷爾女士，屆齡五十八的單身女士，行為舉止皆異於常人，警方從未和她打交道過。在不知道對方是我方人員的情況下，柯雷爾小姐肆無忌憚地透露了這對情侶的相關資訊，如下所述：

「金星」，柯雷爾小姐稱她為「親愛的麗姿」，在過去六個月以來擔任她的全職圖書助理，在她看來無可挑剔，準時、有禮、聰明、個人習慣良好，學習速度快而且態度認真，寫了一手好字，「以她的階級來說，算是談吐得宜」。柯雷爾小姐對於她的共產見解沒有異議，僅公開「規定她，不要把這些帶進我的圖書館。」

「火星」，柯雷爾小姐稱他為「骯髒的利先生」，於圖書館重新規畫期間，受雇為全職第二助理，在她看來他「令人相當不滿意」。她曾兩次向該區的人力仲介機構抱怨他的行徑，但都沒有下文。她形容他邋遢、粗俗、超時午休，經常「散發出一股酒味」。她厭惡他每每被斥責，就會刻意裝出一副濃濃的愛爾蘭口音回應，要不是她親愛的麗姿（金星）替他求情，她雇用他的第一個星期就想叫他走人了。兩人之間有種「不健康的」吸引力，儘管他們的年齡及外貌天差地遠，在柯雷爾小姐看來，兩人之間，可能已發展到親密關係。否則的話，只相識兩星期的兩人，為什麼會在早上同一時間上班，況且她還不止一次親眼目睹他們手牽手，當時兩人可不只是在傳遞書本。

接著，我方人員若無其事地問起火星任職的前一份工作為何，柯雷爾小姐回答說，依照人力仲介提供的資料，他先前在「一間銀行擔任某個無足輕重的職員」。對此，她只能說，難怪最近銀行會淪落至此。

監視

我方人員選擇當月第二個星期五做為觀察的第一天，這天正是英國共產黨金販路支部主辦參觀日的日子，位於金販路上的兄弟會廳大門將為左翼各路人馬敞開。近日，由於金星搬到貝斯瓦特區，她便調離原所屬黨部電報街至金販路。常態參與此活動的，包括社會主義工人黨、激進勢力、解除核武運動組織，以及我們單位的兩名臥底人員，一男一女，以便於進入洗手間。

目標情侶下午五點半自圖書館離開，兩人先在貝斯瓦特街上的「女王軍」酒吧停留，火星喝了一大杯威士忌，金星則喝了杯氣泡酒。之後兩人備受期待地於七點十二分抵達兄弟會廳。而這天晚上的活動主題是「和平的代價？」大廳足以容納五百零八人，這次活動有來自不同膚色及階級共計一百三十人參加。火星和金星兩人及時入座，座位在後排靠近出口的地方。金星在同志間很受歡迎，不時有人對她點頭微笑。

共產主義社運人士兼新聞工作者帕爾米．杜特發表簡短的開幕致辭後，隨即離開大廳，由其他次要講者接續上台，最後一名講者是伯特．亞瑟．盧溫斯，也是貝斯瓦特街上盧溫斯人民雜貨店的老闆，他自稱是托洛斯基主義者，曾因煽動暴力、衝突及其他刻意擾亂公共秩序的行為而為警方所知。

在盧溫斯取得發言權之前，火星一直表現出一副悶悶不樂、百無聊賴的樣子，打呵欠、打瞌睡，不時豪飲一口攜帶式酒壺以重振精神，只是壺中的內容物不明。盧溫斯那種盛氣凌人的樣子反而讓他從睡意中清醒，據我方人員所述，他不期然地舉起手，企圖引起身兼金販路黨支部財務主委的大會主席比爾．弗林特注意。主席遵循參觀日要點，適時邀請火星報上姓名，並向講者提問。我方人員分別於會議中及會議後記下雙方爭鋒相對的內容，經整理後，記述如下：

火星（操愛爾蘭口音，報上姓名）：圖書館員。我有個問題想請教，同志。你是在跟我們說，我們應該停止對抗蘇聯威脅的軍事武裝，因為蘇聯並未威脅任何人。我這麼說，對嗎？立刻放棄軍備競賽，用這筆錢來買啤酒？

（笑聲）

盧溫斯：嗯，這位同志，我沒聽錯的話，這麼說是過度簡化了。不過沒關係。要是你想這麼解釋的話，也行。

火星：照你的說法，我們應該擔憂的真正敵人是美國。美國帝國主義。美國資本主義。美國的侵略行為。還是說，我又過度簡化了？

盧溫斯：這位同志，你的問題是？

火星：嗯，是這樣的，同志，如果他們正是我們應該害怕的傢伙，那我們不該全副武裝對抗美國威脅嗎？

盧溫斯的回答被笑聲、憤怒的譏諷以及零星的掌聲淹沒了。火星和金星從後門離開。一來到人行道，他們似乎激烈爭辯了起來，所幸爭論不過持續一會兒，接著便挽著手臂朝公車站而去，至多稍事停留擁抱彼此。

附記

比對兩人的筆記時，發現我方人員不約而同記錄了一名年約三十、穿著得體、中等身材的男子，一頭濃密鬈髮，外表女性化，對方緊跟著目標情侶離開會議地點，尾隨兩人來到公車站搭上同一班公車，隨即坐在下層，目標情侶則喜歡坐在上層，好讓火星方便抽菸。情侶一下車，對方也跟著下車，並目睹他們走進公寓，直到三樓某盞燈亮起，他立刻走到一處電話亭。我方人員未接獲命令追蹤相關目標，因此並未企圖查出此人身分或住處。

•

「看來，這個崇高計畫的成效不錯。森林裡的野獸開始嗅聞你拴著的羊。就是那名年約三十、穿著得體、外表女性化的男子。對嗎？」

「那不是我的羊，是老總的。」

「不是史邁利的？」

「把艾列克暗中安插到對手陣營這件事上，史邁利不過是配角。」

「這也是他要的？」

「我想是。」

我察覺到另一個塔比莎現身了，或者說，這才是真正的塔比莎，而她正伸出利爪。

「你之前看過這份報告嗎？」

「只聽說過實際的行動。」

「在這間屋子裡聽到？和其他天賜知情者？」

「是的。」

「所以，在場的無不歡欣鼓舞。耶！他們上鉤了。」

「差不多。」

「你聽起來好像不是很肯定。就你個人而言，這整個行動讓你很反感，是嗎？你希望擺脫一切，卻找不到方法？」

「我們依命令行事。而且，行動正順利進行中。我為什麼要覺得反感？」

她一副想對此提出質問似地，卻又改變心意。

「我**超愛**這個的。」她說道，把另一份報告推到我面前。

政治部指揮官致廂房。最高機密／警戒

主旨：銀河計畫。報告（六）

無端挑釁攻擊盧溫斯人民雜貨店老闆伯特・亞瑟・盧溫斯，其商店以合作社形式經營，位於貝斯瓦特路上。事發時間為一九六二年四月二十一日，下午五點四十五分。

有鑑於本案性質無可爭議，以下資訊便透過非正式管道向未被傳喚至法庭的證人取得。

事發之前的一個星期，火星似乎已習慣在日間非特定時間裡，醉醺醺地來到盧溫斯的店面，表面上是以登記在金星名下、而他亦可動用的月付支出帳戶購物，實際上卻是企圖挑起和盧溫斯之間的言辭交鋒，一開口便是大聲且挑釁的愛爾蘭語氣。出事當天，我方人員觀察到，火星裝滿一整籃食物，包括威士忌在內，共計四十五鎊左右。被問到此次購物要以現金結，或記在金星帳戶上時，火星的回答，我引述如下：「記帳啦，你個渾球，操你的在想啥？」再加上一些大意是說，身為全額付費的飢餓群眾之一，他有資格享有來自富裕世界他應得的部分。盧溫斯提醒他，金星的帳戶已經超支，不能再記帳，他卻不予理會，並逕直拿起裝著滿滿未結帳商品的購物籃朝向出口處。與此同時，前述那個盧溫斯從櫃檯後方走了出來，以強硬的語氣命令火星立刻放下籃子、離開店裡。火星無視於此，更未進一步爭辯，隨即以迅雷不及掩耳的速度朝盧溫斯腹部及鼠蹊部猛出拳，最後一記肘擊打中他的右臉。

在店內顧客驚聲尖叫、盧溫斯太太撥打九九九緊急求助電話的當下，他並未企圖逃走，火星顯然毫無悔意，僅不斷對著他不走運的受害者叫囂。

我手下一名相對年輕的同事事後評論道，他很慶幸自己當時並未在場，否則他會覺得自己有責任解除偽裝並出手介入；他甚至直言，他懷疑自己是否有能力單獨面對這名加害者。

制服員警總算迅速趕到，攻擊者並未拒捕。

•

「所以我的問題是：你事先就知道，艾列克會出拳攻擊可憐的盧溫斯先生嗎？」

「原則上知道。」

「什麼意思？」

「他們在等待時機，等待艾列克自斷退路、不留餘地。他出獄後，一貧如洗，退無可退。」

「他們是指老總和史邁利。」

「是的。」

「但不是你。那不是你的原創妙計，不是你一手編造，再由你的上級、前輩剽竊你的想法嗎？」

「不是。」

「我擔心的是，也許你私底下曾經慫恿艾列克。或者，對方假設你曾經這麼做。驅使你那可憐不成氣候的朋友墜入更深的深淵。還好你沒有，真是讓人鬆一口氣。艾列克從圓場出納部門偷拿的錢也是一樣，那是另外六個人要他這麼做的，不是你，對吧？」

「我認為是老總。」

「很好。所以艾列克是為了上級命令才刻意挑釁，你是他的同夥，不是壞心眼的軍師。而且，據信艾列克對此一清二楚，對嗎？」

「我認為是。沒錯。」

「那麼，艾列克也知道你是天賜行動的知情者嗎？」

「他當然不知道！他怎麼會知道？他根本對天賜行動一無所知！」

「嗯，沒錯，我就怕你會不自覺激動起來。不介意的話，現在我要回去做點功課，你不如隨意翻翻這些恐怖內容。英文翻譯很嚇人。但是據我所知，這就是原始資料。讓人不住懷念起政治部行文之美。」

摘錄自迄今未曾揭露之史塔西檔案（標示為二〇五〇年前不得揭露），基於倫敦中西區瑟葛魯夫、羅夫及巴納巴斯法律事務所的委託，由法院核可的口譯、筆譯人員扎拉恩．波特摘記並翻譯。

門在她後頭闔上，我被一陣無以名狀的憤怒攫住。她要上哪兒去？去她媽的！她怎麼可以就這樣從我面前走掉？去向堡壘裡的同夥回報這番令人屏息的說辭嗎？這就是她的把戲嗎？他們遞給她一堆政治部報告，跟她說：**用這些去試探他的口風**？真如此嗎？絕對不是，我很清楚。塔比莎是所有被告的善良天使。她溫柔憂傷的眼神放得比邦尼及羅拉更遠。這我也很清楚。

•

眼前的艾列克靠在滿是灰塵的窗邊，往外凝視。我坐在屋內唯一一張扶手椅上。地點是派丁頓區一間按小時計費的商務旅館樓上的房間裡。今早他撥打馬里波恩未註冊的樂子專線給我：到公爵夫人找我，六點。普瑞德街上的奧爾巴尼公爵夫人是他的巢穴之一。他形容憔悴、滿眼血絲、顯得焦躁不安，拿著酒杯的手不住顫抖。急促、顯得迫不得已的話語，斷斷續續的脫口而出。

「有這麼個女孩，」他說道：「天殺的共產黨人。不能怪她。也不能怪她的出生。總之，有什麼好怪的呢？」

耐心等待。不要多問。他會向你明說他想要什麼。

「我告訴過老總。不要扯上她。但我不相信那個老江湖。你永遠不知道他打什麼主意。搞不好連他自己都不曉得。」接著，他望著下頭的街道陷入沉思。我感同身受，一逕地沉默不語。「總之，他媽的喬治到底躲到哪裡去了？」他不期然轉過頭來，一臉指責地面對我。「有天晚上，我和老總約在貝瓦特街密會。天殺的喬治竟然沒出現。」

「這陣子，喬治為了柏林的事，簡直分身乏術。」我的回答顯得相當不誠懇，而後我等著他有所回應。

艾列克決定模仿老總那種老學究的刺耳聲調：

「**艾列克，我要你替我解決掉穆恩特**。**讓世界變得更美好**。**你願意嗎，老小子**？他媽的我當然願意。那雜碎殺了瑞梅克，不是嗎？毀掉我半數去他媽的情報網。喬治也曾說，放手去做，大概一、兩年前。很難放手一搏啊，不是嗎，皮爾？」

「是很難。」我衷心同意。

他發現我聲音裡的虛假成分了嗎？他喝了一口威士忌，繼續盯著我看。

「你不會剛好見過她吧，皮爾？」

「見過誰？」

「我女友。你很清楚我在說誰。」

「我怎麼可能見過她，艾列克？你在胡扯什麼？我的老天。」

他總算別開臉。「她認識的一個人。聽起來很像你。就這樣。」

我笑著搖搖頭，不置可否地聳聳肩，一臉困惑的樣子。艾列克再次陷入沉思，向下凝視人行道上來往的行人在雨中疾行。

•

主旨：英國法西斯情報員對漢斯狄特‧穆恩特同志的不實指控。人民法庭對漢—狄‧穆恩特全面、完整且完全的無罪申告。殲滅企圖逃跑中的帝國主義間諜。呈交德意志社會主義統一黨主席團。

一九六二年十月二十八日

如果對漢斯狄特‧穆恩特進行裁判的星室法庭[31]不過是場烏龍，那麼審判的官方紀錄就更慘不忍睹了。前言可能根本出自穆恩特之手。也許真的如此。腐敗又令人作嘔的反革命煽動分子利馬斯，眾所周知的敗德、嗜酒如命的中產階級機會主義者、騙子、好女色、暴徒，著迷於金錢且痛恨進步。悉心搜羅這些邪惡猶大的虛假證詞的，乃是一名全心奉獻的史塔西執勤人員，對方出於真誠的信念，不得因他引蛇入洞，鑽進致力於對抗法西斯帝國主義勢力的心臟地帶而加以責罰。這場審判可謂社會主義正義的勝利，使人更嚴加警惕資本主義間諜及唆使者的陰謀策畫。自稱伊麗莎白‧金德的女子不過是個同情以色列的政治白痴，不但被英國祕密情報局洗腦、被前任情人所迷惑，還天真地被引入西方陰謀的陷阱中。甚至大騙子利馬斯都已經坦承他的罪行了，女人金德依舊背信忘義，協助他逃亡，為此欺瞞行為，她已付出一生代價。

31 Star Chamber，英國十五世紀末至十七世紀中的法庭。原目的是審判權貴人士以確保公平執法，後來成為濫用權力的代名詞。

結語則是大力讚揚民主社會主義無所畏懼的守衛者，在她企圖逃亡時，毫不猶豫地開槍射殺。

•

「那麼彼得，我們就用一般人聽得懂的話，重播一次這個爛透的恐龍審判。你準備好了嗎？」

「都好。」

她語氣尖苛、帶有目的性，砰地一聲重重坐在我對面，猶如一名共產黨人民委員。

「做為費德勒的珍貴證人，艾列克帶著抹黑穆恩特的縝密計畫現身星室法庭，對嗎？費德勒向法庭告發，所有故弄玄虛的資金流向最後全數流進穆恩特口袋裡，對嗎？根據費德勒的說法，他一口咬定穆恩特假冒外交官於英國期間，遭帝國主義反動勢力、亦即圓場所逮捕，終致變節。我們手邊有張清單，詳列出據說是穆恩特出賣給他西方主人的所有驚人國家機密，用以賺取背叛的髒錢。這些一開始讓法庭上的法官們目不轉睛，直到什麼事發生了？」

她那甜美的笑容早已消失。

「直到麗姿出現，我想。」我吞吞吐吐答道。

「直到麗姿出現，沒錯。冒出個可憐的麗姿，因為她什麼都不知道，所以她徹底推翻了親愛的艾列克適才對庭上坦承的一切。她的所作所為，你事先知情嗎？」

「我當然不知道！我邪門了怎麼可能知道？」

「就是啊，你怎麼會知道？你有沒有注意到，是什麼**擊垮了**麗姿，還有她的艾列克？正是在她提到喬治．史邁利的名字的那一瞬間。她既無辜又單純地向星室法庭承認，有個喬治．史邁利，在一個較年輕的男性陪同下，在艾列克神祕失蹤後不久突然來訪，並告訴她，她的艾列克正在做一件了不起的工作，並暗指他是**為了國家**，而且一切都會很好。你的喬治還留了**名片**給她，確保她不會忘記今天的事。無論如何，**史邁利**這個名字根本不容易忘，而史塔西更是一點也不陌生。對喬治這種狡猾的老狐狸來說，這麼做實在不妥，你不覺得嗎？」

我說了一些即便是喬治，時不時也會失手之類的話。

「隨行的那個年輕男性，該不會是你吧？」

「不！不是我！怎麼可能是我？我是**馬歇爾**，妳忘了嗎？」

「那會是誰呢？」

「有可能是吉姆。吉姆．普里多。他剛過來。」

「過來？」

「從聯督轉到情報處。」

「他也是天賜行動知情者嗎？」

「我相信是。」

「只是相信？」

「他是。」

「那麼可以的話，跟我說說，當艾列克・利馬斯接下任務，要不計任何代價搞垮穆恩特時，他以為提供圓場那些可口天賜情資的匿名線人是何許人？」

「不知道。我從沒和他討論過。也許老總和他談過。我不清楚。」

「不如我換個方式說吧，也許容易一些。就在動身趕赴這場致命旅程的當下，可能是歸根究柢、據推論、以消去法來看，或是以無意間透露的口風判斷，艾列克・利馬斯爛醉的腦袋突然意識到，喬瑟夫・費德勒是他要保護的重要線人。所以令人作嘔的漢斯狄特・穆恩特非除掉不可。這麼說公平嗎？」

我聽到自己不住大聲了起來，卻難以抑制：

「**見鬼了**，我怎麼會知道**艾列克**想什麼或是沒有想什麼？艾列克身處第一線。站在第一線時，你不會多想下一步。時值冷戰期間。你有任務在身。你只能往前！」

我說的是艾列克？還是我自己？

「那麼，願意的話，幫我解一下這個糾結的小難題。你，彼・貴蘭姆，是天賜行動的知情者。對嗎？非常、非常少數的其中一人。我可以繼續嗎？好。艾列克顯然**不是**全然的知情者。他所知道的是，有個東德的超級線人，或是一群線人，統稱為天賜。他也知道，他、她或他們聽命於祕密情報處。但是他對我們眼下待著的地方一無所知，也不知道你們到底在這個地方盤算著什麼。對嗎？」

「我想是的。」

「他**不是**天賜知情者，這件事至關重要，也是你從一開始就一再重申的。」

「**所以呢**？」我疲憊至極反問道。

「嗯，如果**你**是天賜行動知情者，而艾列克**不是**，那你到底知道哪些艾列克不能知道的事？或者，你要行使緘默權？我不建議。不只是因為跨黨派調查委員會的人正等著將你大卸八塊，坐在你面前溫馴的陪審團也正伺機而動。」

•

我內心暗忖，這便是艾列克經歷的一切：為無望的案子進行抗辯，親眼見證案子在自己手中支離破碎，尤其這一次，不會有任何人能夠安享天年，好好走向人生終點。我的美好人生依恃的，竟是個站不住腳的瞞天大謊，我甚至承諾過不會背棄它，它卻因我而漸漸下沉。可惜，眼前的塔比莎毫不客氣：

「那麼我們來談談**感覺**吧。我們可以換換口味，談一下感覺嗎？我總認為，這比事實更有意義。聽到可憐的麗姿突然站出來，摧毀艾列克的心血，**你個人**有什麼感覺？與此同時，她還一併摧毀了可憐的費德勒。」

「我沒有親耳聽到。」

「你說什麼？」

「沒有人接起電話，說：**聽到審判的最新消息了嗎**？我們是透過東德的新聞快報才知道。揭發叛國者。費德勒大勢已去。資深安全官無罪開釋。那是幸運兒穆恩特。而後，我們才得知囚犯戲劇化逃脫、展開全國通緝。然後，我們接獲消息……」

「想必是在圍牆那頭的射殺事件？」

「喬治在現場。喬治親眼目睹。我沒有。」

「當時你就坐在這裡，就在這個房間裡，或是站著，來回踱步，不管你當時在做什麼，壞消息一點一滴地流了進來。現在這樣了，現在又那樣了，不斷不斷地有消息進來，你的感覺又是如何？」

「天殺的，妳以為我當時在做什麼？請大家一起來開香檳嗎？」我試著恢復鎮定，同時回想了一下。「我當時想的是，天啊，可憐的女孩。無端被捲了進去。來自難民家庭。徹頭徹尾愛上了艾列克。無意傷害任何人。迫不得已必須坦承這一切，實在太可怕。」

「**必須**？你的意思是，她**故意**出現在法庭上？她**有意**要救那個納粹、害死那個猶太人？聽起來一點也不像麗姿會做的事。到底是誰會叫她做出這種事？」

「天殺的沒人叫她去做！」

「那可憐的女孩，甚至不知道自己為什麼會出現在那場審判中。在東德一個晴朗的日子裡，她受邀參加一場黨內同志的盛大派對，忽然間，她置身恐龍法庭，對愛人做出不利的證詞。你聽到這件事時，有什麼感覺？我是說你個人。然後你聽到兩人在圍牆那頭慘遭殺害。據說是逃跑時遭射殺。你想必是很難過吧。一定非常難過。」

「當然。」

「所有人都很難過？」

「所有人。」

「包括老總？」

「我恐怕不擅長解讀老總的感覺。」

又來了，她又面露苦笑。

「那麼你的喬治叔叔呢？」

「他怎麼樣？」

「他又做何反應？」

「我不知道。」

「為什麼不知道？」她厲聲問道。

「他不告而別。一個人去了康沃爾郡。」

「為什麼？」

「去走走，我猜。他大多去那裡散心。」

「去多久？」

「幾天。也許一個星期。」

「那他回來以後，心情變好了嗎？」

「喬治一直是喬治，無所謂變或不變。他每次離開，都只是為了恢復往常的沉著。」

「他這次恢復了嗎？」

「他什麼也沒說。」

對此她想了一下，看似猶豫著要不要停止這個話題。

「從任何方面看來，這計畫都不算成功嗎？」她想了一下又再次開口，「就第一線的成果來看呢？或者說，無論從哪方面來看都沒有意義，這不過是任務前線的附帶損失，是很慘烈、很糟糕，但還是達成任務了。沒有一點這種感覺嗎，就你所知？」

完全一樣。她的聲音一樣溫吞，笑容依舊溫柔。真要說有什麼不同，她的態度甚至比先前更顯和善。

「我想問的是：就你記憶所及，你是**何時**知道——穆恩特抗辯勝利並不是真的一敗塗地，反而是在偽裝之下，一場大規模情報行動的出奇制勝？而麗姿．金德則是讓這一切發生的必要催化劑？你知道的，這攸關你的抗辯。你的企圖、你事前所得知的、你是共謀。這其中任何一項，都足以讓你站得住腳，或是直接扳倒你。」

一片死寂。塔比莎打破沉默，泰然自若地詢問道：

「你知道，我昨晚夢見什麼嗎？」

「我見鬼了怎麼會知道？」

「我正在進行職責調查，奮力地爬梳史邁利命令你撰寫、卻又決定不呈交的冗長報告。我禁不住懷疑，有沒有可能，那個奇怪的瑞士賞鳥人結果是圓場本地安全護衛部門的成員之一。接著我自問，為什麼史邁利不交出這份報告？所以我又做了更多的職責調查，在被允許的範圍內追根究柢。但是不管我怎麼死命地找，就是找不到那段期間有誰測試過四號營的防衛系統，更不用說有關反應太過激烈的臥底痛毆四號營警衛的事。所以，根本沒什麼靈光乍現來促成這其他所有事。另外，也沒有鬱金香的死亡證明。

沒錯，我們都知道那可憐的女孩未依正常管道入境，但也不太可能有醫生願意在死者身分不明的死亡證明上簽名，就連圓場的醫生也一樣。」

我瞪視著前方，努力佯裝出我覺得她瘋了的樣子。

「所以我的解讀是這樣的：穆恩特被派來謀殺鬱金香。他確實殺了她，可惜老天爺不站在他那邊，於是他被逮個正著。喬治對他好言相勸。當我們的間諜，否則後果不堪設想。他同意了。源源不絕的可口情報傳來，竟突然陷入危機。看來，費德勒識破他。於是老總出手，使出令人反感的絕招。喬治也許不太苟同，但是他一如既往地履行職責。沒有人想得到，艾列克和麗姿會慘遭射殺。這一定是穆恩特的計畫：殺了信差，換一夜好眠。就連老總也無法預見這即將發生的事。你的喬治直接退休，誓言絕不再從事諜報工作。我們因而更加愛戴他，即便退休的日子沒持續多久。他還是必須回來活捉比爾．海頓，而他的表現精采絕倫，我們很是感激。而你自始至終支持他，對此我們只能鼓掌喝采。」

我腦中一片空白，所以我並未開口。

「雪上加霜的是，星室法庭一做出裁決，穆恩特便被召到莫斯科出席巨頭會議，自此人間蒸發。所以掰掰，再也不用期望他可以及時在莫斯科中心揪出圓場叛徒。想必是比爾．海頓先下手為強。我們可以多談一些你的狀況嗎？」

我反正阻止不了她，何必多說什麼呢？

「如果我可以主張，天賜並**不是**爛攤子，而是個狡詐又純熟的諜報行動，由此獲得難以數計的頂級情報，只可惜在最後一刻脫軌，我幾乎可以確定，跨黨派調查委員會的諸位會立刻收手，不再堅持。至於麗姿和艾列克？是悲劇，沒錯，但在當時的情況下，為了更偉大的理想，他們是可被接受的損失。我這麼說，說服你了嗎？沒有。噢，親愛的。我只是提議而已。因為我不認為有其他說法可以為你辯護。事實上，我相當確信，這是唯一說法。」

她已經開始收拾她的隨身物品：眼鏡、開襟羊毛衫、面紙、政治部報告、史塔西報告。

「你說什麼了嗎？心肝？」

有嗎？我們兩人都不確定。她停手收拾。手中的公事包半開安放在膝上，並等著我開口。婚戒戴在食指上。怪的是我之前完全沒注意到。不知道她的先生是何許人。很可能已經過世。

「聽我說。」

「我在聽，心肝。」

「妳那荒謬的假設，我們或許可以接受……」

「就是這個狡詐又純熟的計畫奏效——？」

「理論上，接受這個假設，即便我完全不……等等，妳是在認真地告訴我，在不可能的情況下，相關證據紀錄應該曾經曝光……」

「我們知道不會曝光，但若曾經曝光……是要牢牢鎖上才對啊……」

「妳是在告訴我，一旦這不可能發生的事真發生了，這場控訴……這個罪名……訴訟……這整個不管是針對誰——我或喬治，要是找得到他的話，或對當局……這整件事都會一筆勾銷？」

「你給我證據，我就替你找法官。此時此刻，禿鷹已經在聚集。你不出席聽證會的話，跨黨派委員會就會擔心最壞的事發生了，並依此採取行動。我跟邦尼要你的護照，那畜生不肯給。不過他會延長你在海豚廣場的住宿期限，條件一樣吝嗇。一切都有待討論。明天早上同一時間，你可以嗎？」

「十點，可以嗎？」

「我會準時到。」她回答。我說，我也會準時到。

13

當真相追上你，不要逞英雄，快逃。但我留心腳步，不急不徐地走進海豚廣場，上樓來到那處我心裡清楚，我再也不可能留下過夜的安全公寓。拉上窗簾，對著電視機莫可奈何地嘆了口氣，然後關上臥室門。從防火須知後頭的祕密信箱中取出法國護照。因應逃跑，有個儀式可讓人鎮定下來。穿上一套乾淨衣物，刮鬍刀塞進雨衣口袋，其他的都留在原處。我下樓來到燒烤餐廳，點了一份清淡的餐點，沒入我枯燥的書本中，如同甘於孤寂夜晚的男人。和匈牙利女服務生聊上幾句，萬一她負有報告之責的話。我告訴她，其實我住在法國，來這裡是為了和幾個英國律師討論生意上的事，妳想，難道有比這更糟的事嗎？哈哈哈。結帳。接著和一群頭戴白帽、穿槌球裙裝的退休女士一起漫步走進中庭，她們兩兩一組地坐在花園長椅上，沐浴在不合時節的陽光下。而我準備出逃上岸，不再回來。

只是，這最後兩件事我並沒有付諸行動，因為在此之前，我認出克里斯多夫、艾列克的兒子，一樣的深色大衣、德式氈帽，隻身慵懶地坐在二十碼外的長椅上，左手臂隨性地搭在椅背上，蹺著二郎腿，一派悠哉，卻又刻意讓我看到他把右手藏在大衣口袋裡。他直瞅著我，面露微笑，這是我從未在他臉上看過的神情，不論是他小時候觀看足球賽時，或成年之後享用牛排和薯條之際。也許，笑對他而言，也一樣陌生，因為眼前的他，在黑色氈帽的映襯下，臉上更顯蒼白，而且他的笑閃爍不定，像是忽明忽暗的故障燈泡，不清楚到底是不是斷電。

他看起來不知所措，我也好不到哪裡。我心中不期然湧起一陣疲憊，而我懷疑那是恐懼。忽視他嗎？愉快地對著他揮揮手，同時繼續我的逃脫計畫？他會跟上來。他會當眾叫囂。他心裡有所盤算，但，盤算著什麼呢？

蒼白的笑容依舊閃爍。下顎顯得不太自然，流露出他隱約無法克制的煩躁。還有，其實他的右手臂**骨折**，所以才會這麼突兀地塞在大衣口袋裡？他沒有要起身的意思。長椅上的白帽女士們緊盯著我直直走向他。整個中庭只有我和他兩名男性，而克里斯多夫行徑古怪，雖不能說是因為他體型太過龐大，但他旁若無人。我找他有什麼事？她們心裡納悶，而我也是。我在他面前停了下來。他不為所動，簡直就像安坐在公共場所的偉人銅像，如邱吉爾、羅斯福之類的，看不出是哭是笑。

而眼前這尊雕像，以一種在其他雕像身上不會看到的樣貌緩緩醒了過來。他放下二郎腿，聳起右肩，只是右手依然塞在口袋裡，笨拙地挪動他龐大的身軀，直到他的左手邊騰出足夠的位置給我。而且沒錯，他一臉病容，下顎不停發顫，一副焦慮不安的樣子，一下子笑，一下子惱怒，眼神流露出異常的興奮。

「克里斯多夫，誰告訴你我在這裡？」我語氣盡可能輕鬆，因為此時此刻，我腦中正和一記突如其來的牽強念頭搏鬥：是不是邦尼或羅拉，甚至是塔比莎，刻意安排他來和我接觸，目的是要在當局和當事人之間交涉某種暗盤交易。

「我記得……」臉上的笑容猶如沉浸在夢中而心滿意足的綻放。「我是記憶天才，好嗎？他媽的德國人腦袋。我記得我們一起吃飯，然後你叫我去死。好啦，你沒這麼說。我走掉了。然後找朋友聊聊。

我抽了些菸，吸了些白粉，但是我在聽。結果，我聽到什麼，你要猜一下嗎？」

我搖搖頭。我同樣面露微笑。

「我爹地。我聽到爹地。他的聲音。就在我們沿著監獄中庭散步的時候。我當時正在坐牢，而他試著扮演他從來就不是的慈父角色。所以他談起他自己，想讓我開心，他告訴我，我們沒有一起生活的那些年，口氣一副我們從未分開似地。當間諜是怎麼一回事。你們有多特別、有多投入。你們這些男孩有多沒規矩。你知道嗎？他說到悠林屋。幽靈的屋子。這是你們之間共同的笑話。圓場這些詭異的安全公寓，就位在一處叫作悠林屋的地方。我們都是幽靈，所以他們要我們住在悠林屋。」他斂起笑容，倏地又因憤慨而蹙眉。「你知道，那狗屁當局幹的好事嗎，這鬼地方到現在都還**登記在你本名**下？彼．貴蘭姆。這就是所謂的安全嗎？你**知道**這件事嗎？」他語氣滿是質問。

不，我不知道。我也不覺得驚訝，雖然我理應驚訝都超過半個世紀了，當局還是沒想過要改掉這毛病。

「那麼，你要不要跟我說明一下你的來意？」我禁不住問他，畢竟，他臉上那連他自己看來也擺脫不掉的笑容著實令人提心弔膽。

「來殺你，皮爾。」他漠然開口。「來轟掉你的腦袋。賓果。你死了。」

「在這裡？」我反問道。「在這些人面前？要怎麼辦到？」

用一把瓦爾特 P38 半自動手槍：他從右邊口袋中掏了出來，在光天化日之下不停舞弄著，時間足以讓我好好欣賞，然後他再次放回大衣口袋，右手依舊緊握，並在外套的遮掩下，槍口指向我，一如黑幫電影中最經典的畫面。白帽女士們若真看到的話，會如何看待這一幕，我不得而知。也許，我們是電影中的一角。也許，我們只是愚蠢的大男孩，在玩玩具槍遊戲。

「唉呀，我的天老爺啊，」我驚呼道，在此之前，我從未以這種如此刻意的語氣說話過，「你從哪弄來的？」

怎知這個問題竟惹惱了他，笑容頓時消失。

「你以為在這他媽的鬼地方，我就不會有什麼熟門熟路、借我這把槍的朋友嗎？」他質問道，空著的左手拇指和食指不住在我面前輕彈。

聽到**借**這個字，我本能地查看四周，尋找這把槍真正的主人，因為我認為，那不會是長期借用：我的目光落在一輛用不同顏色修補過的富豪轎車，就停在正對著河堤拱門的雙黃線上；車上駕駛是個光頭男性，兩手都放在方向盤上，透過擋風玻璃凝神注視前方。

「你有什麼特別的理由要殺我，克里斯多夫？」我盡力維持一貫的如常語氣問道。「我跟高層說過你提的條件了，如果你是在擔心這件事的話，」我簡直謊話連篇，「他們還在考慮。女王陛下的吝嗇官員不可能在一夕之間，就心甘情願地吐出一百萬歐元來，這是當然的了。」

「我是他爛透的人生中，最美好的一件事。他這麼對我說。」他喃喃地說，自緊閉的嘴裡硬擠出這些話語。

「他愛你，這一點我從來沒懷疑過。」我說。

「你殺了他。你對我爸說謊，然後殺了他。我爸可是你的朋友。」

「克里斯多夫，這不是真的。你爸爸，還有麗姿．金德都不是我殺的，也不是圓場的任何人殺的。是史塔西的漢斯狄特．穆恩特殺的。」

「你們都有病。你們這些間諜。你們根本不是解藥，你們才是他媽的病源。爛透了的騙子，只會手淫玩自爽的遊戲，自以為是全宇宙他媽的了不起的人。你們根本是屁，聽見了沒？你們活在那他媽的黑暗裡因為你們掌控不了他媽的光明。他也是。他跟我說的。」

「他說的？什麼時候？」

「在監獄裡，不然你他媽的以為是在哪裡？我第一次坐牢。關小孩的監獄。性變態、藥頭，還有我。**克里斯多夫，有人來看你，說是你的死黨**。他們把我銬上手銬，帶去見他。那是我爸爸。他說，聽好。你沒輒了，我或是其他人能為你做的最多只有這樣。不過艾列克．利馬斯愛他兒子，幹，這你可別忘了。你說話了？」

「沒有。」

「去他的，你給我站起來。往前走。這邊。穿過拱門。跟著其他人。你要是給我亂來，我就斃了你。」

我站了起來，朝拱門走去。他跟著我，右手仍在口袋裡，槍口隔著衣服指著我。遇到類似狀況，你有一些因應之策，例如迅速轉身，在他有時間開槍之前用手肘扣住他。在薩勒特時，我們用水槍演練過，通常水槍噴出來的水注會從你身邊掠過，射向健身墊，只可惜這次不是水槍，這裡也不是薩勒特。克里斯多夫跟在我後頭距離四呎的地方，一個經驗老道的槍手正該如此。

我們穿過拱門。五顏六色富豪車裡的光頭男兩手依然放在方向盤上，雖然我們直直朝他走去，他卻完全沒有注意到，只一逕地盯著前方。克里斯多夫打算先送我最後一程，再了結我悲慘的人生嗎？真如此的話，我逃脫最好的機會，就在他要我坐上車的那一刻。很久以前，我曾試過一次：利用車門壓斷某人的手，就在他要我爬進後座之際。

雙向都有來車，過馬路之前，我們必須等待車流間的空檔。我心裡正盤算著，我有沒有可能和他單打獨鬥，最壞的打算是，將他推向一輛迎面而來的車子。正當我還在盤算的時候，我們已經來到對面人行道上，也經過那輛富豪，克里斯多夫和光頭駕駛之間未有任何暗號或隻字片語，也許是我誤會了，兩人一點關係也沒有，借槍給克里斯多夫的人此刻正坐在哈克尼區或其他地方，與和他一樣熟門熟路的人玩著撲克牌。

眼下，我們就站在堤防上，我面對一道約五呎高的磚造圍欄，泰晤士河就在我面前，對岸蘭貝斯區的燈火亮起，因為天色漸漸暗了下來，卻依舊溫暖，一陣宜人的微風徐徐吹來，一艘大船緩緩划過。我的雙手撐在圍欄上，背對著他，希望他可以靠近我一些，我好使出水槍絕技，可惜我感覺不到他的存在，他也沒有開口。

我雙手張開，好讓他看得見，接著我慢慢轉過身，他站在離我六呎遠的地方，右手依然放在口袋裡。他奮力大口呼吸，蒼白的大臉透著濕潤，在晦暗的天色下閃耀。人們從我們身邊經過，卻不致從我們中間走過。我們之間散發出一股生人勿近的氣氛。更確切地說，是由於克里斯多夫的大塊頭、大衣以及德式氈帽。他又拿出槍來耍弄，或者槍還在他的口袋裡？大衣底下的槍口還是對著我嗎？在這向晚時分，我突然意識到，眼前的他這身打扮，不外乎是希望他人感到恐懼，而希望他人感到恐懼的人，自己其實才是恐懼的，也許我因而竟敢虛張聲勢，開口刺激他。

「上啊，克里斯多夫，動手啊。」我說，只見一對情侶匆匆走過。「對我開槍啊，你不就是為了這個來的嗎？到了這把年紀，多活一年又怎樣？我隨時準備好一了百了。對我開槍啊。剩下的日子你就自己好好慶祝，慢慢在牢裡爛去。你也看過監獄裡的老人是怎麼死的。你就是下一個。」

此時我背脊不住發顫，耳裡鬧烘烘的，但我無法判斷是因為緩緩駛過的駁船，或是我腦裡有什麼在運轉。因著這些話，眼下的我口乾舌燥，目光矇矓了起來，也因此過了好一會兒，我才意識到克里斯多夫就在我旁邊，俯身靠在圍欄上，因痛苦和憤怒而嗚咽，無法自已。

我一手搭上他的背，小心地將他的右手從口袋裡拉了出來。一見他手中空無一物，我便代他取出槍，使勁地扔進河裡，卻沒聽到他有任何反應。他兩手撐在圍欄上，頭埋進手臂中。我搜了搜他另一邊口袋，碰碰運氣看他是不是為了壯膽，另外帶著備用彈匣，果然不出我所料。我才剛把彈匣也丟進河裡，五顏六色富豪車裡的光頭（和克里斯多夫相較之下，顯得矮小且看似營養不良）就自後頭抓起克里斯多夫的腰，企圖把他拖走，卻是徒勞。

我們各自站在他左右，強行將他從圍欄邊拖走，合力架著他來到富豪車旁。過程中，克里斯多夫咆哮了起來。我設法打開副駕駛座的車門，未料另一名同夥已經打開後座車門。我們死命地把他塞進車裡，猛地關上車門，卻只是讓咆哮聲降低，並未完全消逝。富豪車駛離。我獨自站在人行道上。漸漸地，車流以及周遭聲響再次回到我的意識中。我還活著。我攔下一輛計程車，要司機載我到大英博物館。

最先映入眼簾的，是鵝卵石小巷。接著是傳出腐爛垃圾惡臭的私人停車場。然後是六道旋轉閘門：右手邊最後面那道是我們的。即便克里斯多夫的咆哮聲依然在我耳際響起，我也拒絕聆聽。旋轉門上的門拴會發出吱嘎聲響。我聽了安心。從以前就是這樣，不論我們上油多少次。如果我們預先知道老總會來，就乾脆讓門開著，以免又要聽那老惡魔酸言酸語地說，他受到敲鑼打鼓的夾道歡迎。再進去是約克岩石板地。我和曼德爾一起鋪的，而後在石板之間植上草皮。我們的鳥屋。鳥兒請進。沿著三步的距離來到廚房門前，米莉．麥克格雷格定格般的身影透過窗戶俯瞰我，她舉起手，禁止我進去。

我們站在一處臨時搭建的花園小屋裡，小屋緊靠著牆面，用以放置她的垃圾箱以及那輛淑女車殘骸，被羅拉逐出安全屋後，眼下的淑女車覆蓋在防水布下，並以安全為由拆掉輪子。我們低聲交談。也許我們向來如此。機密貓從廚房窗戶監視著我們。

「彼得，我不知道他們在哪裡安裝了什麼。」她坦言道。「我不相信我的電話。反正我也從來沒相信過。我也不相信我的牆。我不知道他們這陣子帶走什麼，也不知道他們帶走後，放到哪些地方。」

「妳聽見塔比莎對我說的，關於證據的那些話嗎？」

「聽到一部分而已。但也夠了。」

「我們以前交給妳的那些，都還留著吧？原始證詞、通聯紀錄等，所有其他喬治要妳藏起來的那些。」

「我擅自微點化。都藏匿起來了。我不得不。」

「在哪？」

「在我的花園裡。我的鳥屋裡。裝在暗盒裡，用防水布保護著。在那裡——」**那裡**，指的是她的自行車殘骸。「現在他們都不知道要**留意**哪些地方了，彼得。他們沒受過**正規訓練**。」她忿忿不平地補充道。

「包括喬治在四號營和天賜的面談嗎？那場吸收他的面談？協議內容？」

「嗯。就在我的留聲機經典收藏唱盤之間，是曼德爾替我轉錄的，我不時重聽。為了聽喬治的聲音。我還是好愛聽他的聲音。你結婚了嗎，彼得？」

「我擁有的，只有農場和動物。妳呢，米莉，跟誰在一起？」

「跟回憶。還有我的造物主。這幫新人要我週一之前搬走。我不會讓他們等太久。」

「妳要去哪裡？」

「去死。跟你一樣。我有個姊姊在亞伯丁市。我不會交給你的，彼得，如果這是你來這裡的目的。」

「即使為了大義也不行？」

「大義也是喬治說了算。向來如此。」

「他人在哪？」

「我不知道。知道也不會告訴你。還活著，我很確定。我的生日、聖誕節都會收到卡片。他從來不會忘記。都是寄給我姊姊，不會寄來這裡，出於安全的理由。向來如此。」

「要是我有必要找到他，我應該去找誰？一定有某個人，米莉。妳知道是誰。」

「吉姆，也許。如果他願意告訴你的話。」

「我可以打電話給他嗎？他的號碼是？」

「吉姆不用電話的。再也不用了。」

「但他還住在同一個地方？」

「我想是。」

她不再多說，只是用她纖細有力的手攫住我的肩膀，緊閉的雙唇賞我一記冷峻的吻。

•

當晚我來到雷丁，在鄰近火車站的青年旅館稍事休息，那種地方沒有人會費心注意你的名字。倘使海豚廣場此時此刻還沒呈報我失蹤了，那麼第一個發現我不在的，會是塔比莎，明天早上十點，而不是九點。萬一引起什麼軒然大波，也要等到中午過後。我悠哉地享用早餐，買了一張往埃克塞特的車票，直到抵達湯頓市前，我都站在擁擠不堪的列車走道上。經過停車場，我朝郊區走去，隨意晃蕩等著天色暗下來。

打從老總派吉姆．普里多前往捷克執行一次失敗任務，期間，一顆子彈射中他的背部，捷克刑求小組對他日以繼夜地關照之後，我就再也沒見過他了。就出身來說，我和吉姆都不算血統純正：吉姆為捷克及諾曼第混血，我則是布列塔尼。我們的共同點僅止於此。斯拉夫血統對他影響深遠。還在年少時期，他便為捷克反抗軍傳遞訊息，甚至刺殺德國人。劍橋或許栽培了他，卻從未馴化他。加入圓場時，就連薩勒特近身搏擊指導員，也學會要多提防著他。

一輛計程車載我來到大門前。一塊泥濘的綠色看板上寫著：現已招收女孩。一條坑坑洞洞的車道蜿蜒著通向一棟堂皇卻殘破不堪的校舍，四周圍繞著低矮的組合屋。我謹慎地走在這坑坑洞洞之間，經過一處操場、一間搖搖欲墜板球亭、幾座農舍，小型牧場上一群毛茸茸的小馬正吃著草。兩個男孩騎著腳踏車經過，較大的那個揹著小提琴，小的則揹著大提琴。我揮手示意他們停下來。

「我想找普里多先生。」我說。他們茫然對看。「我聽說他在這裡工作。教語言的。或者以前是。」大的男孩搖搖頭，準備騎腳踏車離開。

「你說的，該不會是吉姆吧？」年紀較小的說道。「跛腿的老傢伙。住在低底那邊的露營車裡。教課後法文還有橄欖球入門。」

「什麼是低底？」

「靠左邊一直走，經過學校，那條小路一直走下去，看到一輛舊的敞蓬車就是了。我們已經遲到了。」

我一路靠左走。長窗後面，小男孩和小女孩在白色螢光燈下伏在桌前。來到建築物另一側時，我穿過一排臨時教室。沿著一條小路往下通向幾棵松樹。樹前一處防水布下清楚可見古董車輪廓，一旁則是輛露營車，窗簾後透出一道燈光，流洩出馬勒的旋律。我敲敲門，傳來一陣粗啞怒吼：

「小鬼滾開！**離我遠一點**！看不懂嗎！」

我繞到掛著窗簾的窗前，從口袋裡拿出一枝筆，舉起手敲出點碼。然後給他一點時間收好槍，萬一他正好拿著槍的話。畢竟說到吉姆，你永遠無法預料。

•

桌上一瓶李子白蘭地，已經喝掉大半。吉姆拿出第二只杯子，關掉音響。在煤油燈下，他粗獷的面容因飽經傷痛及年歲而扭曲，變形的背靠在扁平寒酸的襯墊上。曾遭受嚴刑拷打的部位相當明顯。你可以想像——你也只能想像——哪些部位曾被折磨過，卻無從想像這些創傷帶來什麼樣的後果。

「見鬼的，學校要倒了。」他吼道，緊接著一陣狂笑。「索斯古德，那傢伙的名字。校長。老婆超讚。生了幾個小孩。結果竟是去他媽的娘娘腔。」他簡直是出言不遜，笑得太過誇張。「跟學校的廚師連夜私奔，連學費一併帶走。去了紐西蘭還是哪裡。這個週末前，員工薪水都還湊不到。完全想不到他會做出這種事。唉。」他輕聲笑著，邊斟滿我們的杯子。「怎麼辦呢？總不能棄孩子不顧吧，學期都還沒結束，考試快到了。又是板球球隊區賽第一輪。關乎學校聲譽。我自己有退休金，還有一些多的可以讓我用來鬼混。幾個家長捐錢。喬治認識一個銀行家。總之，以後學校可不能開除我，是吧？」他吞了口酒，越過酒杯看著我。「你不會是來送我去捷克執行另一個徒勞無功的任務吧？眼下，捷克又開始抱莫斯科大腿了。」

「我得跟喬治談談。」我說。

有好一會兒，兩人陷入無言。漸漸暗下來的窗外世界，只聞樹梢沙沙聲響以及牛隻哞叫。在我面前，吉姆畸形的身軀動也不動，僵直地靠著露營車牆面，參差不齊的濃眉下，一雙斯拉夫民族特有的神情怒視著我。

「這些年來，老喬治一直對我很好。救濟報廢的樂子可不是每個人都有興趣的。老實說，我不知道他想不想見你。得問問他本人。」

「你要怎麼問？」

「喬治他不是個天生玩間諜遊戲的人。不知道他是怎麼讓自己進這一行的。什麼都一肩扛。在我們這一行，這麼做可不成。絕不能感同身受。否則會待不下去。在我看來，他那該死的老婆要負很大的責任。她以為自己扛得起地獄嗎？」他禁不住質問道，又再次陷入沉默，且滿臉厭惡，想以此激怒我回答他的問題。

只是吉姆從來就不太在意女人，更遑論我的答案一定會牽扯到他的剋星兼前任情人比爾．海頓，他招募吉姆進圓場，又為了自己的主子出賣他，過程中還跟史邁利的老婆上床做為障眼法。

「因為『卡拉』害他自己遭受猛烈抨擊，在那些人當中首當其衝。」他抱怨道，說的還是喬治。「莫斯科中心那聰明的混球，吸收了這些長期合作的樂子來對付我們。」

而這其中，就屬比爾最引人矚目——他可能會再加上這一句，如果他有辦法說服自己再次提起這個人的名字的話。據說，他赤手空拳扭斷了比爾的脖子，就在比爾了無生趣的待在薩勒特，等著被送往莫斯科以做為情報員交換協議期間。

「一開始，老喬治說服卡拉投誠西方。找出他的缺失，協助他改善，並大力讚賞他。聽取那傢伙匯報，幫他在南美弄了個名字和工作。教授拉美裔居民俄羅斯研究。重新安頓他。並沒有帶來太多困擾。沒想到，一年後，那該死的傢伙舉槍自殺，喬治的心都碎了。怎麼會發生這種事？我對他說：你是鬼遮眼了嗎，喬治？卡拉是自我了斷的。祝他好運。喬治一直都有這個問題，想面面俱到。結果身心俱疲。」

他一聲悶哼，不知是出於痛苦或責難，接著又在我們的杯裡添了李子白蘭地。

「你是在逃嗎，有可能嗎？」他語帶打探問道。

「沒錯。」

「逃到法國？」

「對。」

「哪一國護照？」

「英國。」

「公布你的名字了嗎？」

「我不知道。我打賭目前還沒。」

「最好從南安普敦過去。謹慎點，搭午間人潮最多的那班渡輪。」

「謝謝你，正有此打算。」

「不是跟**鬱金香**有關的吧？你該不會把這人扯出來吧？」他緊握拳頭，在面前用力一揮，一副想驅走不堪的回憶似的。

「是整個天賜計畫。是個超大規模的國會級調查，和圓場過不去。因為喬治不在，他們便推舉我擔任反派角色。」

我話才一出口，他便砰地一拳打在我們之間的桌上，杯子哐噹作響。

「媽的每件事都要扯上喬治！是那個混蛋穆恩特殺了她！殺了他們所有人！殺了艾列克，殺了他的女人！」

「吉姆，我們也得有能耐才可以在法庭上這麼說。他們指控我一大堆罪名。也許也會指控你，一旦他們從檔案裡挖出你的名字。所以我真的很需要見喬治一面。」他還是沒有回答，於是我問：「我要怎麼跟他聯絡？」

「你不能。」

「那你呢？」

又一陣滿是惱怒的沉默。

「公共電話亭。你真想知道的話。不用本地的，那些我碰都不碰。一座公共電話亭絕對只用一次。務必先約定下次密會。」

「他聯絡你？還是你聯絡他？」

「都有。」

「他都用同一組電話號碼？」

「可能吧。」

「是室內電話嗎？」

「可能吧。」

「那你就知道要去哪裡找他，不是嗎？」

他從手肘邊一堆雜物中隨意抓了一本學校作業簿，撕下一頁空白頁。我遞給他一枝鉛筆。

「Kollegiengebäude drei—學院建築三號。」他一邊寫一邊慢慢複述。「圖書館。那女的叫芙麗德。這些夠了吧？」他把紙交給我，閉上眼再次靠向襯墊，等著我離開，不要再打擾他。

•

我不是真的打算在南安普頓搭午班擁擠的渡輪。我這一路上用的也不是英國護照。我不是真心想欺騙他，但是說到吉姆這個人，你永遠無法預料。

清早的飛機帶我從布里斯托飛往勒布爾熱機場。走下活動舷梯時，關於鬱金香的回憶襲來：這是我見妳的最後一眼；正是在這裡，我向妳保證，妳很快就會跟妳的兒子古斯塔夫團聚；正是在這裡，我但願妳能回頭看我一眼，而妳卻只是離去。

我在巴黎搭上開往巴塞爾的火車。一在弗萊堡下車，這些天來我遭審問時，內心壓抑的憤懣及困惑一湧而上。我一輩子克盡己責地不露聲色，最應該怪誰？不是喬治·史邁利又是誰？難道是**我**自告奮勇和麗姿・金德結識的嗎？難道是**我出主意**謊騙艾列克、我們獻祭的羊——塔比莎這麼形容他——然後，看著他走進喬治為穆恩特精心設下的陷阱？

好吧，是時候結清這筆帳了。是時候給個直接了當的答案，解決這些棘手的問題，例如：喬治，你是刻意安排，藉此壓抑我內心的人性，或者我也只不過是附帶損失？例如：你自己心中的人性呢？又為何內心的人性總得屈居在一些更高、更抽象的理想之後？那些即便我曾經相當確定，如今卻再也無法確切言說的理想。

又或者換個說法：以自由之名，在我們再也感覺不到人性以及自由之前，我們能夠捨棄多少人類情感？對此，你有什麼看法？或者，我們只是蒙受無法癒合的英國病之苦，仍有必要在世界的局裡軋一腳，即便我們不再是世界玩家。

櫃檯那名樂於助人的女士芙麗德熱心地告訴我，學院建築三號的圖書館在中庭對面，穿過大門，然後右轉。沒有圖書館的標示，那的確也不是圖書館，只是一間狹長、安靜的閱覽室，特別獨立出來供參訪學者使用。

還有，別忘了保持安靜。

•

我不知道吉姆是否以某種方式事先通知了喬治，我正在來找他的途中，或者他單純只是感覺到我在這裡。他背對著我，坐在凸窗內一張滿是文件的桌前，角度剛好讓他可就著光線閱讀，需要的話，還可以遠眺四周的山丘及森林。就我目光所及，室內沒有其他人：一整排的木造壁龕，附有書桌及舒適卻空蕩的椅子。我稍微移動腳步，直到我們面對彼此。由於喬治的外表向來看起來比實際年齡蒼老，因此，出現在我面前的他並沒有什麼令人不快的驚人改變，我著實感到安心。還是一樣的喬治，只是實際年齡漸漸符合他一向蒼老的外表。但是，紅色套頭毛衣及亮黃色燈芯絨褲的喬治還是讓我頓時無語，因為我印象中的他，總是一襲不合身的西裝。不知他的面容在休養期間是否依舊保有那溫文儒雅的憂傷，只見他倏地起身，精神矍鑠地迎接我、兩手緊握著我的手，面容竟未顯憂傷。

「你究竟在讀什麼？」我略顯忐忑地問道，盡力降低音量，因為要保持安靜。

「噢，我親愛的孩子，你不會想知道的。只是一個上了年紀的老間諜在尋找歲月的真相罷了。你看起來真是年輕得不像話啊，彼得。你還是一樣忙著惹事生非嗎？」

他著手收拾起桌上的書籍、文件，接著一一放進置物櫃裡。出於舊習，我出手幫他整理。既然這裡不是個和他對質的好地方，於是我轉而問他安的近況。

「她**很好**，謝謝你的關心。**是非常好**，總之……」他說著鎖上櫃子，鑰匙順手放進口袋裡。「她偶爾來。我們會一起散步。在黑森林。不像以前那樣可以跑馬拉松了，我得承認。但是至少我們會一起散步。」

一名年長的女士走進來的瞬間，我們之間的低聲交談戛然而止。她費力地放下背包，攤開她的資料，依序往兩耳扣上閱讀用眼鏡，而後，伴隨一聲沉重的嘆息，在一處壁龕坐了下來。我心想，正是她這聲嘆息，瓦解了我最後一絲決心。

•

我們正坐在喬治簡樸的單身住處裡，這處住所坐落在半山腰，足以俯瞰市區。我從未見過任何人，在傾聽他人言語時，神情舉止會和他一樣。矮小的身軀彷彿進入冬眠。細長的眼半閉著。沒有皺眉、沒有點頭，甚至也沒有挑眉，直到你已說完。而且即便你已說完——他會要你說明，你適才忽略或捏造的含糊之處，由此確定你真的結束——他依舊不動聲色，也不會有任何評論來表達贊同或其他意見。因此我甚為訝異的是，當我冗長的自述終於告一段落時，他猛地用力拉上窗簾，將世界隔絕在外——此時暮色降臨，底下的城市在向晚霧氣的籠罩下漸漸消逝，只透出點點燈火——藉此發洩我從未在他身上感受過的熊熊怒火。

「一群懦夫。徹頭徹尾的懦夫。彼得，太可惡了。你說，她叫凱倫？我應該立刻把凱倫找來。也許她會願意來和我談談。她同意的話，我飛過去找她更好。還有，要是克里斯多夫想跟我談，他最好跟我談。」在一陣莫名不安的猶豫後，他再次開口，「還有古斯塔夫，當然。你說，聽證會的日期定下來了？我應該現身宣誓作證。我應該發誓。我應該以真相目擊者的身分出席。不論他們選擇什麼樣的法庭。」

「我對此一無所知。」他繼續說下去，語氣依舊憤慨。「一無所知。沒有任何人找過我，沒有任何人通知我。要找我意外容易，即便我早已隱退。」他如此強調，卻未進一步解釋因何隱退。「**畜舍**？」

他義憤填膺、叨念不止：「我以為早就關了。離開圓場的同時，我就把管轄權交給律師了。這之後發生什麼事，我無從猜測。顯然什麼事都沒發生過！國會質詢？訴訟？別說一字半句了，連個耳邊風也沒有。為什麼沒有？我告訴你為什麼。因為他們根本不想讓我知道。我等級太高，不合他們的胃口。我早就看穿了。祕密情報處前任主管站在被告席上？承認他犧牲了一名優秀的情報員以及一個無辜的女人，為的是這世界根本不會記得的理想？而這一切，盡是當局主管個人的計畫以及姑息？這對我們當今那些主子們來說可不成。絕對不可以玷汙情報局那空洞的形象。老天啊。不用說，我會立刻指示米莉．麥克格雷格釋出所有文件，還有其他我們託她保管的一切。」他語氣好不容易漸漸恢復平靜。「直到今天，天賜依舊糾纏著我。往後也會不斷糾纏我。只能怪我自己。我指望穆恩特的冷酷無情，沒料到卻低估了它。除掉所有證人的誘惑對他來說，實在太大了。」

「可是，喬治，」我出言反對：「天賜是老總的行動。你只是附和他。」

「恐怕這就是我最致命的錯誤。彼得，你要睡沙發嗎？」

「我在巴塞爾訂好住宿了。只待一晚。明早就搭往巴黎的火車。」

這是騙他的，我想，他也很清楚。

「這樣的話，最後一班車是十一點十分。離開前，我可以請你吃頓晚餐嗎？」

出於內心深處我難以言喻的緣由，我認為，不要告訴他克里斯多夫企圖殺我未遂，更不應該告訴他艾列克對當局的激烈發言，即使他當時依然愛著當局。豈料，喬治接下來的一席話，彷彿是在回應克里斯多夫不久前的結論：

「彼得，我們並非鐵石心腸。我們**從來就不是**鐵石心腸。我們有無比的同情心。但可以說，那不切實際。想當然耳，也無濟於事。我們現在總算懂了。只是當時不明白。」

就我記憶所及，這是他第一次敢把手放在我肩上，怎知他又馬上縮了回去，好似被我燙到一般。

「但是彼得，**你當時就知道**我們並非鐵石心腸！你想必當時就知道了。你，還有你的好心腸。否則，你怎麼會去找可憐的古斯塔夫？你這麼做，我很欣賞。你對古斯塔夫坦誠，對他可憐的母親坦誠。她是你的一大遺憾，我很確定。」

我曾如此思慮不周，想盡辦法對古斯塔夫伸出援手，這些事原來他都知情。但我也不至於太過驚訝。這便是我記憶中的喬治：對他人的脆弱瞭若指掌，卻固執地拒絕認清自己的脆弱。

「你的凱瑟琳都好？」

「嗯，她很好，非常謝謝你的關心。」

「還有她兒子，對嗎？」

「是女兒，其實。她也很好。」

他忘記伊莎貝爾是女孩了？或者他一心想著古斯塔夫？

•

緊鄰教堂的地方有家古老的驛站旅店。黑色壁板上掛著狩獵來的戰利品。這地方要不是存在很久，就是曾被炸彈夷平，而後依舊圖重建。今天的特製家常料理是燉鹿肉。喬治推薦這道菜，再配上一瓶巴登紅酒。沒錯，我還是住在法國。他和我在一起很開心。他打算長住弗萊堡了嗎？我問道。他猶豫了一下。暫時吧，彼得，暫時住下來。暫時是多久。接著，他一副突然想到的樣子，但我懷疑，這想法早在我們之間徘徊了好一陣子。他說：

「我確定，你是來指責我什麼的，彼得。我說對了吧？」反而換我猶豫了起來，他索性說了下去：「是為了我們曾經做過的事，對不對？或是我們到底為什麼要做那些事？」他語氣盡是溫和。「然而，為什麼我要做那些事，這才是重點。你是忠誠的士兵。你的工作不是質問為什麼太陽每天早上都會升起。」

我對此有所質疑，但我未敢打斷他的滔滔不絕。

「為了世界和平，不管那是什麼？沒錯，當然是。但就像我們的俄國朋友說的，不會有戰爭發生，但是在追求和平的路上，將滿目瘡痍。」他頓時靜了下來，卻是蓄勢為了更進一步的猛烈攻擊，「還是，這一切盡是以**資本主義**之盛名而為之？天理不容。為了基督信仰？還是天理不容！」

他啜一口紅酒，不是對著我，而是對著他自己面露困惑的微笑。

「那麼，這一切都是為了**英國**？」他無法遏抑。「此一時彼一時，想當然耳。但是又是為了誰的英國？哪一個英國？單單只是英國、無有之地的公民嗎？彼得，我是歐洲人。倘使我肩負一次任務，一次我清楚知道必須逾越我們本分去對付敵人的任務，那麼，也是歸功於歐洲。倘使我無情，也是為了歐洲而無情。倘使我懷抱不可企及的理想，那是因為要引領歐洲走出黑暗，朝向理性的新時代。而我心依舊。」

一陣沉默，既深且長，更勝我記憶中所經歷過的，甚至更勝最悲慘的年歲。臉上生動的線條凍結，眉頭深鎖，陰鬱的雙眼低垂。不自覺地舉起食指推了推眼鏡鼻橋處，以確定在正確的位置。最後，他搖搖頭彷若要甩掉噩夢般，他終於笑了。

「彼得，請見諒。我太自以為是了。走到車站大概十分鐘。你願意讓我送你一程嗎？」

14

我端坐在德埃格利塞農莊裡的書桌前，一一寫下這些經歷。我所描述的這些事，都發生在很久以前，然而對我來說，至今依然真實，一如我窗台上的那盆秋海棠，或是桃花心木盒裡，父親那些閃閃發亮的動章。凱瑟琳購入一台電腦。她對我說，她進步神速。昨晚我們做愛，只是我懷裡抱著的，是鬱金香。

我還是會沿路向下，走到海灣。總是帶著拐杖。這一路並不輕鬆，但我還應付得來。偶爾我到的時候，老朋友奧諾瑞已比我早一步到，蹲坐在他慣常待的那塊岩石上，一大瓶蘋果酒嵌放在兩腳之間。今年春天，我們兩人搭乘公車來到洛里昂鎮；在他的堅持下沿著岸邊散步，母親以前經常帶我到這裡，觀看航向東方的大船。如今，景色不再依舊，德國人為潛水艇而建造的巨大混凝土堡壘破壞了一切。不管盟軍丟下多少炸彈，都無法摧毀，反觀鄰近城鎮卻慘遭池魚之殃。於是，它們矗立在眼前，六層樓高，和金字塔一樣永恆。

我一開始感到疑惑，不懂奧諾瑞為何帶我來這裡，直到他不期然停下腳步，忿忿地指向堡壘。

「那個窩囊廢賣水泥給他們。」他怪腔怪調的布列塔尼語氣，明顯透露著不滿。

窩囊廢？我好一陣子才意會過來。當然了，他是在說他過世的父親，因為勾結德國人而遭處絞刑。他認定我會感到震驚，我卻無動於衷，他因而備感欣慰。

星期天，我們迎來入冬後的第一場雪。牛群因為被關了起來而鬱鬱寡歡。伊莎貝爾已經是個大女孩了。昨天，我跟她說話的時候，她直對著我笑了。我們相信，總有一天她會開口說話。這會兒將軍先生來了，開著他那輛黃色的廂型車蜿蜒上坡。也許，他會帶來一封來自英國的信。

致謝

我衷心感謝西奧和瑪麗・保羅・古洛，在布列塔尼南部期間，他們無私又富啟發性的導覽；安克・厄爾特孜孜不倦地研究一九六〇年代東、西柏林，並提供她個人珍貴的點滴回憶；尤根・許巍姆勒這位優秀的偵察兵，竟研究出艾列克・利馬斯和鬱金香自東柏林逃往布拉格的路線，並帶領我走過一回；還有我們無可挑剔的司機達林・達米亞諾夫，他讓這段大雪紛飛的旅程更是妙趣橫生。我也要感謝柏林史塔西博物館的約格・德里瑟曼、約翰・史提爾及史蒂芬・賴德，他們提供個人導覽，帶我參觀從未曝光的區域，還送我專屬的蠟封章。最後，我要特別感謝菲利浦・桑茲，以他律師的觀察力以及作家的理解力，引導我穿過國會委員會及法律程序的迷霧叢林。智慧屬於他。若書中有任何錯誤，都是我的緣故。

約翰・勒卡雷

勒卡雷 作品集 25
間諜身後
A Legacy of Spies

作者　約翰・勒卡雷 John le Carré
譯者　蔡宜真
副社長　陳瀅如
總編輯　戴偉傑
編輯　林家任
行銷　陳雅雯、趙鴻祐

封面繪圖　Emily Chan
封面設計　井十二設計研究室
排版　宸遠彩藝
印刷　通南彩色印刷股份有限公司

出版　木馬文化事業股份有限公司
發行　遠足文化事業股份有限公司（讀書共和國出版集團）
地址　231 新北市新店區民權路 108-4 號 8 樓
電話　(02) 2218 1417
傳真　(02) 8667 1891
客服專線　0800 221 029
信箱　service@bookrep.com.tw
法律顧問　華洋法律事務所 蘇文生律師

出版日期　2020 年 2 月　初版一刷
　2024 年 4 月　初版三刷
定價　350 元

國家圖書館出版品預行編目

間諜身後 / 約翰 . 勒卡雷 (John Le Carré) 著 ; 蔡宜真譯 . --
初版 . -- 新北市 : 木馬文化出版 : 遠足文化發行 , 2020.02
320 面 ; 14.8×21 公分 . -- (勒卡雷作品集 ; 25)
譯自 : A legacy of spies
ISBN 978-986-359-761-2(平裝)

873.57 108023290